从神圣到世俗：中国小说的物叙事

马硕 著

武汉大学出版社
WUHAN UNIVERSITY PRESS

图书在版编目(CIP)数据

从神圣到世俗:中国小说的物叙事/马硕著.—武汉:武汉大学出版社,2024.7

ISBN 978-7-307-24356-9

Ⅰ.从… Ⅱ.马… Ⅲ.小说研究—中国 Ⅳ.I207.4

中国国家版本馆 CIP 数据核字(2024)第 075913 号

责任编辑:宋丽娜　　　责任校对:鄢春梅　　　版式设计:韩闻锦

出版发行:**武汉大学出版社** （430072　武昌　珞珈山）
　　　　　　（电子邮箱:cbs22@whu.edu.cn　网址:www.wdp.com.cn）
印刷:武汉邮科印务有限公司
开本:720×1000　1/16　印张:14.25　字数:204千字　插页:1
版次:2024年7月第1版　　2024年7月第1次印刷
ISBN 978-7-307-24356-9　　定价:68.00元

自　序

　　应该说，我对物的思考已经有很长的年头了。最早对于物的感受，虽然比较肤浅，却也很直观——物能够在生理和心理层面满足人的绝大部分需求。生理层面的需求当然很容易理解，行住坐卧、衣食起居，一个人的一天、一年甚至一生都离不开这些。比如"行"要依靠飞机、轮船、汽车等交通工具，若是没有，至少也需要一双鞋；"住"要有砖有瓦，没有楼房也得有土房，再不济，就是挖个窑洞，还需要土疙瘩和石砾；"坐"看起来未必非要有沙发、板凳或坐垫，但就算席地而坐，到底还是有物在下面；"卧"与"坐"同理，尤其是对现代人而言，哪怕是无家可归者，可能也只是席地而坐，却不会席地而卧。每一个人都在物的世界里扎了根，使人在心理层面去感受喜怒哀乐时，还是会被物左右和引导。比如儿童见到有趣的玩具，成年人见到喜好之物，这种喜悦都是真实不虚的。

　　有人说成长的标志就是意识到钻石比玻璃球更贵重，这句话或许有些偏激，却也有一定的道理。许多成年人在光怪陆离的商品社会中陷入了物的泥淖，质地、品牌、设计等因素都使物在使用价值外，还有了三六九等的阶层意味。这些现象早已成为一种社会问题，学界对于"物"的讨论也不断深入，从物背后的象征意义到历史源流，从人对物的实际需要到心理需要，物与人类一起搭建起了文明的大厦。可以看到的是，以往的这些研究大多是站在人类中心主义的立场，无论一种物是人造的还是自然形成的，它都是伴随人类活动的客体。直到近十年，位于第二性的物才慢慢提升到了第一性的位置，即从物的角度对人类社会及历史进行描述与阐释。也就是说，物本身是可以叙事的，除了少部分的易耗易损之物外，绝大部分的物见证了人类文明的发展和变迁，如殷商的青铜器、春秋战国时期的玉璧、两汉时期的书简、唐代的唐三彩、宋朝的瓷器、明清的服饰与建筑……但绝不会有一个人能够经历千年去见证一件来自远古之物的存续。只是，若要如此来说，物又如何进行叙事？

我认为，物的形态就是其得以叙事的形式，物的存在就是其得以叙事的方式。物能够叙事却不能自主叙事，它仍然要以人类的叙事行为作依托，在这个层面上，物甚至同化了宇宙万物的一切生命体及非生命体。换言之，人在某种意义上而言，也是物的一部分，如小说叙事对人的塑造、描摹，实际上还是用了对物做塑造、描摹的视角和手法。举例来说，小说家在形容一张桌子时所用到的长短、高矮、材质、颜色等方式与其形容一位英雄好汉时并无本质区别，为了使对人的描述更形象，甚至要使这种叙事手法更加深入、具体。有专家曾对此表示质疑，认为小说中的人物毕竟不是物，为何我在这部书里要将人物等同于物？对此，我认为钱穆先生的一段话足以解答和释疑。钱先生说："中国人常说：'人物产生于风气。'在某种风气下，就易产生某种人物。说风气犹如说气候。某种风气，也定要等到某个时候，它才能生长出这力量来。所以风气必有一个'等候'，定要时机到来，机缘成熟了，便是气候到了。一如春天来到，也定要待暮春三月才能百花生树，群莺乱飞。这是自然的气候，也有人为的气候，中国人又称'火候'。如煮一杯水，定要等待几分钟，那水才沸。煮一个鸡蛋，要看着表，或老、或嫩，都要看火候。也说'火功'，用文火或是用强烈的火，经过多少时可以烧成陶，或炼成钢。历史上的所谓风气，也要等到某种程度，某个阶段，才产生人物来。"①钱先生又说："我们讲教育，说'十年树木，百年树人'，便是拿生物来比人物，栽一棵树要十年工夫，栽培一批人才差不多要百年工夫。植物生长，一定是春天来了，先是梅花、杨柳，而后到桃花以及其他，有一段时期的经过。中国人讲教育，所谓'春风化雨'，就是拿作师的当做一个天地。天地可以产生人，而文化教育可

① 钱穆：《中国文化丛谈》，岳麓书社 2023 年版，第 39 页。

以产生人物。'物'是一种品质之称，高级的理想的，经过选择的品种，才叫物。"①如此看来，未尝不可将人视为物的一员，也因此将人分为圣、贤、愚、俗等不同品质。

　　学界关于物的研究，逐渐有了波澜壮阔之境，希望我的一人之言能在其中起到抛砖引玉之用，那么，我将不胜感激和荣幸。

　　① 钱穆：《中国文化丛谈》，岳麓书社 2023 年版，第 39 页。

目　　录

绪　　论

物是一个极为宽泛的词语，在物的世界中，几乎所有的客观实在都从属其中，人无法在一个没有物的世界中生存，因此，在人类的文明流续中，我们看到的并不是遥远的祖先，而是祖先的阅历以及祖先遗留下来的物。物见证了人的存在与发展，也成就了人的存在与发展，可以这样认为，对物的重视不仅是对人类智慧的肯定，也是对人类历史的尊重。

物的影响无处不在。即使是被定义为非物质的精神文化活动，也脱离不了对物的依赖。以口头文学为例，故事中的山川、大河是物；树木、花草是物；鱼虫、鸟兽是物；房屋、车辆是物；生产劳作的工具是物；赖以生存的饮食、衣服仍是物。因此，在小说叙事被定义为讲故事时，便暗含了两层含义：第一层含义是人在讲故事，这是小说家依据直接经验与间接经验对所讲之事的记录；第二层含义是故事中的人的经历，展示了人在某一环境下的存在过程。从前者来看，直接经验建立在实践之上，而实践离不开对物的使用；间接经验则依附于他人、书籍、视频、音频等，不用说作为物的书籍、视频、音频，即使是他人的经验源头仍然与物息息相关，也就是说，物，即小说家讲故事的行为基础。至于叙事中的人，则可以视为一种特殊的物，这不仅是对女娲造人的追溯，更是人物名称使然的结果。人物源于小说家的创作，可视作文本环境的产物，这些人物的出现、成长都是在物质世界投射下产生的一种生命之物。另外，在能够找寻到"自我"踪影的小说叙事内，一些人物更是作家用笔尖"雕刻"出的模型，作家可以轻易地对这个文本中的人物施以奖赏或惩罚，乃至人物的生死也在作家的一念之间。

小说叙事中的人难以脱离物的影踪，而动物、植物的出现，更是物在生命世界的延伸。从上古字源来看，物的本义为杂色牛，而《说文解字》则将人类社会的万物缘起归于"牵牛"的使用，这样一来，从五谷杂粮到布匹衣裳，这些作为人类须臾不可离之物就都找到了物的源头。作为中国神话源头的《山海经》就记载了如鲲鹏、独角兽、混沌、飞廉、夔牛、鬼车、重明鸟、当康、英招、化蛇、祸斗、蚳蝑、猰㺄、虚耗、貔貅、巴蛇、那父、旋龟、灌灌、赤鱬等一百余种奇鸟异兽，以及萆荔、谷、祝馀、蓇蓉、薰、沙棠、迷穀、白䓘、黄藋、杜衡、植楮、荣草、藷藇、珙桐、嘉荣等二百余种奇花异草，不难想象，在经历了以庄子为代表的先秦诸子散文，以及以司马相如为代表的两汉文人赋的叙事引用后，这些动植物都成了后世小说中可供创作的素材，并由此引申出了与动植物相关联的其他物的大量出现。

作为一种文化产品，小说的接受者是人，而非动植物或其他物品，因此，人物在小说中必然要以主体的身份存在，而人物既然是主体，就需要通过描述来展示。不同人物的性情喜好、言谈举止自然大不相同，仅仅从五官、身材来看，人物的划分就只有性别和美丑、高矮、胖瘦的对立，善恶、贤愚却无从表现，只有凭借物的出场，才能真正对人物的性格特征作展演。在物的影响下，人物的言谈举止有了天壤之别，出身于书香世家的人眼里是琴棋书画，出身于武将家的人眼里是刀枪剑戟，出身于农户的人眼里则很有可能只剩了耒耜桑麻。这就不难理解，一个手持农具，终日耕种的老者为何会对问路的子路嗤之以鼻，毕竟一种理想和道义的实现，最终是要落实在柴米油盐酱醋茶等生活之物上。

班固在《汉书·艺文志》中将小说家列入十家之内，与其时声望显赫的儒家、道家、阴阳家等相并列，理由是小说的内容虽然出于街谈巷语，但却仍然有可取之处，推测起来，无外乎是小说有效地补充了雅言难以涉及的方面，又或者是小说家从另一角度以俗语故事的方式传递了古圣先贤的思想。清人静恬主人在《金石缘·序》中说："小说何为而作也？曰：以劝善也，以惩恶也。夫书之足以劝惩者，莫过于经史，而义理艰涉，难令家喻而户晓，反不若稗官野史福善祸淫之理悉备，忠佞贞邪之报昭然，能使人触目惊心，如听晨钟，如闻因果，其于世道人心不为无补也。"①正如从事稼穑的老者一般，小说需要讲述具体的人物、事物才能不落入空谈，物成为小说中佐伴、评判人物并演示道德大义的极佳媒介。试想孙悟空没有如意金箍棒，他在大闹天宫时就只能赤手空拳，纵然武艺再高强，也失去了那种挥洒自如的气派，甚至连他猴王的形象都会大打折扣。到了他被如来佛祖镇压在五行山下时，曾经威震天庭的金箍棒也只能随着主人的劫数而销声匿迹，直到孙悟空保护唐僧西天取经，金箍棒才能重新大放异彩。有了这一前提，在一些以动植物或器物为叙事主体的拟人小说中，被小说家赋予了思想、智慧及情感的生命之物便脱离不了人的痕迹，使物在一定程度上不囿于"用"的功能，更是担负起了"劝"的功能。

物会因为人的参与产生价值上的差异，这不仅体现在经济价值上，也体现在文化价值上，如美玉金银、珊瑚玛瑙等物，因其稀有程度、质地等因素使人趋之若鹜，但没有一定身份的人不说无缘拥有，就算恰巧捡拾后使用，也会被他人视为僭越。另一部分如砂石草木、砖瓦竹苇等物则逐渐下沉，沦至粗鄙的境地，当小说需要为某一人物的贫寒作描述时，便总离不开这类物件。在《儒林外史》中，范进中举之前住的是草屋、茅棚，按照他岳丈胡屠户的说法，十几年中连猪油都只是吃过两三回，平均一算，竟然吃一次猪油就要相隔近五年。一旦中举，身价立即不可同日而语，不但有了房屋、田产、奴仆，连碗碟都镶金嵌银。物的改头换面恰恰是读圣贤书博功名的结果，即使他的满腹经纶从头到尾都不曾改变，但作为童生的范进进退无措，似乎也只有茅草房与其相称，而成为范老爷之后，如果仍住在之前的住所，便会被当时的社会视为对举人这一名位的侮辱，所以同是举人出身的张乡绅便会坚持将自己的空余住宅送给范进，使自己博得好贤的好名声之余，又能在日后从这位新晋官僚身上获得更大的利益。

---

① 　朱一玄编：《明清小说资料选编》，南开大学出版社 2012 年版，第 732 页。

这一分野的直接表现就是神圣与世俗之间的距离越来越远，但是，精神境界越高的圣人君子却越是高看粗鄙之物，反之只有俗世小人才会对奇珍异物爱不释手，人之间的高低与物之间的贵贱微妙地相互纠缠在一起，使神圣有了可供亲近的入口，也使世俗有了可供讨论的空间。从古典小说到现当代小说，物几乎成为人的一种标识，贪财如命者必然不会清雅，淡泊名利者也势必不会堆积财物，《金瓶梅》中的蔡太师，令人印象深刻之处与其说是他身居高位的言谈举止，毋宁说是他满屋令人咋舌的珠宝珍玩。那么，这样说来，是否金玉珠宝就等同于世俗，而稻麻竹苇与神圣相通？答案是否定的，这一结论可以通过宗教教义得以解释说明。没有人会否认宗教与神圣的关联，但宗教中最庄严的圣象却几乎都会铺金贴银，甚至在一些象征神圣的法器上还要镶嵌最贵重的珍宝，不如此，神圣就无以彰显，教义也会相应地黯然失色。不用说唐僧随身的锦襕异宝袈裟和九环锡杖非同一般，即使是后日送与迦叶尊者的钵盂，也是由紫金锻造而成的贵重之物。宗教之外的世俗社会也与之相同，尽管有道德的人不重视贵重之物，但是能与其相匹配的却仍然是那些平常人难以企及的稀有之物，所以在《二刻拍案惊奇·王渔翁舍镜崇三宝　白水僧盗物丧双生》中的渔翁王甲，才会因自己的善良厚道获得天人青睐，意外得到招财宝物，不仅衣食无忧，更是富裕有余。反观道德亏欠的僧人法轮，见财起意的结果就是人财两空。这些错综复杂的关系显示出了人与物的羁绊，也提示了物在神圣场所和世俗社会所起到的关键作用，那么，无论小说是劝善还是惩恶，是传递知识还是记录回忆，物都在不同层面上为小说叙事提供了重要的帮助。

对小说中的物进行讨论的前提，是对物与物之间的差异性做有效分辨，在人的喜好下，物被分为了三六九等，更在特定的场合中以神圣和世俗相对立。有同一种物前脚还处在庙堂之高，后脚就只能落入江湖之远，使老子发出"天地不仁，以万物为刍狗"的感叹，说明物的神圣性和世俗性相对立统一，并非一成不变，至于物在何时何地是神圣的，就需要凭借精神作指引。如贾宝玉落胞时就带来的那块通灵宝玉，在别人眼里神圣无比，因为这种天生的异相不可能出现在每个人身上，但对于他自己而言，就完全成了另外一回事，只有自己有别人却都没有的玉使他无法在物的归属上找到共鸣，所以会出现三天两头的砸玉、摔玉行为。没有人类在精神层面的主观能动性发挥作用，物就无法成为社会意义上的物，如鸟兽没有物的概念，因此翠羽、皮毛就只有生命的价值而没有文化和发展的意义，即使是用以筑巢、作穴的苇草、泥土，也只剩下了生存的需要，而没有美学的概念。

当人的认知不断提升时，物就被分割得越来越细致，而物在这种细分中又进一步促进了人的认知发展。从一方面来说，它表现在人对物的占有上，呈现出了从不自觉到自觉的一个过程，婴儿对物的需求是不自觉的，乳汁、衣服，包括玩具的使用，都是延续生命的必须物。随着智力的增长和经验的丰富，婴儿的天然性会逐渐退化，对物的需求从无意识转向了有意识，相应出现的是儿童对物有了区别的概念，甚至有"领地"意识，认识到一些物专属于自己，这种发展到了成人阶段，就彻底走入了自觉状态，会青睐一般意义上的钻石而非玻璃球。这一范例在鲁迅小说《故乡》中的闰土身上有明显展现，少年闰土朴实、活泼，看重的物是海滩上的贝壳、被竹匾扣住的小雀，这时候的闰土对生活所需之物的认识不足，即使是帮着父母看瓜地，留意的也是猹的狡黠而非瓜地的收成。失去了天真的中年闰土，被不太平的社会环境以及坏收成搅得不胜烦恼，相比起总是吃不够的孩子们，他无心也无力再和迅哥儿谈论海浪沙滩，此时，他想要的不是一个能谈天说地的朋友，而是"两条长桌，四个椅子，一副香炉和烛台，一杆台秤"①，还有能做沙地肥料的所有草灰。关于闰土为何变化的研究已经汗牛充栋，无须再做赘述，但撇开不合理的社会制度、阶级压迫等间接缘由，直接的原因无外乎为物的稀缺。闰土想要的物必然是自己家里生活需要却没有的，否则，他断然不会在家里堆着不少的桌椅，还费力去讨要别人的旧物。至于迅哥儿面对中年闰土表现出的失望其实毫不应该，一个需

---

① 鲁迅：《鲁迅全集》（第一卷），人民文学出版社 2005 年版，第 508 页。

要去扛起六个孩子生计的父亲，他的心里、眼里可能都是维持生计的物，所以，曾经吸引迅哥儿的贝壳们只是在时间的流逝下变换了样貌，转而成为吸引闰土的桌椅。物的斗转星移，成就了富人的体面，也剥夺了穷人的尊严，尤其是豆腐西施的出现，更不该被读者轻易放过，曾经矜持的少妇转眼变成了可憎的老妪，但是她想讨要的木器和顺手牵羊的手套又何尝不是生活所需的物件呢？从这个意义上说，迅哥儿的涵养无非是从小到大不曾缺少物的结果，闰土的怯懦和豆腐西施的无礼则是物品的极其匮乏所致。

从另一方面来说，它表现为物对人的反占有，拥有物的人很少会意识到物对自己的消耗，在获得、维护物的同时，人需要花费大量的时间和精力，这些让人不甚留意的时间和精力却是构成鲜活生命的根本。许多人在谈论"人以群分，物以类聚"时往往只想说明人对人的选择取舍，却忽略了物以类聚的深层含义，而物的类聚至少表明了同一类型的物的数量，无几不成类，无论人是否真的有必要对同一种类的物拥有过多，但最终的结果显示出绝大部分的人的确贪得无厌，清人钱德苍在《解人颐》中有诗言："终日奔波只为饥，方才一饱便思衣。衣食两般皆俱足，又想娇容美貌妻。娶得美妻生下子，恨无田地少根基。买到田园多广阔，出入无船少马骑。槽头结了骡和马，叹无官职被人欺。县丞主簿还嫌小，又要朝中挂紫衣。若要世人心里足，除是南柯一梦西。"①物在人的欲望下不断积聚，以至于越积越多，即便曾被人视为神圣、贵重的物，也会因为数量的增长而失去神圣的属性，沦为人在心理层面的普通之物。如《儿女英雄传》中的谈尔音，身居河台之职时，贪污受贿无所不作，事发被革职后又凄惶无比，只能在街头卖艺换取一点果腹的银钱。一次偶然的机遇，曾经的河台大人遇见了被他陷害过的下属，后者送与他五两银子，谈尔音一时间感慨万分，对其说道："你可记得你我同在南河，我作寿时节，你送我那五十金的公分？那时只因我见各官除了公分之外，都另有分厚礼，独先生你只单单的

———————
① （清）钱德苍：《解人颐》，岳麓书社2005年版，第38页。

送了那公分五十金，我不合一时动了个小人之见，就几乎弄得你家破人亡。今日狭路相逢，我正愁你要在众人面前大大的出我一场丑，不料你'不念旧恶'也罢了，又慨然赠我五两银子。你可晓得我谈尔音当年看了那五十两轻如草芥，今日看得这五两便重似泰山！"①小说中的河台大人原是杂吏出身，对于修河道的大小事务了若指掌，从专业能力而言，不可不谓人才，后来身败名裂并不是因为忽于值守或是工作有什么大纰漏，而是因为他对钱财物品的搜敛已经远远超出了自己应得的分例，如同在戏弄谈尔音一般，钱物转眼就跑得无影无踪。归根到底，人一旦对钱物失去了敬畏心，钱物就会通过另一种方式对人进行报复，或者是因贪物敛财身入图圄，或者是对祖辈积攒的家业毫不在意，大肆挥霍，与《白鹿原》中的白孝文一般，典地卖房，流落街头，距离冻饿而死仅有一线之遥。

从一定意义上来说，每一种物都同时兼具着神圣性和世俗性，这不仅体现在一般意义的事物、器物上，也体现在人物、动物、植物上。人倘若看不清物的神圣性，就会对物产生怠慢之意，最终失而不得。但尽管如此，倘若将物的神圣性推崇到了极致，也会失去物的应有意义。在古今中外的小说中，这样的人物和事例不胜枚举，《红楼梦》中的僧道二人因为形象不佳，被世俗人轻视。时人根本不知此二人早已得道成仙，结果见到真仙无知觉，却拼命拜假仙。还有贾宝玉不是总认为那块与生俱来的通灵宝玉是"劳什子"么？一旦失落，就差点有性命之虞，到了玉被赖头和尚与跛足道人取走后，物与人的关联就被生硬地切断了，尽管宝玉还活着，但以往的所有气质都被改换殆尽，变成了形同而意非的另一个人，这便是忽视物的神圣性的实据。一旦物具有象征、情感等内涵，它的神圣性就会自然地生发出来，一块沉香被抛在荒野时，它既没有实用性，也没有神圣感，但一块朽木被利用起来放置在庙堂时，它就会成为神圣的一部分；同样，一块布本身是世俗的，但被做成国旗时，它便神圣无比，但对于其他国家的国民而言，这面国旗的神圣性又会降低。信奉佛陀的佛教徒不会将十字

---

①　（清）文康：《儿女英雄传》，崇文书局 2016 年版，第 586 页。

架挂在胸口，也未必会看见圣母像便泪流满面，这并非十字架或圣母像不够神圣，只是因为文化接受的区别导致了信仰的差异。

对于人而言，用是物的最终价值，再神圣的物也必须要有使用的价值，无论这种价值是观赏或是收藏，是记忆或是象征，完全找不到可用之处的物难以为物，倘若不明白物的世俗性，又会因物失人，毫无必要地为了某件物搭上身家性命。应该说，金银最能成为这一类物的代表，《金瓶梅词话》中嗜财如命的王婆受吴月娘的指使，要将潘金莲重新发卖，陈经济见有机会能与金莲厮守，不顾一切地要找钱替金莲赎身，可惜王婆咬死一百两银子的身价坚决不放松，只能倒腾出五六十两银子的陈经济无法，只得回老家想办法。王婆转手便将金莲卖与了能一次拿出一百两银子的武松，丝毫不去想这其中是否有什么蹊跷，更忘记了武大郎的死和自己也不无干系。最后的结果就是武松杀了金莲祭兄后，顺手也干掉了王婆，取回银子。抛开一切道德观、因果观不论，仅从对物的态度来看，王婆即使不丧命于武松，估计也会丧命于他人，这即以替身物的明证。更有《儒林外史》中的严监生，临终前看见家里的灯芯竟然用了两根，硬是挺着一口气死死不肯咽，非要等到夫人挑掉一根才算了事。对于严监生而言，灯芯虽然是供照明的物，但用两根就是浪费，因为第二根灯芯没有必要被使用，所以被浪费的物立刻就有了神圣不可侵犯的属性。

出色的叙事表现是一部小说得以称为优秀的基础，叙事中的物则是表现的基础，没有长刀和大枪，战士的英姿就会失色；没有文房四宝和书籍，读书人的渊博便惹人质疑；没有扁担和铃铛，货郎的身份都无从谈起，甚至说没有物的出现，表现本身也无法成立。不用说羽扇纶巾为诸葛亮的形象增加了多少神采，只说没有杀气腾腾的青龙偃月刀和丈八蛇矛，关羽和张飞可能立即就成了蜀将中的路人甲。当一个文本人物过于深入人心时，这些物也就成为了他们的专属，继《三国演义》之后，《封神演义》《隋唐演义》《说唐全传》《残唐五代史演义》《西汉演义》《说岳全传》《杨家府演义》等历史演义小说层出不穷，但纵观小说中上至商周，下至南宋的历史，再也没有哪个武将以使青龙偃月刀而出名。即便是鲁智深仿照关王刀的模样打了一把戒刀，也不敢用其名称，甚至谈起鲁智深的兵器，多数读者的印象还停留在他的禅杖上。一个时代有一个时代的物品，正是这些物品的存在，才能帮助读者清晰地辨别小说的时空，如以"千秋万岁太平年，芙蓉桂花飘香月，无可奈何伤怀日"来隐藏具体时间的曹雪芹，到底在"借葳蕤而成坛時兮，爇莲焰以烛兰膏耶"下暴露了年代。尤其是当代文学中的历史小说，作家更是需要对物做严肃考证，否则小说的细节真实便是一种臆想。

在以劝化和提供信息为主的叙事世界中，真正起作用的很可能是具体的物，而不是空洞的理论，一条鞭子、一部书都有可能在叙事中起到关键作用，成为扭转故事发展方向的力量。柯嘉豪极富洞见地指出："如果没有物品，个人或群体的身份，事实上所有形式的沟通和表达都变得不可能存在。我们并非赤身裸体在旷野之中进行交往，而总是被各式各样的物品环绕着，它们影响着我们看待周遭世界以及采取行动的方式。"[1]这种影响不仅对于小说中的人物成立，即使是读者，也经常在阅读中不自觉地受到物叙事的干扰。嗜酒的读者见张飞动辄提缸便饮，很难说没有不动心处；于脂粉处留意的读者会格外青睐大观园小姐们的起居梳妆。

很长一段时间，研究者对于中国小说中的物叙事都不甚留意，造成这种结果的原因有很多，但最为关键的一点还是人本位思想始终在发挥主导性作用。人对物的喜好追求存在很大的个体差异，从大层面来说，一类物就是一类人物的影像，一类人物也有一类物的伴随。相较于人的成长，物的流动变化会更加迅速彻底，既有永恒的流动性，又存在短暂的稳定性。正如大禹测海的神铁，在东海龙王的府上是定海神针，处于静的状态，在孙悟空的手上就是如意金箍棒，居于动的状态。东海龙王宝物甚多，少了这块神铁对龙宫和海底似乎也没有什么影响，换言之，对于龙王而言，即使是神铁也是俗物。但孙悟空没有了金箍棒，武力值就大打折扣，他一路

---

① ［美］柯嘉豪：《佛教对中国物质文化的影响》，赵悠等译，上海世纪出版集团2015年版，第15页。

降妖除魔的底气大多来自这根铁棒，对于悟空而言，这一神铁就神圣无比。可见，物的归属不同，它的价值也会发生改变。从神圣到世俗不过一线之隔，但这一线的背后却有着很深的纠葛，它既是人情世故的表现，也是客观存在的显露。缺少对物的讨论，小说叙事的研究工作就是不完整的，所幸，已有一些专家学者意识于此，更有学者提出人物也是物叙事①的一种特殊表现。这对于小说物叙事研究的系统化、完整化无疑具有极高的探索意义。

---

① 傅修延：《文学是"人学"也是"物学"——物叙事与意义世界的形成》，载《天津社会科学》2021年第5期，第161-173页。

第一章　叙事人物的原型及象征

　　人物是小说叙事中的重中之重，但这些成型于作家的思考创作，脱胎于书写工具的"人"并非真正意义上的人。尽管不断有批评家和作家提出要尊重人物自己的命运走向，不能对人物的结局强加干涉，但这其中存在不少悖论，首先，人物的出现来自作家的构思；其次，人物的性格是作家预先设定的；再次，人物需要经历的事情及其成长也是作家安排的。从一定程度上来说，人物兼具着"人"与"物"的双重性，如赤壁之战前夕，罗贯中在写诸葛亮接二连三地智激孙权和周瑜后，叙事中就数次出现了孙、周二人"不能容物"①之语。对于小说家而言，笔下的人物越逼真越好，最好能类似薛宝钗、林黛玉、孙悟空、猪八戒等形象以假乱真，但这恰恰说明了人物偏重于"物"，而非偏重于"人"。当然，所有小说的人物都有其原型所在，是这些真实的人的原型为小说人物赋予了人性，但是一个小说人物可能不完全来源于某一个人，而是有着张三的形象、李四的性格与王老五的经历，更细致一些来说，一个人物的形象也不止源于某一人，很可能眉眼是某甲的，身形又是某乙的。这些被拼凑出来的人物带着天然的使命，无论是善是恶，是辉煌还是颓败，都如棋子一般为小说家所用，需要与其他物一道在文本中完成叙事大厦的建构。

第一节　圣贤的神圣范本

　　脱胎于史的中国小说走的是一条与西方小说截然不同的道路。西方小

---

　　①　罗贯中：《三国演义》，人民文学出版社 2019 年版，第 378 页。

说脱胎于史诗，有着强烈喜怒哀乐和欲望的西方天神，动辄如孩童般打来斗去，与其说西方小说家从史诗中获取了道德的标准，毋宁说他们得到的是叙事灵感和勇气。中国小说从最早就担负着补充经书之余的教化重任，以最早的笔记小说集《世说新语》为例，在三十六篇中的头四篇"德行""言语""政事""文学"即是《论语》的"四科"，其中记载的如陈仲举、黄叔度、李元礼、陈太丘等人皆名重当时，所行之事无不有圣贤之风，在编撰者的笔下形成一个个的"故事"，他们既是行圣贤道的人，又在不断演绎中充当了后世小说中的一部分圣贤原型。脱胎于故事的传奇小说仍以史料的某一部分为基础，但不同于笔记小说的绝对真实，需要发挥天马行空的想象，因此，在传奇小说中的人物多数以奇制胜，即使是圣贤，所突出的也不再是读者印象中的"温良恭俭让"，而是一些不为人所知的力量与技艺。

小说的发展也如历史"天下分久必合，合久必分"一般，从先秦诸子散文和两汉赋中分化，产生了在一段时间内并驾而驱的笔记小说和传奇小说，进而在粗糙的唐传奇、宋元话本中形成相对固定的叙事模式，最终在明清时代完成古典小说的大一统，《红楼梦》的出现标示着中国小说可能达到的最高境界。

具体来看，魏晋时期的小说距离现代意义的小说还有很远的距离，石昌渝先生对此评价道："古小说分化的结果，除产生笔记小说和野史笔记之外，其志怪小说一支特别演进为传奇小说。传奇小说的出现，宣告小说文体的诞生，揭开了中国小说历史的第一页。传奇小说与笔记小说的区别有两点：一是篇幅；二是创作原则。笔记小说仍保持祖上尺寸短书的文体特点，传奇小说则不受篇幅限制，动辄千言或数千言。笔记小说虽然也娱乐读者，但作者是据实而录，不事夸张想象，更忌讳虚构，而传奇小说的作者则任凭想象驰骋，铺张夸饰，注重文采。唐代出现的笔记小说和传奇小说，作为小说，它们站在小说创作原则——实录和虚构的两端，然而它们的关系却是非常密切的，传奇小说常常向笔记小说借用题材本事，而笔记小说在叙事方面向传奇小说学习。"①也就是说，后世的小说保留了笔记小说的"事"与传奇小说的"形"。如《醒世恒言·马当神风送滕王阁》讲述王勃与江神相遇，借其力到滕王阁留文，又因文采斐然被天帝所收。主人公王勃在历史上确有其人，也曾赴江左阎都督之宴，留下《滕王阁序》一文，后因溺水，早年身亡。从其人其文来看，这篇小说建立于历史真实之上，但从其事其行来看，小说内容又无比荒诞，将王勃的际遇与神仙相系，又将其死归于天帝爱其才，令神女执碧符，命王勃前往天界为蓬莱佳景作词文记。使王勃的死不同于常人，只因人间留不住，才去天上做神仙。还有《喻世名言·穷马周遭际卖锤媪》中的马周，《喻世名言·羊角哀舍命全交》中的羊角哀、左伯桃，《警世通言·王安石三难苏学士》中的王安石与苏轼，《警世通言·三现身包龙图断冤》中的包拯，从这些小说中，既可以看出笔记小说和传奇小说结合的痕迹，也不乏继唐传奇、宋元话本等初具形态的小说中道德宣教和因果劝化的踪影。

形式上的成熟为内容的丰满、充实提供了坚实的基础，以人物为依托，小说家将自己对人情世故的观察和体验都融入故事，一方面以惊、奇、险满足读者的感官需要；另一方面以因果、道德满足读者的文化需求和价值认知。这是因为，仅具有刺激性的叙事留存不远，读者很快就会抛弃这些，转而去追求刺激感更强的故事。一些小说家即便从士人阶层掉落出来，也不至于完全沦落到贩夫走卒的地步，他们中的大多数仍然怀有儒家知识分子的抱负，不能成为帝王师也要成为众生师。从某种意义上来说，古代社会中掌握了某种知识或某类技能的人都有"好为人师"的倾向，这就要求这些"讲故事的人"不能完全不顾及对理念及思想的传播。而只讲因果、道德的小说又过于沉重烦闷，不为读者所喜，同样难以留存，所以，至少在古典小说叙事中，人物就分门别类地出现了各种形象，与之相对应的就是或荒诞、或诡异、或神圣、或规矩、或世俗的行为事迹。

---

① 石昌渝：《中国小说源流论》，生活·读书·新知三联书店2015年版，第139页。

在儒家思想的语境下，中国小说教化的依据来源于圣贤的言行，其中最重要的部分即是对他人起到的道德表率。楼宇烈认为，在儒家思想中"社会的人重于个体的人，个人服从社会是天经地义的事，因而着重强调个人对于社会的责任和义务"①。表现在大环境中，就是臣子对君王的无条件效忠和服从；表现在小环境中，就是儿女子孙对父母先祖的毕恭毕敬和顺从。以《水浒传》为例，一百零八位梁山好汉中可能只有宋江、杨志、呼延灼等少数几个头目心心念念地要回到传统的社会秩序当中，他们不顾更多人的极力反对，终于被朝廷招安。这些草莽英雄转型成为正规军之后，很快就被派去抵抗辽军，接着又去平方腊之乱。宋江明白兄弟们的处境，但对于朝廷的安排，没有任何犹豫，毫无条件地服从官家的一切命令。宋江绝非传统意义上的圣贤人物，但不能否认的是，他在各个身怀绝技的梁山好汉心目中，拥有着至高无上的地位，尤其在李逵眼里，宋江绝对是一个堪当皇帝(圣人)的人物。

施耐庵并没有刻意在小说的后半段去美化宋江，但他自从招安之后，摇身一变就有了圣贤的影像。宋江不但忘记了当初自己如何与晁盖对秦明、朱仝等人设计陷害，也忘记了梁山伯好汉们如何滥杀无辜，突然间就成为一个不怨天、不尤人，对上效忠、对下安抚的忠臣。宋江在知道自己被下黑手误饮毒酒后，忠诚指数达到了最高峰，命悬一线之际，他想到的不是报仇雪恨，而是"我自幼学儒，长而通吏，不幸失身于罪人，并不曾行半点异心之事。今日天子信听谗佞，赐我药酒，得罪何辜！我死不争，只有李逵见在润州都统制，他若闻知朝廷行此奸弊，必然再去哨聚山林，把我等一世清名忠义之事坏了。只除是如此行方可"②。宋江为了清名而甘愿受死，并在最后时刻仍要替朝廷铲除可能叛乱的言行迷惑了许多读者，明人李贽就将其认定为忠义的化身，认为这种忠义不是一般的沽名钓誉，而是一个心系朝廷、要安天下的人可能达到的最高境界。虽然金圣叹看出

---

① 楼宇烈：《中国文化的根本精神》，中华书局 2016 年版，第 194 页。
② 施耐庵：《水浒传》，人民文学出版社 1997 年版，第 1366 页。

了宋江的虚伪，但不得不承认的是，宋江的形象的确是复杂难辨的。一众梁山好汉当中，疏财仗义的人并不止他一个，而宋江之所以能够被众人所推崇，原因可能就在于他比其余头领表现出了更多的儒家气质，如同"有教无类"一般，对投奔梁山的好汉们来者不拒，又在为王矮虎娶亲等事上表现出一个封建大家长的姿态。种种这些言行为宋江披上了一层神圣的外衣，使一众好汉在精神和物质方面都依赖于他。这样一来，宋江就以对内的绝对仁义而成为落草时的领袖，以对外的勇猛忠诚成为招安后的悲剧英雄。

中国古典小说热衷于展现英雄，如果这些英雄还同时具有儒家圣贤的风范，就更能使读者荡气回肠，因为这不仅是"四端"①的需要，也是对秩序的向往。相较于其他古典名著而言，《三国演义》的人物中拥有最多的圣贤形象。两汉四百年的天下，对中国文化发展产生了不可估量的影响，因此，在东汉末年群雄竞起之时，刘备以汉室之胄的身份，天然就赢得了不少人的归属倾向，何况刘备在两件事引发出的表现，更使他具有了雄主的魅力。第一件是桃园三结义，小说言刘关张三人的相见是为平黄巾之乱，三人并非相谈甚欢后决定结为异姓兄弟，而是为结义后能"同心协力，救困扶危，上报国家，下安黎庶"②，高尚的志愿使他们的结义与庸俗的绿林好汉相比高下立判，而且刘备的确始终都以兄长的姿态对待关张二人，特别是关羽大意失荆州被东吴杀害之后，刘备弃江山于不顾，一定要为关羽报仇，使好不容易才建立的蜀汉政权立刻走向了衰败。在后人几乎是一边倒地认为刘备意气用事时，夏志清却指出"他政治上的失败正是他做人成功的地方"。夏志清的评论不无道理，从他不肯听从诸葛亮、庞统的意见占领荆州和西川，到为实现当年的桃园之盟而倾举国之力替关羽报仇，刘备从未在"义"字上让人指摘。

---

① "四端"是孟子对"仁"的重要思想拓展，具体为"恻隐之心，仁之端也；羞恶之心，义之端也；辞让之心，礼之端也；是非之心，智之端也"，见于《孟子·公孙丑章句上》。

② 罗贯中：《三国演义》，人民文学出版社2019年版，第5页。

第二件事是三顾茅庐请诸葛亮出山。诸葛亮自比管仲乐毅，在当时能人志士成群的环境中脱颖而出，被世人以"卧龙"之美名冠之。这样的人尽管有经天纬地之才，却也不屑于争名夺利，他在《出师表》言道："臣本布衣，躬耕于南阳，苟全性命于乱世，不求闻达于诸侯。先帝不以臣卑鄙，猥自枉屈，三顾臣于草庐之中，咨臣以当世之事，由是感激，遂许先帝以驱驰。"说明他的确是被刘备的真诚所感，才出山相帮扶，但刘备请诸葛亮的这一过程并不顺利。小说写刘备苦于被曹操追逼，如丧家之犬无常地可栖，好不容易得徐庶相助，却又被曹操用计诈走，徐庶自觉对不起一见如故的刘皇叔，临行前极力推荐孔明。对于刘备而言，孔明的名字还甚是陌生，不知道诸葛亮与将要走的徐庶到底谁更有谋略，徐庶言"以某比之，譬犹驽马并麒麟、寒鸦配鸾凤耳。此人每尝自比管仲、乐毅；以吾观之，管、乐殆不及此人。此人有经天纬地之才，盖天下一人也！"①之后不久，隐士司马水镜先生面对关云长的质疑，更赞叹孔明"可比兴周八百年之姜子牙、旺汉四百年之张子房"②。但是下定决心请孔明出山的刘备却屡屡碰壁，第一次不见，张飞已经不耐烦，第二次不见，关羽也动了气，只有刘备愈加恭谨。说诸葛亮是有心试探也好，无心使之碰壁也罢，总之是被刘备的情义"逼"出了山。而从他人的眼光来看，刘备此时虽然不能与曹操、孙权抗衡，大小却也是个名扬四海的英雄，更有帝胄的光环，能够将姿态一低再低，便在仁德之外更有了谦虚、礼贤下士的风采。

在刘备之外，诸葛亮和关羽也是两个需要讨论的人物。诸葛亮是文臣，后来有读者从其布道坛、着道衣上认为他是个道家人物，又有读者从其"鞠躬尽瘁死而后已"上认为他是个儒家人物，争论本身并不重要，但却彰显了诸葛亮为圣为贤的事实。诸葛亮自从归于刘备后，屡出奇计，一步步按照《隆中对》的设想，不仅帮助刘备立稳了脚跟，更成就了蜀汉几十年的帝业。小说中的诸葛亮充分表现出了一个政治家的圣贤风范，仅以赤壁

---

① 罗贯中：《三国演义》，人民文学出版社 2019 年版，第 318 页。
② 罗贯中：《三国演义》，人民文学出版社 2019 年版，第 322 页。

一战的前后叙事来看，面对强大的曹军，刘备和孙权都不免惊慌失措，但前者一心要做番大事业出来，谋士、武将也正在竭力效忠之时，不可能转身投降，后者在江东有三代基业，黎民百姓也算安居乐业，至少是文臣们并不想投入一场毫无把握的战争，何况曹操声势浩大的"一面发檄遣使赴东吴；一面计点马步水军共八十三万，诈称一百万，水陆并进，船骑双行，沿江而来，西连荆、峡，东接蕲、黄，寨栅联络三百馀里"①。诸葛亮很明白，面对几乎是倾囊而出的曹军，他们必须与东吴联盟，但东吴的主和派都有很深的根基，在一定程度上能左右东吴的走向，因此，诸葛亮首先以舌战群儒赢得了话语的主动权，又智激周瑜，从草船借箭到计杀蔡张，将战争的布局和发展完全置于他的操纵当中，特别是"借东风"一事，更将其智慧发挥到了极致。

后世读者认为，由于罗贯中过于偏爱这个人物，便将其他人的许多智谋都归于孔明的名下，不但使鲁迅发出"欲显刘备之长厚而似伪，状诸葛之多智而近妖"②的不满质疑，连夏志清也觉得诸葛亮"借东风"是作者的曲意为之，是"为了强调诸葛亮是胜利的缔造者，作者不得不硬叫他穿上道衣，登坛祭风"，并且认为借风偏离了整体的叙事主调，他说"此段描写法术的场景虽然一直为读者所喜爱，实则颇有值得商榷之处；倒不是因为我们原则上反对此类神怪之事，而是由于整篇小说主要的是写人类不靠神助，全凭自己的文韬武略打下江山"。③ 而笔者在读南怀瑾先生著述的《易经杂说》时，又看到这样一段话：

> 十月有一个小阳春，阴极则阳生，这时有几天气候的气温要回升。诸葛亮借东风，就是利用这个气候。曹操当时敢于把战船合并起来，因为他识天文，知道气候的变化，把战船合并起来，唯一的缺点

---

① 罗贯中：《三国演义》，人民文学出版社 2019 年版，第 368 页。
② 鲁迅：《鲁迅全集》（第九卷），人民文学出版社 2005 年版，第 135 页。
③ 夏志清：《中国古典小说》，何欣等译，刘绍铭校订，上海人民出版社 2019 年版，第 63 页。

是怕火攻，但自己的水上阵地在长江上游，是西北方的位置，东吴的战船在下游，处于东南，时间正是冬天，吹的是西北风，东吴不能用火攻。诸葛亮、周瑜也知道可以用火攻，可是周瑜愁于没有东南风可助，于是诸葛亮借东风。这完全是诸葛亮玩的花样，东风哪里真是他借来的，真正的原因是诸葛亮懂得《易经》，知晓天文，在某一个气候的前三天后三天，会转东南风。他算准了这个日子，所以装模作样借东风，展开攻势，打败了曹操。①

由此可见，罗贯中对诸葛亮的描写既非神化也非妖化，小说中的孔明在用马谡、收姜维、北伐无功等事上的表现，都为这个人物增添了人的色彩。孔明无疑是个圣人般的人物，自从效力刘备开始，便有始有终，连亲兄诸葛瑾数次或劝或逼或恳求都不曾有半点动摇，忠义程度丝毫不亚于关羽和张飞，在白帝城听见刘备临终时要他自为成都之主之言，更是泣拜叩头到流血。诸葛亮深知刘禅不可成大事，却也从未放弃"尽人事"，后人指责诸葛亮不该劳民伤财七出岐山，却不知这正是孔明以攻为守，保全蜀汉的无奈之举。历史演义小说到底不能违背历史的走向而擅自更改结局，而罗贯中越是将诸葛亮塑造成为一个无所不能的智者，越能体现天命不为人移的悲剧和遗憾。

被视为"武圣"的关羽从另一角度表现出了人物的神圣性，关羽的神圣性不仅在于他的卓尔不群，更在于他的生动性。这个人物从形象而言，他"身长九尺，髯长二尺；面如重枣，唇若涂脂；丹凤眼，卧蚕眉；相貌堂堂，威风凛凛"②的外貌优势深入人心，有"美髯公"之名。从性格而言，关羽直率、稳重，他与刘备失散之后不得已投靠曹操，后者用尽一切方法都无法使关羽动摇，小说表现他身在曹营心在汉的一段叙事，是其能够封神的重要原因。从能力而言，关羽勇冠三军，诛颜良、斩文丑，只要关将

---

① 南怀瑾：《易经杂说》，复旦大学出版社 2019 年版，第 92 页。
② 罗贯中：《三国演义》，人民文学出版社 2019 年版，第 5 页。

军的大旗在两阵对垒时亮相，对方无不胆战心惊。但需要注意的是，在《三国演义》的诸多武将中，关羽的武力值并非最高，不用说骁勇无比的吕布，即便是张飞、赵云和马超，他也未必就能敌，关羽的可敬之处在于他将一个武将的忠勇发挥到了极致。他从未正面顶撞过刘备，即便在三请诸葛亮出山时和张飞同样有不满的情绪，但为了兄长，仍然努力克制。虽然不肯投降厚待于他的曹操，在华容道堵截曹军时，不忘旧恩，宁愿受诸葛亮的军法处置，也要放曹操一条生路。小说中没有哪个人物比关羽更能因道德而让读者敬服，只是，这也带来了另一个问题，随着他人的吹捧以及蜀汉大业的建立，关羽逐渐地自觉无人可敌，在败于禁杀庞德的一战后，他终于在神性外显现出了人性，因为性格上的傲慢，他很快丢失了荆州重地，这次失败直接导致了蜀汉的断崖式倾颓。许多读者为关羽惋惜，归咎于陆逊"不讲武德"，潜在地认为这个人物不该存在任何缺陷，但夏志清却指出完美的形象是空洞的，"关羽的'骄傲无谋'，在罗贯中对一个因狂妄得咎的悲剧英雄的观念中，毋宁说是极其重要的。如果没有这个缺陷，他就会成为一个小说里常见的神明一般的英雄，叫人难以忍受。罗贯中逐步利用细节的讲述，融合了这位英雄在历史和民间传说中的形象，将他塑造成一个真正令人难忘的人物"①。这个看法极有见地，神灵是用来崇拜的，人物才是用来亲近的，如果人物没有"人性"只有"神性"，这个人物就如同神牌一般，只需夸大其词，根本没有塑造的必要。反观《儿女英雄传》，里面的人物几乎各个非圣即贤，无法引起读者的比较和思考，自然也难以赚得读者的真实情感。从这一点来看，没有瑕疵的完美人物会丧失他的真诚，无论这种真诚带来的后果是什么，至少都会在其中保留着独特的艺术魅力。

《三国演义》将圣贤具体化为一个个鲜活的人物，尤其是蜀中的文臣武将。但与其说读者偏爱蜀汉是由于钦佩圣贤和承继正统的观念使然，毋宁

---

①　夏志清：《中国古典小说》，何欣等译，刘绍铭校订，上海人民出版社2019年版，第45页。

说是小说对"五虎上将"及诸葛亮、姜维等人的成功塑造所致。这些有血有肉的人物无不是道德的标杆，即便有些事属于虚构或夸大，但应该说人物的大致模样是符合历史真实的。石昌渝认为，"中国史传文学的发达和历代经学的显赫地位，以及封建文化对通俗文学的歧视，再加上小说本身对史传的曲意奉承，等等因素造成一种传统观点：完全杜撰的不是好小说，好的小说必然隐含着真人真事"①。这就使读者在阅读的过程中，很容易对作家的描述产生信任感，并将自己带入故事当中进而产生共情。

虽然建立在真实历史之上的小说叙事可以对人物展开更为具体的塑造，但也会因为人物已经确定的生平而失去不少可供拓展的空间。罗贯中不可能将吕布塑造成忠义的战将，尽管他武艺高强，刘关张三人才能与之战个平手，但的确存在他弑丁原、杀董卓的史实，《三国志》记载："时允与仆射士孙瑞密谋诛卓，是以告布使为内应。布曰：'奈如父子何！'允曰：'君自姓吕，本非骨肉。今忧死不暇，何谓父子？'布遂之，手刃刺卓。"②反观关羽与刘备只是结为异姓兄弟，尚且不离不弃，为之肝脑涂地，那么，吕布既然已经认董卓作父，便不该自己去充当刽子手。可见小说家在面对历史人物时，可以将朱色渲染至深红，却难以令黑变红，否则，小说的虚构就会变成信口雌黄的歪曲，其叙事价值也会大打折扣。

鉴于此，在《水浒传》和《三国演义》之外，小说家对叙事真实和虚构的理解有了更为深入的发展，在塑造圣贤人物时，也更多会采用某一类人物的原型作为小说人物的参照，对圣贤的界定方面也宽泛了许多。圣贤未必就要坐在高堂之上，也未必就是熟读诗书，功成名就的饱学之士，只要人物克己复礼，在修身、齐家上的确有令人称道之处，就可以看出圣贤的踪影。在《儒林外史》中，吴敬梓塑造了一个名叫鲍文卿的戏子，他从事着下九流的行当，却时刻以最高的道德标准做自我要求，当仁不让且施恩而不

---

① 石昌渝：《中国小说源流论》，生活·读书·新知三联书店 2015 年版，第 10-11 页。

② 陈寿：《三国志》（第二卷），斐松之注，卢弼集解，钱剑夫整理，上海古籍出版社 2009 年版，第 774 页。

求回报。小时候并未记载他有任何学习儒家学说的经历，但恰恰符合《论语·学而篇》中"贤贤易色；事父母，能竭其力；事君，能致其身；与朋友交，言而有信。虽曰未学，吾必谓之学矣"之语。他在一次偶然遇见另一个同是唱戏行当的戏子时，见对方"头戴高帽，身穿宝蓝缎直裰，脚下粉底皂靴"①的穿着打扮，便觉得不以为然，劝诫道"像这衣服、靴子，不是我们行事的人可以穿得的。你穿这样衣裳，叫那读书人穿甚么?"②古代儒士的名称来历在于他们所穿的衣服，一个人对物的认识由自身的品格所决定，圣贤一定不会自认为学问、品德俱佳而在穿着打扮上令人侧目，反而是一些毫无见识的庸众，才会在外在之物上下工夫，用以自我标榜。

如果鲍文卿仅是安分守己，吴敬梓便无需在叙事中对其大为赞赏，这个人物的出色之处在于他对上(管一方百姓的向知府)没有奴颜婢膝之媚态，对下(典当子女以继命的倪老爹)也没有傲慢的偏见。鲍文卿曾为了素昧平生的人向知府讨过公道，却没有接受任何赏金，因此算是旧相识，并给这位大人留下了极佳的印象。向老爷在仕途上步步高升，想对他予以回报，鲍文卿几次都坚辞不受，因为他在内心深处着实没有将自己的行为与受报答相联系，老大人的厚爱反而使他在言行上表现得更加谨慎。在与倪老爹的交往上，鲍文卿的圣贤风范更为出彩，因后者贫病交加，无力保全妻儿，鲍文卿便过继了倪老爹的儿子，更"因他是正经人家儿子，不肯叫他学戏，送他读了两年书，帮着当家管班。到十八岁上，倪老爹去世了，鲍文卿又拿出几十两银子来替他料理后事，自己去一连哭了几场，依旧叫儿子去披麻戴孝，送倪老爹入土"，鲍文卿的作为绝非沽名钓誉，平日里"比亲生的还疼些；每日吃茶吃酒，都带着他；在外揽生意，都同着他，让他赚几个钱添衣帽鞋袜；又心里算计，要替他娶个媳妇"。③ 孟子言"老吾老以及人之老，幼吾幼以及人之幼"，范进、蘧駪夫、匡超人等人与鲍文卿实在不可同日而语，吴敬梓对一众儒林之士嬉笑怒骂之余，到底在鲍

---

① 吴敬梓：《儒林外史》，人民文学出版社1958年版，第290页。
② 吴敬梓：《儒林外史》，人民文学出版社1958年版，第290-291页。
③ 吴敬梓：《儒林外史》，人民文学出版社1958年版，第297页。

文卿身上寄托了他对圣贤的理解。这个人物的出现既是为了讽刺本应有此见识却不能的儒士，也是为了拓宽人物塑造的空间，使圣贤高高在上的神性遭到消解，而圣贤的世俗性则得到充分显现，令读者意识到人物的神圣与否不在于身份的贵贱，而在于人格的高下。

小说家一方面出于建立社会伦理道德的需要，另一方面出于建构叙事冲突的目的，无比偏爱对圣贤人物的刻画，不用说古典小说中的圣贤如影随形，即便是现实主义题材的现当代小说中，圣贤人物也不绝于叙事。这不仅是因为圣贤更适合承担"教化"的角色，也因为圣贤能起到更多的"利他"功用，并非所有读者都只希望从小说中获取愉悦，在相当大的程度上，读者还希望从中得到经验与信息，其来源就在于圣贤般的人物。从这些人物身上，读者能看到一个有着真正道德的人的趣味、他们的行事方式，进而"见贤思齐"。徐懋庸认为："作家描写人物的时候，好比一个介绍人，要把作品中的人物介绍给读者。在这时候，作者应该负一种责任，就是所介绍的人物，必须是他所分明知道的有价值的人物。"①当然，对于作家而言，每一个叙事人物都必然有其价值所在，但叙事价值与人物价值却是截然不同的。

《白鹿原》中的各类人物颇多，从叙事价值来看，不用说白嘉轩、鹿子霖关系着整部小说的叙事走向，即使是白狗蛋等人在被用以衬托他人品性时，也具有重要的叙事价值。但从整体而言，这些人物虽然生动形象，却无法在人格、气质上为读者展现真善美的境界，小说一旦沉耽于故事的连缀和堆积时，人物的叙事价值就只能被结构所拘囿。毕竟在提及一部小说时，读者首先想到的就是小说中的人物，人物的是非成败才是小说需要展示的主要内容。卡尔维诺极有见地地指出，"文学是一种教育，在程度和品质上无法替代，我们也是一样。我们想到的正是这个类型的男人或者女人，是历史中那些积极的主角，那些在实践中与事物接触继而形成的新领

---

① 王永生主编：《中国现代文论选》（第二册），贵州人民出版社1984年版，第136页。

导阶级。文学应该去面对那些人，在向他们学习的同时，还应该教授他们知识，为他们服务。而且，文学只能在一件事情上为他们服务，那就是帮助他们变得越来越聪明、敏感，并且在道德上变得强大。文学可以探寻和教授的东西不多，却又无法取代，其中包括：注视身边的人和自己的方法，建立起个性化和普遍性事件之间的关系，使小的或者大的东西获得价值；考查自己的局限性、坏毛病，还有他人；找到生活中各种事物之间正确的关系"①。如果陈忠实的笔下全都是白嘉轩和鹿子霖这样的人物，《白鹿原》就会成为一部尔虞我诈的阴谋小说，如果全是黑娃、白孝文和田小娥，小说则会沦为一部乡村爱情故事。所幸书中有如圣人般的朱先生这样的人物，小说才能引发读者的思考——人究竟要成为怎样的人，人的真正价值又在何处？朱先生不是叙事中的主要人物，却是最有价值的人物，因为他的身上展现出一个真正的儒家大贤的风范，足以宣示出民族的精神。

在描画这个圣贤人物的图景时，陈忠实这样写道："朱先生正在书房里诵读。诵读已经不是习惯而是他生命的需要。世间一切佳果珍馐都经不得牙齿的反复咀嚼，咀嚼到后来就连什么味儿也没有了；只有圣贤的书是最耐得咀嚼的，同样一句话，咀嚼一次就有一回新的体味和新的领悟，不仅不觉得味尝已尽反而觉得味道深远；好饭耐不得三顿吃，好衣架不住半月穿，好书却经得住一辈子诵读。"②显然，圣人与圣贤书是合二为一的，在文本的世界中，圣人在圣贤书的辅助下，形象更是熠熠生辉，在一定程度上来说，这样的生活模式也的确代表了读书人的理想境界。

圣贤属于中国小说人物中极为重要的一部分。它不仅是民族文化在文本中的最高凝结，而且是人之所以为人的真正价值。人是善于模仿的动物，当尔虞我诈不绝于眼耳见闻时，圣贤人物就起到了一种引领的作用。遗憾的是，这类人物在当代小说中出现得越来越少，圣贤的神圣地位逐渐被高官、富商和学者取代，如在李洱的长篇小说《应物兄》中，乔木、姚

---

① ［意］卡尔维诺：《文学机器》，魏怡译，译林出版社 2018 年版，第 18 页。
② 陈忠实：《白鹿原》，作家出版社 2009 年版，第 72 页。

鼒、程济世等儒学大家虽然同样受到时人不可思议的追捧，但论其为人，似乎只懂得"之乎者也"，所谓的满腹经纶实在未能在言行上起到值得称道的表率作用。尤其是誉满天下的程济世，他的卓越地位不仅在于其是名门之后，更在于他哈佛知名学者（为美国高官建策纳言）的身份。到了年事已高时，不知出于怎样的真实目的，突然想到了落叶归根，于是在国内儒学专家兴师动众的翘首以盼中，回到了故乡的一所高校，理所当然地成为了一面学术大纛。这位儒学大师显然是以圣人自居的，他与其他人谈话时不仅会时不时地提起自己与政府首脑的交往经历，显现出帝王师的做派；而且称自己最有财力的学生为"子贡"。事实上，这位"圣贤"并没有在叙事中让读者感到任何亲近感，当省级干部、大学校长、国内知名学者都要在他面前陪着笑脸、讨着小心时，那么一个普通百姓或是一个普通学生恐怕根本没有机会挤到这位大师面前，更不用说还能要求大师"有教无类"了。另一位国内的儒学大师乔木似乎也好不到哪里去，不说这些圣贤们热衷于娶年轻女人为继室的行为，只说他们在教育上的表现就令人失望，首先是独生女儿为了和男学生私奔，活活气死了自己的结发妻子，乔大师对此却无能为力；其次是在教育学生方面，除了对应物"寡言少语"的教导还值得称道之外，乔木先生的圣贤形象同样也只剩下了引经据典。儒学大师之间的笔墨官司更令人啼笑皆非，乔木先生因《礼记·中庸》中有"君子之道四，丘未能一焉。所求乎子，以事父，未能也；所求乎臣，以事君，未能也；所求乎弟，以事兄，未能也；所求乎朋友，先施之，未能也"之句，因此说"孔子说了，君子之道有四条，可他自己呢？连一条也没有做到：做儿子要孝顺，他要求儿子孝顺，自己却不孝顺；做臣子要忠心，他要求别人忠心，自己却不忠心；做弟弟的要侍候兄长，他要求弟弟侍候他，他却不侍候兄长；做朋友要讲诚信，他要求别人诚信，自己却不诚信。乔木先生说，说轻了，这叫知行不一，是伪君子。说重了，这是知法犯法，罪加一等"①。先不说儒学大师不知"为圣人隐，为贤者隐，为大人隐"，只说乔

---

① 李洱：《应物兄》，人民文学出版社 2018 年版，第 389 页。

木先生的解释距离事实就已经有十万八千里之遥。因为被后人尊为圣人的孔子从不对自己大吹大擂，他认为自己做的许多事情都非尽善尽美，因此才处处表现出"未能者"的谦虚。退一步说，孔子三岁丧父，十七岁丧母，如何事父？乔木因此说孔子不孝，实在令人侧目。至于事君、事兄及与朋友交等方面，从现存史料来看，都无法详细知道当时的具体情况，很可能是孔子并非不愿去做，而是没有条件去做，所以因此而诟病圣人，实在有过于狂妄之虞。

当圣贤作为小说叙事塑造的人物时，他可以远离真实的人的瑕疵，但却不该远离人性，古典小说中的圣贤寄托了作者对儒家思想在人身上的最高理想，因此圣贤人物时刻表现出的都是克己复礼，近乎完人，他们在叙事中的一言一行都能引发读者的钦羡，甚至有"人应如斯"的感叹。经过了现代小说的"洗涤"以及当代小说的"改换"，圣贤与其说是小说家塑造的最高人格的"人"，毋宁说是与尘世相隔的"神"，以至于这类人物在小说中有了逐渐隐逝的趋势。

第二节　君子处世、立身及行事

在中国文化历史中，能被冠以圣人之名的人物寥寥无几，而且随着时间的推移，圣人越来越存在于后人的想象而非真实之中，那么，在小说营造人物的"善/恶"对峙时，善人更多体现的是一个君子而非圣人的行为。这样不但使人物的"善"有了更大的叙事空间，不至于动辄因小处言行不当就被上纲上线，而且在人物的叙事关系方面也会相应复杂，脱离圣人的孤独感。

相较于圣贤，中国小说家更擅长表现君子，因为圣贤是理想，而君子则是现实，所以更容易成为一个饱满而丰富的人物形象。中国古典小说中的君子通常知书达理，浸润在儒家的知识氛围内，相较于当代小说的君子更有一种文化的韵味，即便没有经过"四书五经"的熏陶，人物一旦能表现出明显的仁义孝悌，便也成为君子行列的一分子。应该说，小说家的创作目的无论是出于主动教化抑或潜意识下的教化，君子都是一种必然存在的人物类型，因为他展现的是一部分或者是多部分优秀文化的凝结成果。

君子并非如圣贤般闪耀着人性的光彩，甚至可能会表现出许多见识上的局限或是性格上的弱点，但却使人可亲、可近、可信、可爱、可感、可叹。《醒世恒言·卖油郎独占花魁》中，秦重被父亲卖给了一家开油店的人，从此改换姓氏，成为了卖油郎朱重。此人虽然从事着商贾的行当，却有着士人的气节，不用说对养父忠孝，对客人也从不短斤少两，因此被众人所喜。后来其养父因受他人教唆，将朱重赶出门外，朱重更显示出困境中的君子做派，平日里省吃俭用，更以走街串巷卖油的生意为便，到处寻找生身父亲。小说在这里已经完全树立起了一个孝子的形象，使读者对于朱重也心有戚戚焉，使小说有了充分的理由为朱重后面安排富贵的结局和一段美满姻缘。如石昌渝所言："小说并非没有它的真实性，它的真实性不依赖所描写的人物事件是事实而得到证明，它的真实表现在人物性格和情节发展符合生活逻辑。"①这种真实往往被许多评论家解读为因果报应，事实上，因果的确是一种具有现实性的存在，在现实生活中难道歹人为非作歹不会受到众人的谴责和法律的制裁，知书达理、与人为善不会获得更好的机遇？所以，朱重不出所料地凭借自己的诚实、敦厚和智慧，赢得了花魁的芳心，而且凭借自己的优良品质积攒下偌大的家业。

对于花魁而言，每一个纨绔子弟都有可能因为她的年轻美貌而一掷千金，在物以稀为贵的环境中，金钱就无法成为富家子弟的试金石，更何况，这些富家子弟很有可能因为自己花了钱，便摆出一副不可一世的架势，这更会遭到久经风月场的花魁的反感。虽然朱重进入花魁视线的前提也需要十两银子，但朱重接下来的表现却是与众不同的。小说先写花魁在酒醉中接待朱重，言语上颇为失礼，还因酒醉呕吐使朱重污了衣服。在一

① 石昌渝：《中国小说源流论》，生活·读书·新知三联书店 2015 年版，第 11 页。

般客人看来，这无疑是一件令人难以接受的事，但朱重对花魁的心思并不在狎昵之上，而是如见仙人般的一片虔诚，所以花魁才有了"难得这好人，又忠厚，又老实，又且知情识趣，隐恶扬善，千百中难遇此一人。可惜是市井之辈。若是衣冠子弟，情愿委身事之"①的念头。就连妓院的老鸨也觉过意不去而对朱重抱有了一丝善意，一改平日的势力做派，这样一来，不但花魁遇挫折而想起卖油郎的好处，就连朱重后来用花魁平日积攒下的金银为其赎身脱籍时，也没有遭到老鸨的过分为难。

明朝以降，商人的社会地位逐渐升高，一旦商人在财富之外还能遵守儒家的行为标准，其道德的含义就会较之穷书生更为可贵。朱重的可敬之处首先就在于他安守本分，知道自己出身低，就不会表现出与身份不相符的期待，他的踏实和勤劳决定了他值得拥有令人羡慕的财富，而他对花魁的尊重也使他的婚姻美满变得理所当然。

由此看来，从因到果的真实既是对善的奖赏，也是对他人的号召，而这些因果反映在君子身上，不但有着令人信服的依据，更有着可供憧憬的想象空间。对于掌管着人物命运结局的小说家而言，如果一个人的君子行径达到了极致，他所获得的奖赏就不止于财物和婚姻，甚至能脱凡入圣。在《醒世恒言·张孝基陈留认舅》中，讲述了一个员外靠辛劳节俭积攒下家业并生下了一子一女，儿子花天酒地全然不成人样，女儿却贤良淑德。到了子女长大成人需要婚配时，儿子白白断送了一桩好姻缘，女儿则嫁给了品性更为贤良的一位君子。老员外见儿子不争气，只好在临终时将家业传给女婿，女婿却认为于理不合坚辞不受。从现代读者的角度来看，女婿的做法几乎令人难以理解，先不说这份馈赠是员外自愿的行为，只说儿子、女儿都是一般骨血，也不应有如此之大的分别。但如果回归到小说创作的年代，男性的权利的确至高无上，作为附庸者的女性，只有相夫教子才能显示出生命的价值，因此，小说在描绘女儿的通达时，也需反复强调只有哥哥才是唯一的财产继承人。而在员外以生命相要挟的坚持下，女婿也终

---

① 冯梦龙编：《醒世恒言》，人民文学出版社 1956 年版，第 57 页。

于接受了丈人的家业。

小说写到这里,其实已经显示出了女婿(君子)与儿子(小人)的巨大差别,但对于作者而言还远远不够,如果想要塑造出一个更加令人钦佩的君子形象,还应该扭转乾坤。不出所料,女婿在继承家业后,同样克勤克俭,兢兢业业地将财产扩大了许多,接着便开启了寻找当初害怕员外责罚而出走的儿子的历程。经过一段戏剧化的描写,女婿不但找到了这个浪荡子弟,还成功地扭转了他的品性,使曾经的浪子成为另一个金不换的君子。在中国文化的视野内,财物一向是品德的试金石,尤其是一个君子,更要将钱财视为身外之物,一个人不说见钱眼开,即便是取走自己应得的一份,也总令人感觉遗憾,毕竟有不少视金钱为粪土的人做榜样,所以仗义疏财、分文不取的行为总会拥有极高的赞誉。女婿见到员外的儿子果然改头换面后,将凝聚着自己辛劳和智慧的家财全部还给了他,并坚决不肯接受哪怕是一点点的应有馈赠,甚至连丈人家都不肯多住几日,似乎不如此就无以表明自己的清白。这样一来,女婿作为一个君子,其行径其实就达到了神圣的境界,小说家当然不吝啬于对这样的人进行褒奖,于是通过路人之口言:"某日于嵩山游玩,忽见旌幢驺御满野。某等避在林中观看。见车上坐着一人,绛袍玉带,威仪如王者,两边锦衣花帽,侍卫多人。仔细一认,乃是令先君。某等惊喜,出林趋揖。令先君下车相慰。某等问道:'公何时就征,遂为此显官?'令先君答云:'某非阳官,乃阴职也。上帝以某还财之事,命主此山。烦传示吾子,不必过哀。'言讫,倏然不见。方知令先君已为神矣。"[1]女婿的道德不但使自己封神,还荫蔽了子孙,其子为高官,子孙则繁盛不衰。

至少是在古典短篇小说的环境中,长期浸润在儒家文化内的小说家热衷于操纵人物的命运,他们通过简单的善恶二分法,将君子抬到极致,并给予他们丰厚的奖励,又将恶人贬至极低,然后加以惩罚。一些研究者对此不以为然,认为这种扁平、毫无个性的人物形象其实丧失了人的丰富

---

[1] 冯梦龙编:《醒世恒言》,人民文学出版社 1956 年版,第 335-336 页。

性，也不利于将叙事放置于现实中进行讨论。但是从另一个角度来看，这种叙事手法是以古代读者为中心的，它一方面成为弃恶扬善的典型教化，另一方面则是对复杂现实社会的一种抚慰。即便是一个成熟的读者，同样需要从小说中得到一种情感上的共鸣，这种共鸣不一定非要加入哲学的思辨。大道至简，在善与恶、君子与小人的对峙下，同样贯穿着小说家对世界和现实的深刻理解。

从当下读者的理解范畴来看，不知君子在古代社会到底是过多还是过少，总之在古典小说中，小说家十分青睐这一人物类型，特别是当其对某一本小说怀有不同看法时，他就会将纠正后的意见在自己的小说里发挥得淋漓尽致。如明显对《红楼梦》中的人物有所不满的文康，在《儿女英雄传》中，便比照着《红楼梦》扭转了所有主要人物的性格和处事方式，使他笔下的这些主要人物各个都如君子般光明磊落，令读者憧憬赞叹。小说中的安老爷仁慈忠厚并有真才实学，知道政治环境对爱护百姓的州县小官不利，便不愿去蹚浑水，而一旦被皇帝指派当县官，又能安之若素，欣然复命。安老爷在为官期间清廉爱民自然不必说，难得的是他为报恩而辞去官职，既没有读书人的酸腐也没有自恃身份高贵（满族高官之后，自己的许多门生也身居高位）的傲慢。以安老爷为中心的安夫人同样知书达理，安夫人没有门第之见，真心爱护一个出身不高的儿媳张金凤，并对穷困潦倒、没有见过世面的亲家尊重有加。在这样的家庭环境下，安少爷也是不凡，对父母的言语说一不二，孝顺程度可与卧冰求鲤的王祥相比对，特别是在仿照探春、宝钗理家，从大观园的土地上创收一项中，毫不犹豫地将另一个媳妇的嫁妆资财全数拿出，供给父母使用。更为难得的是，安少爷的两个媳妇不但面容姣好，而且深明大义，女子中常见的嫉妒、短见、贪婪等人性在她们身上荡然无存，果然像安老爷所期冀的一般，效仿着娥皇女英辅助丈夫读书求仕，直到安少爷成为朝中重臣。

作为一个饱读诗书的旗人子弟，文康却生不逢时，他对于当时社会下的官场腐败、百姓水深火热的现实无能为力，只能借小说来实现他对国家、家庭治理的理想，如刘大先所言："文康对清王朝抱有幻想，期望借小说以扶持纲常、劝善惩恶、淳化民风，比及曹雪芹的痛定思痛的反思又有一番不同，带有强烈的民族认同的民族复兴的愿望。"①现实中的种种不堪皆由人所为，因此在小说世界中，文康便有意创作出了另一群慷慨激昂的"儿女英雄"，他假借天神之口阐发自己的认识，"这'儿女英雄'四个字，如今世上人大半把他看成两种人、两桩事；误把些使气角力、好勇斗狠的认作英雄，又把些调脂弄粉、断袖余桃的认作儿女。所以一开口便道是'某某英雄志短，儿女情长'，'某某儿女情薄，英雄气壮'。殊不知有了英雄至性，才成就得儿女心肠；有了儿女真情，才作得出英雄事业。譬如世上的人，立志要作个忠臣，这就是个英雄心，忠臣断无不爱君的，爱君这便是个儿女心；立志要作个孝子，这就是个英雄心，孝子断无不爱亲的，爱亲这便是个儿女心"②。

这番言论颇有君子"修齐治平"之意，也正是孟子"推仁"的具体表现，出于这样的认识，"孝"成为这部小说中君子行径的第一要义，"仁"则是人物之为君子的内心写照。比照着贾宝玉而出现的安少爷，听闻去远方做官的父亲有难，毫不犹豫地典地凑银，千里寻父。当然，从父子亲情的角度而言，这并不值得夸耀，但安少爷独身在外时也犹如在父母身边一样，任何事情都不敢自专的行为仍令读者十分惊讶。他偶然在生命危急之际受一侠女的救命之恩，于情于理来说都该唯命是从才对，但听说侠女要为其做媒，安少爷立即断然拒绝，原因就在于无"父母之命"，全然没有才子面对佳人便要私定终身的念头。后来拥有了两位娇妻，也不敢因此荒废学业，完全纠正了如贾宝玉一样不喜读书、厌恶功名的心理，被文康打造成了一个无可挑剔的君子。在《红楼梦》中，使读者唏嘘不已的"金玉良缘"与"木石前缘"在这里也得到了解决，宝钗转为张金凤，黛玉转为何玉凤，两个人一见如故，情同姐妹，不止共嫁一夫，还是安少爷无可挑剔的贤内助，俨然是一双女君子的模样。就连为生活所迫而为盗的歹人，在安家的一番

---

①　刘大先：《〈红楼梦〉的读者——〈儿女英雄传〉的影响与焦虑》，载《西南民族大学学报（人文社科版）》2006年第1期，第81页。

②　文康：《儿女英雄传》，人民文学出版社2016年版，第3-4页。

教育后也能改邪归正，不失为一个君子。文康毫不掩饰地说明了自己对人物的创作设想：

> 就拿这《儿女英雄传》里的安龙媒讲，比起那《红楼梦》里的贾宝玉，虽说一样的两个翩翩公子，伦阀阅勋华，安龙媒是个七品琴堂的弱息，贾宝玉是个累代国公的文孙，天之所赋，自然该于贾宝玉独厚才是。何以贾宝玉那番乡试那等难堪，后来直弄到死别生离？安龙媒这番乡试这等有兴，从此就弄得功成名就？天心称物平施，岂此中有他谬巧乎？
>
> 不过安公子的父亲合贾公子的父亲看去虽同是一样的道学，一边是实实在在有些穷理尽性的功夫，不肯丢开正经；一边是丢开正经，只知合那班善于骗人的单聘仁，乘势而行的程日兴，每日里在那梦坡斋作些春梦婆的春梦，自己先弄成个文而不文、正而不正的贾政，还叫他把甚的去教训儿子？
>
> 安公子的母亲合贾公子的母亲看去虽同是一样的慈祥，一边是认定孩提之童一片天良，不肯去做罔人；一边是一味的向家庭植党营私，去作那罔人勾当，只知把娘家的甥女儿拢来作媳妇，绝不计夫家甥女儿的性命难堪，只知把娘家的侄女儿拢来当家，绝不问夫兄家的父子姑媳因之离间，自己先弄成个"罔之生也幸而免"的王夫人，又叫他把甚的去抚养儿子？
>
> 讲到安公子的眷属何玉凤、张金凤，看去虽合贾公子那个怵中人薛宝钗、意中人林黛玉同一艳丽聪明，却又这边是刻刻知道爱惜他那点精金美玉，同心合意媚兹一人；那边是一个把定自己的金玉姻缘，还暗里弄些阴险，一个是妒着人家的金玉姻缘，一味肆其尖酸，以至到头来弄得潇湘妃子连一座血泪成斑的潇湘馆立脚不牢，惨美人魂归地下，毕竟"玉带林中挂"，蘅芜君连一所荒芜不治的蘅芜院安身不稳，替和尚独守空闺，如同'金钗雪里埋'，还叫他从那里"之子于归，宜其室家"？

便是安家这个长姐儿比起贾府上那个花袭人来，也一样的从幼服侍公子，一样的比公子大得两岁，却不曾听得他照那"袭而取之"的花袭人一般同安龙媒初试过甚么云雨情；然则他见安公子往外一走，偶然学那双文长亭哭宴的"减了玉肌，松了金钏"，虽说不免一时好乐，有些不得其正，也还算"发乎情，止乎礼"，怎的算不得个天理人情？

何况安公子比起那个贾公子来本就独得性情之正，再结了这等一家天亲人眷，到头来安得不作成个儿女英雄？①

可见，除了上梁不正下梁歪外，环境对人也有着巨大的影响，文康的理想人物不是某一个人的卓尔不群，而是以家族为单位的整体和谐，然后由小及大，推而广之到全体社会的正直勇敢。因为安老爷和安太太是君子，才能教育出第二代君子，又有安少爷心正意诚，才能感召金玉二凤为妻，可以料想安家的第三代仍然会在良好的家风下成长为正人君子。古典小说中的君子不可胜数，但笔者唯在《儿女英雄传》上大费笔墨，原因就在于这是为数不多的一部"完人集"。一般来说，长篇小说中的恶人、庸人和俗人也是人物塑造的重要部分，甚至经常被列入主要人物的序列，不如此，就难以展现人性的复杂和叙事的冲突。然而文康全然不以此为意，一心要将自己对儒家君子的理解通过这部小说予以呈示，事实上，无论是历史或是现实，君子都属于稀缺资源，更何况一众君子全部聚于一堂？而且全家人的富贵寿考既不遭天妒也无人怨，的确只能存在于小说家的个人理想之中。

过于完美的人物容易给读者一种不真实的感受，因为人性中的许多弱点和缺点都被小说家以各种理由涂抹殆尽，但看待问题需要一分为二，如果读者是为了寻找绝对的真实，又何必去读小说？当小说家有心要塑造一个"大同世界"下的"大同之家"时，只要叙事能完成其设想，就应该说这部小说有其可取之处，从这里也可以看出小说人物的"物"性特征。当然，从

---

① 文康：《儿女英雄传》，人民文学出版社 2016 年版，第 488-489 页。

文学艺术的价值来看，这部小说与《红楼梦》相比肯定有天壤之别，但从安抚人心和实现理想的角度来看，前者又远胜于后者，如果小说带给读者的最终感受是现实世界的虚无，那读者终究能从中获得何等的现实意义？轰轰烈烈的贾府中，又有哪一个人物可以效仿，或是值得效仿？倘若执着于人物的真实，才真的应了曹雪芹"假作真时真亦假，无为有处有还无"之语。

真假往往只是一线之隔，只要小说中的某一类人物在处世、立身及行事等方面的确表现出为人称道之处，其形象就能称得上是君子。哪怕是对儒家思想极为反感的现代小说家们，也避免不了对这一类人物的颂扬，如以批判现实著称的鲁迅，其笔下的烈士都堪称君子，虽然在小说中少见对这些人物的具体描绘，但从其对"伪君子"的鞭挞上，就能看出他心目中的君子形象。有学者认为，"鲁迅对'君子'的犀利批判，绝不是否认君子的基本品格，而是纠正对君子的某些功利化的曲解，将优秀的传统君子文化转化为推动中国现代革命进程的有力精神武器，也为其文学创作注入了鲜明的民族文化底色。这既是鲁迅对继承和发扬中国优秀传统文化的重要贡献，也从一个侧面展示了他对中国现代文学的重要开拓，足以彰显其真君子品格"[①]。所以在鲁迅的小说中，伪君子就可以看作站在君子对立面的形象，可以相信的是，伪君子有多么卑鄙无耻，君子就同样多么光彩照人。在另一些现代小说家的笔下，君子形象则如同传薪之火，不绝于叙事，如老舍笔下的曹先生、钱默吟、李景纯、李子荣，甚至是《猫城记》中唯一不吃迷叶的大鹰，他们身上所具有的志气和理想都是对君子的写照。

身处20世纪初的现代小说家在面对积贫积弱的祖国时，他们的情感无疑是痛苦不堪的，他们饱读诗书，却发现传统的儒家学说在面对真枪实弹、船坚炮利的西洋列国时束手无策，特别是在真君子都不能改变现实的社会环境下，居然还存在着不可胜数的伪君子，这更使当时的悲惨状况雪

[①]　李静：《论鲁迅的君子观及其文学书写》，载《江淮论坛》2020年第3期，第187页。

上加霜。夏志清认为，"一个作家，为了自觉地反抗培育他的传统，或许容易接受一种新的信仰和哲学，但是他不可能仅凭意志去改变他的感性"①。结果在现代小说中经常可以看见一种旧传统和新思想的对峙与撕裂，如巴金的"激流三部曲"、茅盾的《子夜》等，使君子形象从旧时的台前走到了幕后，但这并没有改变小说家对真正的君子人格的敬仰和崇尚，因此只要是颂扬真君子(主要是革命者)，小说家仍然会以古典小说中的"君子模具"作参考，再结合现实需要，重新塑造出一个适用于现代小说语境的君子。

如果说现代小说还以反叛的形式与古典小说保持着千丝万缕的联系，那么，远离了传统叙事的当代小说，在人物的创作方面就有了更为现代和全面的观念。首先，"十七年文学"中"高大全"的人物对后来的小说家产生了一定的负面影响，特别是以《金光大道》中的"高大泉"为代表的完人，成了作家笔下一类想当然的"人物产品"。他们无师自通地掌握了阶级斗争的一切密码，在缺少儒家教化的环境下却有着天生的忠(对党、国家和人民)、勇(对压迫人民的地主恶霸)、仁(对无产阶级)、义(对人民内部)，这种按照"根本任务论"和"三突出"原则创作出来的人物就"成了以代表人民的名义而凌驾于人民之上的'特殊材料'"②。公正地说，这种人物不是不能存在，只是需要一个能存在的理由，如果"高大全"们仅是因为童年被地主打骂，或是父母被逼身亡，就能顶天立地、无所不能的话，那这种人物产生的逻辑的确难以令人信服。毕竟在一般人的认知下，无论是个人能力还是处理周围事物的智慧，都需要通过长时间的学习才能拥有，否则他们和他们所厌恶的儒家圣人又有什么本质区别呢？毕竟圣人还能通过教育培养出一代代的君子，而"高大全"们则不能通过灌输仇恨，或是仿效地主，通过对他人打骂施虐来铸造第二代"高大全"。所以在一定程度上而言，这类小说为读者提供的人物价值还不如朱光潜所说的"恶趣味"

① 夏志清：《中国现代小说史》，刘绍铭等译，广西师范大学出版社 2014 年版，第 101 页。

② 杨匡汉主编：《20 世纪中国文学经验》，东方出版中心 2006 年版，第 279 页。

小说，因为后者多少还能刺激感官、消乏解忧，而前者看似崇高却空洞无物。

其次，西方文学理论中对人物塑造的许多观点得到了当代小说家的认可，如十分在意人物全面性的福特斯就强调"小说中浓烈到令人窒息的人性特质是在所难免的；小说就浸淫在人性中；不管你喜不喜欢你都得面对，文学批评自然也就无可回避。我们可以痛恨人性，可如果将其祛除甚至涤净，那小说也就枯萎了，剩下的只有一堆字码了"①。他进而总结到人物应该是"圆形"②的，这就启发了中国当代小说家在创作一个好人的同时，不仅要在他身上添加一些弱点或缺点作"佐料"，更不忘在人物的个人经历或是周围环境方面来些障碍作"摆盘"。

以上这两方面的影响使"君子"在当代小说中有了与古典小说全然不同的样貌。虽然这一类人物还保留了君子在一般认知中的儒雅、友善、信义，但明显消解了儒家思想的教育痕迹，取而代之的是一种自觉的人性善。如《平凡的世界》中的田润叶，既有女性的温柔与坚韧，又有男性的理智和果敢，可以说是小说众多人物中最有君子风范的一位。润叶出身村干部家庭，父亲是村里说一不二的支书，还有一个当高干的叔父，较富裕的家庭环境没有改变她的朴实和善良，反而为这个人物更加增辉。她从小就喜欢和自己一起长大的孙少安，这份感情细腻而隽永，儿时的经历使她比其他人更为了解这个自尊心极为强烈的小伙子，可以想象，如果是秀莲或是其他任何一个女子处在润叶的位置，都会从家里源源不断地拿些财物来接济贫穷的少安，但润叶知道自己在财物上的过多帮助会损害一个年轻人的信心和志气，所以更多是在精神上鼓励和陪伴他，肯定他的坚强和勤劳，这种见识显然是秀莲们所不能达到的。

---

① 　[英]E. M. 福斯特：《小说面面观》，冯涛译，上海译文出版社 2016 年版，第22 页。

② 　福斯特认为检验一个人物是否是"圆形"的标准，是看它能否以令人信服的方式让我们感到意外。如果它从不让我们感到意外，它就是"扁"的。假使它让我们感到了意外却并不令人信服，它就是扁的想冒充"圆"的。同上，第72 页。

如果说金钱和权力会使人迷失，那么贫穷和自卑同样能遮蔽一个人的双眼。少安近乎扭曲的自尊心使他无法处在一个平等的位置上看待润叶和自己的感情。小说写道：

> 温暖而幸福的激流很快就退潮了。他立刻就回到了自己所处的实际生活中来。一切简单而又明白：这是不可能的！
>
> 是的，不可能。一个满身汗臭的泥腿把子，怎么可能和一个公家的女教师一块生活呢？尽管现在说限制什么资产阶级法权，提倡新生事物，也听宣传说有女大学生嫁了农民的，可这终究是极少数现象。他孙少安没福气也没勇气创造这个"新生事物"。再说，他家这光景，让润叶过门来怎么办？旁的先不说，连个住的地方也没有……唉，土窑洞他倒有力气打一孔，主要是这家穷得已经像一个破筛子，到处是窟窿眼……就是家过得去又怎样呢？女的在城里当干部，男的在农村劳动，这哪里听说过？如果男的在门外工作，女的在农村，这还正常——这现象倒并不少见，比如金俊海在黄原开汽车，他老婆和孩子就一直在村里住着……
>
> 另外，想到润叶的家庭，他更寒心了。田福堂是双水村的主宰，多年来积攒下一份厚实家业，吃穿已经和脱产干部没什么两样。她二爸又是县上的大干部，前后村庄有几家能比得上？难道贫困农民孙玉厚的小子，就能和这样的家庭联亲？这简直是笑话！①

"君子喻于义，小人喻于利"，孙少安虽然不能说是小人，但他在利益天平的反复衡量下，终究还是将润叶的表白扭曲成了一种情感的负担，于是几乎是迫不及待地要娶一个媳妇来使润叶绝望。从表面看来，少安不愿"攀附高枝"，想娶一个和自己出身环境类似的女人是务实的表现，实际上，这却是一种自私、懦弱以及毫不负责的行为。他对润叶的辜负自然不

---

① 路遥：《平凡的世界》，北京十月文艺出版社 2021 年版，第 151-152 页。

必说，即使是对秀莲，这仍然是不诚实的，毕竟在少安心里仍然为妻子外的一名女性保留了一块神圣的净土。结果，润叶迫不得已嫁给了不爱的李向前，李向前又因为润叶吃尽苦头甚至身落残疾。另外，虽然路遥没有过多地去铺陈润叶对少安婚姻造成的影响，但是聪明如秀莲，又怎会不知晓丈夫的真实情感？那么她后来所患的绝症是否也可以从中找到端倪？所以，无论路遥多么努力地想凸显少安的优良品质，终究在他娶秀莲一事上成为不可原谅的败笔。在一定程度上来说，孙少安几乎是另一个《人生》中的高加林，在纯粹的情感面前，他们首先会想到的不是珍惜与回馈，而是事业的前途和生活的远景。

反过来看润叶，她对少安偷偷结婚一事的反应则令人动容，其君子般的人格也更加鲜明。首先，新中国的女性虽说在各方面享有了和男性同等的权力，但在许多风俗依旧保守的农村，一名女性主动争取幸福的行为仍然会遭到一些非议，但润叶知道，在经济条件极为悬殊的两个家庭里，少安不会也不可能想到自己的心意，所以，她主动迈出的这一步就饱含着谦虚和体谅。其次，当润叶几乎是最后一个知道少安已经从外地找了一个姑娘结婚后，她以一种有尊严的方式独自承担了所有的委屈和痛苦。在她知道与少安的结合已经毫无希望时，她为新婚夫妇准备了当时看来十分贵重的一份礼物，而这很有可能也是润叶曾经为自己准备的嫁妆。润叶在这段时间里的流泪、叹息都可以看作其在爱情神坛上的一种献祭行为，不用说破坏少安的婚姻和心境，她甚至没有责怪包括少安在内的任何人，仅仅是将自己紧锁在宿舍里，独自舔舐这份孤独而又可怜的情感创伤。最后，润叶在十分无奈的情形下，不得已嫁给了对她真诚热爱的李向前，因为没有爱情作基础，尽管丈夫的家庭条件十分优越，润叶也没有因此而改变心志，但在得知是因自己长期的冷淡才造成丈夫在一次车祸中身陷残疾后，她又立即收拾了对少安的所有感情，转而全心全意地照顾丈夫。反躬自省是君子最基本的品德，每当一件事的结果与自己的心意不符时，君子就应该从自身去寻找问题，在路遥的笔下，润叶有着真实的情感需求和欲望，他也没有回避润叶在某些问题上执着的偏激，但是在不乏强人和能人的《平凡的世界》中，孙少安们的反省通常在于对事的审视，而润叶则是在审视自身的品格，正是这份宝贵的人物品性使润叶的形象熠熠发光。

因为缺少儒家教化的环境，大部分有知识却缺少文化素养的读书人不再是人民群众的道德楷模，即便是一些学识渊博的知识分子也未必就能成为君子。君子的形象不再囿于一种传统的认知，即饱读诗书之士在做人方面是值得称道的，原因在于，西方的学科系统中鲜有一种关于"为圣为贤"的教育，而这又恰恰是维系中国知识体系的基础，因此，一大批有"礼貌"的绅士就取代了另一批"礼义"的君子。问题在于，君子和圣人不同，圣人无需教化就具备最高的智慧和道德，所以堪当圣人，但君子是需要教化的，他们的道德和品质并非浑然天成，在圣人与圣物的示范下，才可能使一个人走出世俗，趋向神圣。

在 21 世纪的当代小说中，可以明显地看出，君子形象出现了"下延"的现象。赵毅衡就认为，"上紧下松、下层变通，实际上并不是对下层人民'宽大'，而是一种文化规范得以维持有效的必要方式。文化规范只有靠示范，才能维持其有效性；只有靠适当变通，才能让全社会长期自觉认同"①。规范得时间长了，就会从约束变成禁忌，这的确是造成其僵化的缘由，如初期的礼教不过是对君子的教育，经过了长期的逐步演变和加码后，礼教就成为令人发指的桎梏。反过来说，"君子"这一人物形象自然没有必要困囿于社会上层，但若拥有权势和金钱的人在叙事中呈现出的大多是贪婪、自私、冷漠的面目，恐怕也是君子"失效"的明证。在陈彦的《西京故事》里，讲述了一个叫罗天福的山里人，为了供子女读大学，举家从山区搬移到西京城打工赚钱的故事。他们在这个城市里俨然如客人一般，不但难以融入，更遭受了许多委屈。罗天福自己虽然没有文化，除了烤饼做饭，只能靠卖力气扛活，但他的一子一女却十分争气，考上了这座城市

---

① 赵毅衡：《礼教下延之后：中国文化批判诸问题》，上海文艺出版社 2001 年版，第 14-15 页。

里最好的大学。女儿甲秀生性听话孝顺，她身上聚集了几乎所有女性的优点，儿子虽然倔强莽撞，也不失为一个正直的青年，罗天福自己更是谨慎、厚道，可以说，这一家人虽然处于社会最下层，只能蜷缩在城市的一个角落，但给读者的印象则亲切可敬，值得敬重。陈彦认为，面临生存和精神困境的人，更容易为了迎合一些利益而扭曲自己，所以他将"付出了更大的人生艰辛，以持守做人的本分与尊严"①的罗天福一家看作底层社会的君子，但倘若小说中的君子只是一个有着善良秉性的"好人"，就有可能使读者怀疑他们的性格缺乏稳定性，这对于传承一种人物的叙事传统而言是有害的。正如罗天福在工地受伤，连医药费都讨不回来后，就有了不愿惹是生非的想法，与其说这是一种忍让，毋宁说这是一种懦弱。罗天福的儿子倒是有着子路一般的勇气，丝毫不畏惧房东的权势，但他有勇无谋的执拗则为家庭带来了更多的不幸。

陈彦在彰显罗天福与他的儿女的诚实品格时，不自觉地为其赋予了君子的人格，君子必然会诚实，但需要考量的是，一个诚实的人是否就是君子？诚实难道不该是一个正常人本应有的品格？还是因为现代社会中的人越来越擅长虚伪和欺诈，正常就在非正常的衬托下成为了优秀？在现代化进程下，有幸生长、生活于城市中的人很容易在面对农村人时带有一种天然的优越感，他们往往会忘记城市人与农村人没有本质区别，人与人的差异只在于品德的高低。容纳在城市里的过多的物给了所有人一种错觉，这种错觉加重了人被物化的程度，其结果就是，被物化的人离人所应具有的情感越来越远，在某种程度上来说，被物化的人甚至不如小说中的物，因为后者虽然是作家笔下的"物"，却仍带有作家对人的理解，而前者虽然是人，却被贴上了物的标签。或许陈彦未必要刻意去营造一种现代的君子，但本应该怀有更多宽容和慈爱的房东一家表现出来的是卑鄙而苛刻时，道德在叙事中呈现出的张力自然就将罗天福一家推向了君子的行列。

---

① 陈彦：《西京故事》，作家出版社 2020 年版，第 538 页（后记）。

第三节　奇人的叙事传统

相较于儒家一本正经的圣人君子，奇人更能激发常人的喜爱和向往。这不仅是因为人原本就有难以抑制的好奇心，也因为奇人身上具有一般人不能想象更无法达到的能力，使他们有一种神圣的意味。但在"子不语怪、力、乱、神"（《论语·述而篇》）的影响下，至少是儒家知识分子并不会过多地关注于此，毕竟圣贤是有可能达到的境地，只要一个人努力学习、不断修正自己的行为，哪怕做不了圣贤，至少能成为距离不远的君子。但是奇人却不是一般人能通过努力达到的，除了修道①修善，还需要异禀的天赋，这更加使人难以企及。

关于奇人的叙事，最早可见于《庄子》，庄子说藐姑射山有神人"肌肤若冰雪，淖约若处子，不食五谷，吸风饮露，乘云气，御飞龙，而游乎四海之外；其神凝，使物不疵疬而年谷熟"（《庄子·逍遥游》），又有"至人神矣！大泽焚而不能热，河汉沍而不能寒。疾雷破山、风振海而不能惊。若然者，乘云气，骑日月，而游乎四海之外"（《庄子·齐物论》）。不用说后人看了吃惊，即便是在当时的语境下，谈论此人此事的肩吾也表示"不近人情"。如果说神人和至人其实属于神仙而非凡人，那么还存在一类没有到达神的范畴，却也有着高妙境界的人。庄子以哀骀它为例，写"鲁哀公问于仲尼曰：'卫有恶人焉，曰哀骀它。丈夫与之处者，思而不能去也；妇人见之，请于父母曰：与为人妻，宁为夫子妾者，数十而未止也。未尝有闻其唱者也，常和人而已矣。无君人之位以济乎人之死，无聚禄以望人之腹，又以恶骇天下，和而不唱，知不出乎四域，且而雌雄合乎前，是必有异乎人者也。寡人召而观之，果以恶骇天下。与寡人处，不至以月数，

---

① 千百年来关于道家修道的途径也是众说纷纭，《历世真仙体道通鉴》记载了九种修道之方，如服食、导引、辟谷、服气、胎息、存思、外丹、内丹、功德成仙。除了最后一种是以劝善为根基，其余的方法都需要得道高人的指点，使向往神仙之道的人也只能沉耽于向往。

而寡人有意乎其为人也；不至乎期年，而寡人信之。国无宰，而寡人传国焉。闷然而后应，泛而若辞。寡人丑乎，卒授之国。无几何也，去寡人而行。寡人恤焉，若有亡也，若无与乐是国也。是何人者也！"(《庄子·德充符》)哀骀它就有这样一种吸引力，能让所有人奋不顾身地追随，甚至连一国之君都愿意以国相让。如果真有这样的奇人存在，后世不得不依靠武力和权谋，却自诩无人能及的秦始皇、唐太宗们岂不汗颜！

除了哀骀它，还有庖丁、梓庆、津人、匠石、吕梁丈夫等，满载奇人异事的《庄子》为读者提供了这一类人物的基本信息，即他们能做到普通人做不到的事，而对此表示怀疑的人只不过是因为少见多怪，不能领会得道高人的境界而已。庄子在讲述这些故事的同时又说"饰小说以干县令，其于大达亦远矣"(《庄子·外物》)。据陈洪的考据，"先秦两汉时期'小说'的涵义，经历了由小说文体之名而至小说之实的发展过程。战国晚期出现的'小说'并不是一个常见、固定的词，其中心涵义的'说'，可以指议论、学说，也可以指言说、故事，是一种可以称为'说体'的文体。两汉之际，'小说'一次固定了下来，并逐步具有了文学性的文体意义。其中，刘向的小说观隐含着'小说'的故事性，体现出自战国晚期以来子书故事化的趋向；桓谭的'短书'论明确了'小说'以譬喻、虚诞论理的言说方式，同时也明确了'小说'的客观、可采价值，是论源于《庄子》'小说'而来；班固的'小说家序'则沿承刘向的'浅薄、不中义理'说，将'小说'的内容进而贬斥为'街谈巷语'；张衡的'秘书'说隐括了'小说'方士化、娱乐性、俳优化的内容、性质和特征，为'小说'注入了新的涵义"[①]。可见，这些包裹着故事的议论，为古小说提供了从名到实的养料，更是现代意义上的中国小说叙事的宝贵源泉，但也引出了另一个问题，就是小说的荒诞不经不为主流文化所喜，以至于很长一段时间内，小说都被视为末端，以至于迄今都无从知晓如《杨家府演义》《金瓶梅词话》等小说的作者。

小说的"稗类"地位刚开始与"小言"有关，后来则与"奇诡"的叙事有

---

① 陈洪：《中国早期小说生成史论》，中华书局 2019 年版，第 14-15 页。

关，如深受佛、道宗教影响的志怪小说，以及热衷于娱乐的传奇小说，特别是从唐宋话本到明清时代，不少小说家都在"奇"上下了大功夫，讲述宗教显灵的事迹时，唯恐因果不能使人畏惧，于是杀一只猪、宰一条鱼都可能遭到轮回之报。如《醒世恒言》卷二十六的《薛录事鱼服证仙》，讲述了一个叫薛伟的县官，在一次病中惶惶然变成了一尾金鱼而不自知，他在湖泊中游历一番后，不小心被渔人抓住，转眼就到了厨房的砧板前。薛少府虽然变成了一尾鱼，却还认得要吃他的同僚，以及抓他、烹他的仆役，但他以鱼身发出的语言无人能知，所以无论是愤怒还是告饶，都起不到任何的作用，最后还是在厨师的刀下被剁掉了脑袋。但鱼的死亡又唤醒了薛少府的重生，他将这段奇遇告知了等鱼下锅的同僚，使人晓得鱼亦有知，并立誓从此不再食鱼。问题在于，为什么这段经历只发生在薛少府身上，却不发生在地位更高的府官或是与其同级的县丞，又或是地位更低下的其他人身上？原因就在于薛少府其实并非常人，他的前身是个神仙，只因为不守仙家清规，对王母座下的一位女仙人动了凡心，所以才被谪贬为凡间的一个县城主簿，受了这样一遭磨难后，薛少府认清了这次经历无非是一次"消业"的过程，恶业消除之后，便能认清自己的本来面目，然后重回天庭。很难说这个故事的作者到底是想通过奇人来表达男女私情不可有，还是想通过奇事来表现万物有灵，如果说是前者，那么同属神仙序列的薛少府夫人并没有犯错，却也因为薛少府而遭受磨难，接着毫无征兆地明白了前世今生，与丈夫一同登天。如果说是后者，那么薛少府劝人不吃鱼的范围便过于狭窄，不说人数仅有三五个，只说被食的动物也只限于鱼，至于牛羊鸡鸭，甚至熊（熊掌）、象（象鼻）、骆驼（驼峰）、猩猩（猩唇）、鹿（鹿尾）、猴（猴脑）、豹（豹胎），又有哪一种动物应该遭受被人类食用的厄运呢？所以，这种奇人奇事对现实并没有太多的警示作用，也难以在叙事的视角、技巧、结构等方面提供有益的参考。

明清小说中的奇人可以分为三类，第一类是凡人出身，但因为对神仙的信念足够坚定，于是在感动了某一仙后被度化，也跨入了仙界。如《醒世恒言》第三十八卷《李道人独步云门》，讲述一个叫李清的富翁好神仙之道，平日里万般节省，唯独在供养僧道方面毫不吝啬，终年累月的诚心，虽然没有使他得到什么神仙之方，却也奠定了其一生的善行善念。到了七十岁之时，李清决定不再坐等神仙降临，而要自己去寻仙觅道，便让子孙送其去一个书画上记载的神仙洞府。从"仙"字的字形来看，仙人必是山上之人，因此在一座山谷中经历了些磨难的李清果然在其中发现了神仙洞府，小说中写"李清不顾性命，钻进小穴里去，约莫的爬了六七里，觉得里面渐渐高了二尺来多，左右是立不直的，只是爬着地走。那老人家也不知天晓日暗，倦时就睡上一觉，饥时就把青泥吃上几口，又爬了二十余里。只见前面透出星也似一点亮光，想道：'且喜已有出路了。'再把青泥吃些，打起精神，一钻钻向前去，出了穴口，但见青的山，绿的水，又是一个境界"①。以李清七十岁的高龄，如此奋不顾身地要找寻神仙洞府，足可见其心诚恳，凭着这份信念，以及从仙境中获得的宝书等物，李清回到人世间治病救人，最终如愿以偿地列入仙籍。第四卷《灌园叟晚逢仙女》中的秋先，则是因物成仙，他对花的喜爱几乎到了不近人情的地步，不用说当其面折花毁花，即便是说几句厌花的话也会触怒这位老叟。在他的精心养育下，花园自然欣欣向荣、繁茂无比，但他也因不愿被当地恶霸糟蹋花园而招了一场大祸，他的行为感动了花神，于是在上帝的首肯下也成为一位花神。又有第二十二卷《吕洞宾飞剑斩黄龙》中的吕洞宾，原本也只是一个进京赶考的读书人，因为在旅店等待黄粱米做熟的时候睡着了，梦见神仙钟离权给他在梦里示现了一场如梦似幻的富贵荣华，醒来之后便看破了凡世，跟着钟离权学道成仙，成为一位著名的神仙。

第二类是谪仙人。这一类人原本就是神仙，因为某一件事触犯了天条，便被惩罚下界，除了上文所说的薛少府外，还有《镜花缘》中的百花仙子，在天庭时不愿违背节令令百花齐开，却在武则天当政时，因与麻姑对弈疏忽职守，使群花无主擅自开放，违背了天规律令，被贬下凡间遭受轮回之苦。从这些奇人的经历来看，花仙们既已成仙，理应就有一定的神

---

① 冯梦龙编：《醒世恒言》，人民文学出版社1956年版，第790页。

通，岂有失联的道理，再者，神话语境中的"天上一日，人间十年"已成为一种共识，武则天御笔一挥，发令"明朝游上苑，火速报春知；花须连夜发，莫待晓风催"的时间至多也是一日一夜，而"那上林苑腊梅仙子同水仙仙子见了这道御旨，忙到洞中送信。谁知这日百花仙子正同麻姑著棋，因天晚落雪，尚未回洞。当时牡丹仙子得了此信，不知洞主下落，即同兰花仙子冒雪分头到百草、百果各位仙姑洞中寻访，毫无踪迹。天已夜晚，雪仍不止，只得回洞"①。这样算来，忙活了一晚的花仙们应该对应了人间百年，怎么会如时间停滞一般，还能在武则天朝中完成天界的这次降罪谪贬，以及众仙们多次为百花仙送别的饯行酒宴？另外，如果仙姑对人世间发生的一切事情都了如指掌，那就不会也不应该在需要洞主拿主意时寻而不得，更不该如这段叙事使人产生一种仙姑即园丁的迷惑。可见，小说开头的前六回，都是小说家为塑造人物所找寻的材料，不如此就无以成为笔下做出这些与众不同行为的奇女子。

更为耳熟能详的是《西游记》中的主角们，唐僧本是佛祖座下的第二个徒弟金蝉子，因不听佛则说法，轻慢大教而被贬下凡尘；孙悟空的情节最为恶劣，所以惩罚最重，直接在天庭被判处了死刑，无奈此猴过于神通广大，兼有仙桃、仙酒和仙丹的加持，只能被压于五行山下等待日后机缘成熟后将功赎罪；猪八戒也是知法犯法，借口酒醉调戏嫦娥，不但被贬下界，还投到了猪胎；相对无辜的要数沙和尚与小白龙，二人都是不小心打破了天界的物品，因此遭受到极为严重的惩罚。在"六道轮回"观念的影响下，大多数古典小说家都会认为一个天赋异禀的人的言下之意，就在于他的才能是天生的而非人为，既然才能天生，人却非天人，那么此人不是为了度化来人世，就是因为天界的福报用尽才堕落人间。前者在小说家笔下不但是来去自由的，而且具有教化的形象，如《西游记》中化成行脚僧人的观音大士和木吒，以及《红楼梦》中的赖头和尚与跛足道人。后者虽然拥有常人所羡慕的才能，但一旦堕入凡间，就少了神仙们应有的神通，如唐僧

---

① 李汝珍：《镜花缘》，人民文学出版社 1955 年版，第 19 页。

满腹经纶，却善恶不辨。

第三类是道德极其高尚之人。这一类人物没有前世的神仙经历，但他们即便不艳羡神仙，也因为善良的秉性以及甘愿为他人受苦受累的心性，被小说家刻上了奇人异士的痕迹。《喻世明言》第七卷《羊角哀舍命全交》中写春秋战国时期有两位叫做羊角哀和左伯桃的贤士听说楚王招贤纳士，便前往投奔。一路上风雪交加，冻饿无比，衣裳与食物只能供一人到达目的地，左伯桃见到这种情况立刻决定舍弃自己而成全羊角哀。所幸羊角哀果然得到了楚王青睐，便赶回左伯桃丧命之地收敛其白骨安葬。故事到这里已经将两人的交情和承诺讲述完毕，但突然又起了波折，原来羊角哀安葬左伯桃的地方靠近荆轲墓，荆轲虽然没有建立什么功勋，却十分霸道，作祟骚扰左伯桃，不许其在附近安眠，羊角哀得知此事后毅然自杀奔赴黄泉去帮助左伯桃，使"荆轲墓上，震裂如发，白骨散于墓前，墓边松柏，和根拔起。庙中忽然起火，烧做白地"①。二人无比的忠义感天动地，虽然小说中没有写他们在某位神仙接引下直登天庭，但楚王为其建祠造庙，供奉其香火，使二人不失神道。

与之相似的还有第十六卷的《范巨卿鸡黍死生交》，讲述两位读书人相互结识后感情甚笃，结拜为异姓兄弟，并在不得不分别时相约来年的某一日相聚，不想为兄的到了那一日才突然想起这个约定，但千里之遥的路途已经不可能践约了，为了不负约定，他便自杀后以能日行千里的鬼身前往，果然如期而至。为弟的听说了事情始末后，便去到兄长的家乡帮忙安葬，并自觉是因鸡黍之约害其丧生，于是也自刎而死，相葬其侧。这些人物之奇不在于掌握了某种超能力，而在于将儒家推崇的忠义文化发挥到了极致。对于他们而言，"信义"不仅大于天地，更大于父母亲朋，如羊角哀知道左伯桃被荆轲所欺时，并不愿意抱"惹不起躲得起"的心态为其迁坟，而是觉得正不能为邪所压，荆轲鬼神的要求实属无理，一旦任其得逞，便可能留有后患，即便真的躲过了荆轲，也难保后来无人安葬于此，那是否

---

① 冯梦龙编：《喻世明言》，人民文学出版社 1958 年版，第 116 页。

又会被其鬼所欺？所以，羊角哀宁愿放弃刚刚得到的荣华富贵，也要用生命去捍卫正义。再说第二个故事中为义兄范巨卿殉葬的张元伯，更属奇人之举。虽说范巨卿是为了不失约而从生入死，但毕竟也是因自己的过失所至，他但凡将约定多放于心上，又何至于因"蝇利所牵，忘其日期"？但即便如此，范巨卿到底还是为自己的过失做出了常人所不能的补救，这种极端的行为更加鼓励了张元伯对信义的维护，他对家人说："人禀天地而生，天地有五行，金、木、水、火、土，人则有五常，仁、义、礼、智、信以配之，惟信非同小可。仁所以配木，取其生意也；义所以配金，取其刚断也；礼所以配水，取其谦下也；智所以配火，取其明达也；信所以配土，取其重厚也。圣人云：'大车无輗，小车无軏，其何以行之哉？'又云：'自古皆有死，民无信不立'。巨卿既已为信而死，吾安敢不信而不去哉？"①心意已决后，即使是老母的开脱和哀求也不能改变张元伯的心意，终于还是远赴范巨卿的家乡舍生取义。

在任凭想象恣意发挥的小说世界中，小说家为笔下着意塑造的每一个人物都赋予了非此即彼的特殊性。有的人物聪慧无比，有的人物勇猛异常，有的人物超然物外，也有的人物无所不能，然而，某些特殊的技能并不能使他们踏入真正的奇人行列，因为可以通过勤学苦练得到的技能背后，是人与人之间的比较和竞争，但奇人引人入胜之处则在于他们的心性，无论是坚定的学仙者，还是谪仙人，又或是道德极为高尚之人，他们的共同点就在于与世无争以及对惠济他人的重视，一旦要与他人争名夺利，哪怕是神话小说中的神仙，也带着满满的世俗气息。所以，当《儿女英雄传》中武功高强的十三妹自诩为奇女子时，便是误解了"奇人"的含义。她以为凭借女子之身去劫富济贫，不肯与世间男子婚嫁配婚就是不落俗套，却不知这种想法已经在非此即彼中走向了对"名"的执拗。神圣固然与世俗相对，但倘若完全将神圣定义为世俗的反面，又会成为另一种世俗的偏见，正如《红楼梦》中的妙玉，以为自己飘然孑立，不与贾府中的女孩子

---

① 冯梦龙编：《喻世明言》，人民文学出版社 1958 年版，第 238-239 页。

们打闹嬉戏便是神仙般的人物，却在刘姥姥与贾母同游栊翠庵时，将自己嫌贫爱富的一面显露无疑。当妙玉面对需要怜悯同情的刘姥姥时都无法给予必要的慈悲和关怀，可想而知遇见的若是赖头和尚与跛足道人，她又将作何反应。

叶公好龙之举可以说是以伪见真的真实写照，文康想努力塑造的十三妹与安老爷其实并无多少奇异之处，反倒是辅佐以顽劣著称的纪献唐的顾师爷，可称得上是书中的一位奇人。纪献唐的原型为年羹尧，小说中写其尚未发迹时就勇猛异常、飞扬跋扈，父亲为他前后请了数十位家庭教师，都被一一打跑，以至于恶名远扬，不再有教师登门。偏偏顾师爷敢于毛遂自荐，成为使纪献唐心服口服的一位教师。虽说顾师爷是主动找上门去的，却在纪府里将儒家"只闻来学，不求往教"的精神发挥得淋漓尽致，平日里纪献唐策马扬鞭，顾师爷也不去管他，随着他心意横闹，于是井水不犯河水，相安无事。直到有一天纪献唐被师爷弹琵琶的声响吸引，便在音乐上开始求教，想不到顾师爷不但会丝弦、竹管、羯鼓、方响，还会手谈（围棋）、象棋、五木、双陆、弹棋，"又渐次学到作画、宾戏、勾股、占验，甚至携印章、调印色。凡是他问的，那先生无一不知，无一不能"①。顾师爷的本领若仅仅如此，也不过是个风雅文人，并不值得以"奇人"标榜，直到他不显山不露水地于肉搏武斗中将纪献唐与其家丁打倒在地，才真正使这位孔武有力的公子刮目相看。至此，顾师爷终于显现出本来面目，再以圣贤君子之道作教导，终于奠定了纪献唐一生事业的基础，而在学生飞黄腾达之际，又飘然而去，仅仅如公孙胜的师父罗真人一般，以道德良知做最后的叮嘱。

这些奇人虽说带有浓重的封建色彩，却也有几点值得后人去思考，首先，他们的确很少去考虑自己的利益，也不计较常人的误解和挑衅，总是不约而同地以救人、助人的形象出现，这种极为宽广的心胸使他们不自觉地就表现出了超出常人的忠义、仁厚与智慧。如《水浒传》中奉皇帝之命去

---

① 文康：《儿女英雄传》，崇文书局 2016 年版，第 224 页。

请天师到京城禳灾的洪太尉，恃着自己是朝廷高官，不放任何人于眼中，见到了天师也显得十分傲慢无礼。反过来说，如果天师是洪太尉一般的人，必然会因此而恼怒，那么，对于看重"劫数"的出世之人来说，他们未必愿意去干涉百姓应受的苦难。但张天师既然非常人之流，便也不去计较世俗礼仪，还是自去京城做了"七昼夜好事，普施符箓，禳救灾病"①。与张天师类似的还有公孙胜的师父罗真人，等闲也不愿卷入世间的争斗是非，便劝说已经回山的公孙胜不要再次下山，但恶如凶徒的李逵不解其中的真意，更以为是真人的阻挠才使他不能完成宋江的托付，于是心生歹意，寻思道："却不是干鸟气么！你原是山寨里人，却来问甚么鸟师父！明朝那厮又不肯，却不误了哥哥的大事！我忍不得了，只是杀了那个老贼道，教他没问处，只得和我去。"②这一近乎可笑的鲁莽果然使李逵提着两把板斧，于夜深人静时要砍杀罗真人，却不知道法力无边的真人早用葫芦做了替身，但经过这件事后，真人见李逵杀心过重，知道百姓遭战乱的劫数不可避免，只得放了公孙胜下山，帮助宋江征战沙场。尽管如此，施耐庵仍不忘三番五次地强调，作为活神仙的罗真人心系百姓疾苦，参与世事的缘由是也只能是保国安民。

奇人表现出来的神异并不总令人心生欢喜，如《三国演义》中有神仙之名的于吉，就触动了江东之主孙策，如果说李逵因公孙胜要杀罗真人而获罪是情有可原，罪无可逭，那么孙策杀于吉就使人百思不得其解，一定要找寻原因的话，只能理解为孙策不允许江东百姓恭敬除自己之外的他人。小说这样写道：

> 饮酒之间，忽见诸将互相耳语，纷纷下楼。策怪问其故。左右曰："有于神仙者，今从楼下过，诸将欲往拜之耳。"策起身凭栏观之，见一道人，身披鹤氅，手携藜杖，立于当道，百姓俱焚香伏道而拜。

---

① 施耐庵：《水浒传》，人民文学出版社 1997 年版，第 16 页。
② 施耐庵：《水浒传》，人民文学出版社 1997 年版，第 743 页。

策怒曰："是何妖人，快与我擒来！"左右告曰："此人姓于，名吉，寓居东方，往来吴会，普施符水，救人万病，无有不验。当世呼为神仙，未可轻渎。"策愈怒，喝令："速速擒来，违者斩！"左右不得已，只得下楼，拥于吉至楼上。策叱曰："狂道怎敢煽惑人心！"于吉曰："贫道乃琅琊宫道士，顺帝时曾入山采药，得神书于阳曲泉水上，号曰《太平青领道》，凡百余卷，皆治人疾病方术。贫道得之，惟务代天宣化，普救万人，未曾取人毫厘之物，安得煽惑人心？"策曰："汝毫不取人，衣服饮食，从何而得？汝即黄巾张角之流，今若不诛，必为后患！"叱左右斩之。张昭谏曰："于道人在江东数十年，并无过犯，不可杀害。"策曰："此等妖人，吾杀之，何异屠猪狗！"众官皆苦谏，陈震亦劝。策怒未息，命且囚于狱中。众官俱散。陈震自归馆驿安歇。

孙策归府，早有内侍传说此事与策母吴太夫人知道。夫人唤孙策入后堂，谓曰："吾闻汝将于神仙下于缧绁。此人多曾医人疾病，军民敬仰，不可加害。"策曰："此乃妖人，能以妖术惑众，不可不除！"夫人再三劝解。策曰："母亲勿听外人妄言，儿自有区处。"乃出唤狱吏取于吉来问。原来狱吏皆敬信于吉，吉在狱中时，尽去其枷锁；及策唤取，方带枷锁而出。策访知大怒，痛责狱吏，仍将于吉械系下狱。张昭等数十人，连名作状，拜求孙策，乞保于神仙。策曰："公等皆读书人，何不达理？昔交州刺史张津，听信邪教，鼓瑟焚香，常以红帕裹头，自称可助出军之威，后竟为敌军所杀。此等事甚无益，诸君自未悟耳。吾欲杀于吉，正思禁邪觉迷也。"

吕范曰："某素知于道人能祈风祷雨。方今天旱，何不令其祈雨以赎罪？"策曰："吾且看此妖人若何。"遂命于狱中取出于吉，开其枷锁，令登坛求雨。吉领命，即沐浴更衣，取绳自缚于烈日之中。百姓观者，填街塞巷。于吉谓众人曰："吾求三尺甘霖，以救万民，然我终不免一死。"众人曰："若有灵验，主公必然敬服。"于吉曰："气数至此，恐不能逃。"少顷，孙策亲至坛中下令："若午时无雨，即焚死于吉。"先令人堆积干柴伺候。将及午时，狂风骤起。风过处，四下阴云渐合。策曰："时已近午，空有阴云，而无甘雨，正是妖人！"叱左右将于吉扛上柴堆，四下举火，焰随风起。忽见黑烟一道，冲上空中，一声响喨，雷电齐发，大雨如注。顷刻之间，街市成河，溪涧皆满，足有三尺甘雨。于吉仰卧于柴堆之上，大喝一声，云收雨住，复见太阳。于是众官及百姓，共将于吉扶下柴堆，解去绳索，再拜称谢。孙策见官民俱罗拜于水中，不顾衣服，乃勃然大怒，叱曰："晴雨乃天地之定数，妖人偶乘其便，你等何得如此惑乱！"掣宝剑令左右速斩于吉。众官力谏，策怒曰："尔等皆欲从于吉造反耶！"众官乃不敢复言。策叱武士将于吉一刀斩头落地。只见一道青气，投东北去了。策命将其尸号令于市，以正妖妄之罪。①

从于吉的自辩来看，他获得百姓尊崇的原因在于治病行医，高超的医术自然会使病人们感恩戴德，尤其在战乱年间，虽说江东富庶，却也不可能丝毫不受影响。那么，一旦有这样一位如同神仙般的人物存在，百姓便理所当然地认为只要虔诚地供奉和追随，于吉就能保得自己与家人平安。更何况，于吉在治病之外，还能施展一些如降雨之类的法术，这样一来，他的救治范围就从人扩展到了禾苗、田地，从人到物的受惠，使他比同一时期的华佗或其他神医就显得更为重要。然而，从孙策的立场来看，百姓不顾一切地追随另一人无疑是对自己的一种挑衅，他之所以能继承父业立足于此地，也在于要"救民于水火之中"，但这种政治抱负绝不是一件容易完成的事情，何况他当时立足未稳，刚刚经历了一场内部叛乱，险些命丧黄泉。在惊魂未定之下，必然会对一切不知根底之人严防死守，眼见于吉深得人心，便无论如何都要杀之为快。

孙策并非一个有勇无谋的莽夫，他能听从周瑜的劝告，礼敬张昭、张纮，又能智收太史慈，在孙坚立国的基础上进一步稳固东吴政权，更对医

---

①　罗贯中：《三国演义》，人民文学出版社 2019 年版，第 255-263 页。

好周泰金疮的华佗赏赐丰厚、待为上宾。这样一位令曹操都忌惮不已的英豪却偏偏对于吉不留余地，如同鬼迷心窍一般一定要置其于死地，一方面说明于吉的影响力已经远远超出了一般人的范畴，另一方面则说明奇人与常人之间难以融合的界限。在以现实世界为背景的小说叙事中，一切的人和物都需要符合普遍化的规律，例如，人不能像鱼一样在水里生活，也不能像鸟一般在空中飞行，只能通过学习和练习在一定范围内提高某类能力，而且终究还是存在限度，不至于真的念了一句口诀便点石成金、点水为油，否则小说中的普通人就会失去一切生存空间和成长价值。因此，奇人作为一种人物类型，与其说需要担负"典型化"的重任，毋宁说他们的出现更多是要达到对叙事的推进和扭转。正如由于孙策不相信于吉的超能力，只相信他对百姓的煽动力，所以才终于遭到了他的报复，这对于孙策和于吉来说都是一场不可避免的"气数"。

经过漫长时间的努力和积淀，以《红楼梦》的横空出世为标志，古典小说达到了顶峰，但也马上走向了衰落，中国小说很难再沿着以往的路径得到进一步发展。在西方小说理论和实践的影响冲击下，中国现代小说家也有了自觉的变革意识，特别是晚清社会的腐朽，也使得重视通过叙事来正民心的小说家无暇去顾及奇人异事，于是在叙事结构、体式、技巧、角度，以及人物性格、心理等方面都融合了现代性的方式。严家炎将"五四"以来的小说评价为"现代的思想主题获得了现代的存在形式，这是一种全面的根本的变革"①。古典小说中不可或缺的奇人因缺少科学、现实依据，在主流的现代小说中很快销声匿迹。经过了这三十年的洗礼后，再反过来看古典小说中的奇人，几乎有隔世之感，如以往不时在叙事中出现的半人半神的僧、道，以及对神道心虔志坚、能忍人不能忍之人，或者干脆就是来救渡、指点主人公的花神、河神、金甲神等。这些奇人的形象虽反复被小说家强调与众不同，实则千篇一律，而且经常存在逻辑混乱、来去生硬

---

① 严家炎：《严家炎全集》（第四卷·中国现代小说流派史），新星出版社2021年版，第17页。

的问题，使刻意营造出的神圣距离现实过于遥远。

　　对于读者而言，奇人是叙事中的一种有趣细节，尽管传统的奇人在当下小说中难以再找寻踪迹，但是关于奇人的叙事传统仍然发挥着作用。古斯塔夫·勒庞认为，"脱离了传统，不管是民族气质还是文明，都不可能存在。因此自有人类以来，他一直便有着两大关切，一是建立某种传统结构，二是当它有益的成果已变得破败不堪时，努力摧毁这种传统。没有传统，文明是不可能的；没有对这些传统的破坏，进步也是不可能的。"①如果说文化传统是一个民族的灵魂，那么叙事传统对于一个民族的文学发展来说同样如此。在麦家《人生海海》中的"上校"，凭借自己极高的智慧以及无比的勇气和仁义获得了近乎所有人的钦佩、敬爱，以至于有人在特殊时期一定要抓走他时，全村人不惜一切代价地保护他，直到有人终于顶不住压力，在一念之差下透露了"上校"行踪后，集体的唾弃使这个人竟然无法再苟存于世，只能带着深深的忏悔而离开。"上校"的能力与魅力使他具备了奇人的基本素养，但真正使其成为奇人的，还是他发自内心的仁慈与善良。还有阿来在《云中记》中塑造的祭师阿巴，他从事一项为死人超度的神圣职业，但平淡的日子也没有让他显示出什么不同寻常之处，直到忽如其来的一场大地震，给这个平静的山村带来了毁灭性的灾难，阿巴才变得不可或缺。在这一关键的时期内，政府为了保护人民，便在山下建好村庄，将山上的村民们迁移到安全的地方，但阿巴却独自留在了地质已然极度危险的村庄里，成为幸存者们对死者托思的使者。阿巴既非传统儒家文化中的圣贤，也不是民间信仰中的神道，但坚守信仰的他，仍然秉持着大文化范围中的奇人传统，即无所畏惧的勇气、不能动摇的信念以及一心为他人的慈悲善良。

　　更为朴实的奇人形象与行事，显现出这一人物从神圣通往世俗的变化趋势，古典小说中弥漫的神道气氛很容易使人相信奇人异士的存在，但反

---

　　①　[法]古斯塔夫·勒庞：《乌合大众：大众心理研究》，冯克利译，中央编译出版社 2014 年版，第 58 页。

映当下现实社会的当代小说并不具备培养这种世外高人的土壤。如果为了哗众取宠而刻意塑造出一位奇人，不但有可能降低叙事的价值，更会冲淡奇人身上浓厚的文化意蕴。所以说奇人虽奇，却也需要有一定的叙事逻辑，当代小说中的奇人只有在精神层面去继承中国叙事的传统，才能在理清历史和当下殊相的同时找寻其中的同质性，而这也是维护人物塑造多样性、有效性的必要途径。

第四节　俗人与小人的世情百态

对世俗世界进行描写是小说不可回避的任务，也是小说是否能与读者亲近的关键所在，所以，在古今中外的小说中，俗人与小人一定是不可或缺的人物类型。虽然这并不是说读者就一定爱俗，但小说如果只剩下高高在上的圣贤与可望而不可即的奇人异士，那么小说的真实性与趣味性都要大打折扣。与现实相去甚远的人物与故事难以给读者真正的启发与促进，而且，在缺少了俗人和小人的对比后，圣贤也无从谈起。卡尔维诺说，"文学是一个社会自我意识的工具之一。当然，它不是唯一的工具，但它是最根本的工具，因为文学的渊源与很多类型的知识、准则，以及各种评论思想的形式的渊源彼此相连"①。事实上，小说之所以有价值，甚至被梁启超认为能"移人""新民"，就在于它在反映和影射中能使人看到世间百态与悲欢离合，在善恶是非中辨别良莠忠奸，甚至能从各类人物中找到自我的踪影。

俗人与小人并非同一种类型的人物，但俗人之所以为俗的原因就在于这一类人物的欲望通常是向下蔓延的，除非俗人能得到有效的教育和训导，并有意识地进行自我管理，否则俗人就很容易与小人同流合污，并成为其中的一分子。俗人存在恶的迹象，也具有善的端倪，复杂的人性可以在俗人的形象中得到充分展现，他们在善的环境下就会有善的行为，尤其

---

① ［意］卡尔维诺：《文学机器》，魏怡译，译林出版社 2018 年版，第 450 页。

是对待熟识的亲朋好友时，他们还经常会牺牲自己的部分利益去满足这些人。如果将俗人的人脉关系局限在一个很小的范围内，就能感受到一片岁月静好，只有将视角放置在一个较大的视阈内，才会发现俗人的偏颇、固执与自私，也正因为此，叙事的张力才会得到有效提升。杨义认为，"中国传统文化从不孤立地观察和思考宇宙人间的基本问题，总是以各种互渗思维贯通宇宙和人间，对之进行整体性的生命把握"①。应该说，俗人的形象最能体现中国文化的这一传统，他们并非绝对意义上的坏人，也未必会主动为了一己私利而烧杀抢掠，但面对利益的引诱与危险的逼迫时，会不由自主地与邪恶妥协。

　　俗人与小人的分别在于是否对恶存在主动的意愿，从《金瓶梅词话》中的潘金莲与王婆相较，就可以看出王婆是个不折不扣的小人，而潘金莲则是个背负了小人之名的俗人。小说在介绍金莲时说："这潘金莲，却是南门外潘裁的女儿，排行六姐。因他自幼生得有些颜色，缠得一双好小脚儿，因此小名金莲。父亲死了，做娘的因度日不过，从九岁卖在王招宣府里，习学弹唱，就会描眉画眼，傅粉施朱，梳一个缠髻儿，着一件扣身衫子，做张做势，乔模乔样。况他本性机变伶俐，不过十五，就会描鸾刺绣，品竹弹丝，又会一手琵琶。后王招宣死了，潘妈妈争将出来，三十两银子转卖与张大户家。"②由此可见，潘金莲的身世其实极为可怜，六七年辛苦学艺，学到的却全都是些对男性献媚取宠的技艺，而衡量其技艺高低的标准又仅仅是达官贵人的喜好而已。从小说后来对苗员外送两个歌童给西门庆充实家乐的描写可以推测，潘金莲最早时的地位与这两个歌童相差无几，也就是说，王招宣家中买来弹唱的女孩子除了供自己取乐之外，就是作为高级礼物送给需要结交的其他官员。一般来说，只要主家平日里不是非打即骂，但凡还有个好脸相待，奴仆都希望自己能在一家里一直到老，这一方面是受传统礼教中"忠臣不事二主"的观念影响，除非实在有迫

----

① 杨义：《中国叙事学》，商务印书馆2019年版，第70页。
② 兰陵笑笑生：《金瓶梅词话》，人民文学出版社1985年版，第9-10页。

不得已的原因，否则即便武艺高强如吕布一般，最后都只落得一个"三姓家奴"的坏名声，普通奴仆的结局更加可想而知；另一方面是人对陌生环境会产生一种本能的不安和抗拒，在奴仆的身家性命完全由主家操纵的专制社会中，不说新主家中的其他奴仆是否能容忍新来者鸠占鹊巢，就是新主家本身的性情都是不值得去冒险的因素。所以，一个弹唱歌童最好的选择就是获得主人的青睐，这样不但能获得许多看得见的奖赏，还能在同行同辈人中保持相对较高的地位。聪明如金莲者显然深谙此道，知道仅凭技艺顶多能在教头前讨好，要想长久稳定和受宠，必须讨得家主的喜欢，而王招宣又必是一个"曲有误、周郎顾"的儒雅之人，所以还是要将自己定位为一件"物"，将外表、态度等外在部分打造得出类拔萃，才能脱颖而出。

在这样的观念指引下，潘金莲迅速完成了表面上的蜕变，出落成一个才貌双全的歌姬，只可惜她还没有被重视，王招宣就一命呜呼，这才有了潘金莲被母亲重新卖到张大户家，后因大户家婆容她不下，不得已送与武大郎的一系列变故。罗兰·巴特在《S/Z》中的一句评论十分恳切，他说："叙事的起源是欲望。然而生产叙事，欲望必须经常变换（varier），必须进入等价物及换喻的系统；或更进一步：为了被生产，叙事必须可被交换，必须将其自身纳入某一经济系统（économie）。"①从某种意义上说，潘母、张大户、张大户主婆甚至武大郎的欲望都需要代入小说家对这些人物的理解，作者对人物的理解越深刻，才越能将这些欲望以及它们背后可能的后果做充分展示。对潘母来说，她看到女儿出落得亭亭玉立，又学了好些女红后，想到的不是母女二人可以靠针黹相依度日，而是可以卖掉女儿得到三十两银子。对张大户来说，自己花钱买来的弹唱丫头姿色动人，便忘记了她作为人的存在，将其看作与银两等价的物价，不但不顾年龄、身份，更不顾忌金莲的命运，瞅到个空隙就霸占了她。对张大户主婆来说，自己已然年老色衰，一旦金莲上位，再生个一男半女，自己的晚景就可能会凄

---

① ［法］罗兰·巴特：《S/Z》，屠友祥译，上海人民出版社 2016 年版，第 123 页。

凉不堪，因此，在事情还不至于闹得不可收拾之际，必须将金莲扫地出门，便"与大户攘骂了数日，将金莲甚是苦打"①。对武大郎来说，他知道自己外形猥琐，又毫无家财，正常来说娶亲成家并不容易。当他如天上掉馅饼一般突然就得到一个如花似玉的妻子之后，就忘乎所以，全然不去想这桩婚姻是否合于情理，接着，又受张大户的资助，从此有了做炊饼的本钱，所以，即便知道张大户如此这般做的用意，虽说心上不痛快，也必然是默许的。小说写到这里，其实能看到作者对潘金莲隐含着一份同情，从母亲到丈夫，没有一人为金莲的幸福着想考虑，一众俗人的心态都是对金莲的利用，要么从其身上得钱财利益，要么取欢得乐，要么泄愤，要么图个添丁增口。而生长于这种环境中的女子如果不愿意悲催地死去，就必须想方设法保全自己，金莲虽然不满武大郎，也未必就满意张大户，但寄人篱下的她除了委曲求全便毫无办法，换言之，她只能守着一个窝囊无比的丈夫，忍受和张大户的随意苟合，并对张大户主婆的鞭打忍气吞声。对于金莲不长的一生来说，这一段时间的经历成为她日后所有行为的根源出处。

在男尊女卑的社会中，绝大多数女性必须依附男性才能生存度日，在家从父、出嫁从夫、夫死从子，使女性不得不将主要精力都放在对男性的取悦和迎和上，尤其对于无父的女子而言，她们缺少对男性的正面记忆，又出于自我保护的天然需要，便更加重视道德之外的事物。潘金莲即是一个典型范例，从童年到少女时期的记忆扭曲了她的性格，所以才会变本加厉地将俗气表现得淋漓尽致。她没有感受过真正的亲情、爱情与友情，更遑论尊重、友善、包容和体谅，当人世间的美好都不曾在她的生命中驻足时，正直与贤良就显得遥不可及。因此，在集各类俗人之质于一身的潘金莲身上，具体就表现出了这样三种特质：首先，乐于贪图眼前的享乐，没有远见卓识。她与武大郎被张大户主婆扫地出门后，全然不去想日后如何安身度日，只靠武大郎每日卖炊饼的盈利肯定不够她买花买粉的装扮，但

---

① 兰陵笑笑生：《金瓶梅词话》，人民文学出版社 1985 年版，第 10 页。

为了撑个场面，她还要将自己为数不多的首饰典当了，换个大些的房子居住，而这时西门庆还未出现，每日与其插科打诨的都是些不上串的地痞小流氓，可见其为人在大处并无算计。到她与西门庆纠缠在一处时，分明知道武松与大郎兄弟情深，却仍然受王婆教唆摆布，药死武大郎，为自己日后惨死埋下了祸根。更重要的是，潘金莲嫁给西门庆后，知道要用各种手段来争宠夺爱，又怎么会不知道自己的身家幸福全系于此一人？眼见西门庆病体恹恹，还要三番五次地与其行房事，为了寻求刺激，甚至将胡僧的药丸加大剂量喂给西门庆，在这般折腾下，西门庆果然很快一命归西。虽说是自作自受，但没有西门庆庇护的潘金莲，结局必然可悲，从最受宠的侍妾跌落为王婆手中的货物，终于被武松所得，成为了武大郎的献祭品。其次，热衷于蝇头小利。西门庆在初识潘金莲时，每次相会都有些许财物赠送，出手大方加上一表人才的外形，使潘金莲悍然不顾名声和后果，被武大郎撞破丑事后反倒要了他的性命，解除了阻绊就更心心念念地要嫁与西门庆去享福，但潘金莲对西门庆的依附与其说是情感使然，毋宁说是一种算计，否则就无以解释她与琴童、陈经济的私通。到李瓶儿也嫁给西门庆后，潘金莲对财物的贪婪更是一目了然，一方面暗中挑唆李瓶儿与其他人的关系，使其误以为金莲是出于善心而不断馈赠手帕、衣物，一方面在与李瓶儿的交往中明目张胆地占尽小便宜，或是直接索要妇女装扮的一些小物件，或是一起买东西不带银两，显示出一派极为贪婪的嘴脸。再次，遇事不辨善恶是非，且睚眦必报。潘金莲恃宠而骄惹怒了同为侍妾的李娇儿和孙雪娥，她们得知金莲趁着西门庆不在家时与琴童私通，便将此事告知西门庆，使金莲挨了一遭毒打，金莲先是在煮银丝鲊汤一事上挑拨离间，后又在宋惠莲一事上变本加厉地颠倒黑白，暗使西门庆为己复仇，两次毒打孙雪娥。在对待同属婢女的春梅和秋菊上，潘金莲的态度也是天差地别，春梅相貌美丽，有才艺，又在自己私通琴童一事上着力相帮，所以自然另眼相待，而秋菊只是一个普通丫鬟，平日做事可能也不甚细心，更不会娘前娘后地奉承，一时受了委屈还想讨还公道，自然就激起也曾做过婢女的金莲的愤怒。照理说，潘金莲这时已经成为西门庆的侍妾，无需与一个婢女置气，但正是这种行为，更表现出了一个俗人的小肚鸡肠。

　　从潘金莲短暂的一生来看，她的命运其实相当悲惨，即便是深受西门庆宠爱的一段时间内，她也未曾得到真正的爱护，只因为她相较于其他姬妾而言更能低三下四，为迎合西门庆而做出一些他人不敢想也不会做的事情，所以才能在诸多女性玩物中独占头魁。但她并未珍惜通过牺牲和代价所换来的地位，既没有在经济买卖上用功，也没有在家庭内部树立威信，西门庆一死，立即陷入可以被人随意买卖的境地。潘金莲在得意时曾对乞丐显露过一丝善意，也没有抗拒当初卖了自己换钱的母亲的投奔，而且与孟玉楼为友，并得到庞春梅死心塌地地效忠，说明这个人并非毫无可取之处。但从另一方面来看，为了专宠，她在毒害李瓶儿和官哥儿之事上表现出的心狠手辣，为了泄欲，对陈经济等人恬不知耻地笼络，又显示出了罪恶对一个俗人的诱惑。可以推断，如果潘金莲不是处在一个需要步步为营的环境之内，这些恶即便不能避免，也至少不会愈演愈烈，而人天生所具有的"善端"则会相应地占据更大的分量。

　　有道是"人以群分，物以类聚"，围绕着潘金莲的一众人物中，除了王婆是个彻头彻尾的小人外，其余之人品性虽然不够高尚，但展现出的真实人性至少在一定程度上揭示了关于现实的深层实在。如地痞流氓一般的西门庆，其实比被称作英雄好汉的武松更容易令人亲近，他不会不知道应伯爵、吴典恩等人平日奉承自己的真实意图，但在这些人需要帮助时，他的确是真心实意地帮助这些只会吹嘘拍马的所谓的朋友，与这些人的交往表现出西门庆的庸俗，而毫不计较的付出又展示出他的情义。对于应伯爵而言，他也未必就愿意被西门庆召之即来挥之即去，然而沉重的家庭负担促使他不得不为生计所虑，只是俗人的眼界使他更倾向于找易钱、快钱，相对于要付出辛苦劳动才能得到的一点银两，与依傍一个富豪朋友并不时从中得到些利益比较，二者吸引力的高下显然不言而喻。再从月娘、孟玉楼、李瓶儿、庞春梅等女性之间的争风吃醋、争奇斗艳来看，她们的差异在于外貌与性格，而精神上的根本需求和潘金莲并无二致，都需要从西门庆的恩宠中获得安全感和满足感。这些俗人并非不信仰道德，但品位和眼界决定了他们对道德的理解十分狭隘，只限于在他人有事相求时的尽力而为，以及他人化缘时的些许布施，相较于更高层次的秩序和牺牲，他们更推崇的是当下的感受。只有在见利忘义上从量变转向了质变的王婆，才需要承受真正的鞭挞，她为了贪图更多的银两，不惜将武大郎置于死地，这件对武大郎厌恶至极的当事人潘金莲都未曾想过的事情，终于在王婆的教导和帮助下得以实现。等到潘金莲被月娘发卖，王婆的嘴脸立即变得狰狞恐怖，丝毫不顾以往的脸面和情分，终于为了一百两银子断送了金莲和自己的性命。

　　从兰陵笑笑生将人物的庸俗显露无遗的笔触来看，很难说他对这些凡人俗子的态度到底是持有广泛的同情还是深切的鄙夷，小说中的每个人都有可恨之处，又有造成这种可恨的切实原因，使读者除了叹息之外甚至难有公允的道德评判，总而言之，在众多的中国小说中很难再找出这样一部作品，即便是《儒林外史》也难以将俗人集聚得如此完整又刻画得这般深刻。

　　一个人的言行举止取决于他对事物的看法，这种认知又源自他对生命的认知，潘金莲无疑是个庸俗的典范，与之相似的还有《孽海花》中的傅彩云，她有着与金莲相似的美貌和欲望，但不像金莲一般要在男性面前委曲求全，她张扬的个性和勇气更具备现代意义上的女性气质，因此也值得做出剖析探讨。傅彩云出身娼家，偶然一次机会遇见状元郎金雯青后彼此一见钟情，很快就被状元郎娶回做侍妾，并以公使夫人的身份跟随他一道出使德、俄等国。在这一过程中，傅彩云表现出对钱财与男性的极度贪婪，仗着年轻貌美，不断从丈夫处索要珠宝，又凭借现学现卖的一点外语能力去克扣公款，如果说索要珠宝还情有可原，明知公款却借机中饱私囊的行为就纯属道德有亏。除此之外，傅彩云不断背着丈夫与他人偷情，尤其是与德国军官德瓦西的交欢使她更充分地意识到自己的个人魅力，从英俊的德瓦西到小厮阿福，以及被撞破的偷情行为也没有受到丈夫的任何惩罚，这无疑加深了傅彩云的自信，也进一步强化了她的肆无忌惮。不可思议的是，处于男权社会下的金雯青不仅才华横溢，而且位高权重，却对这样一位侍妾毫无办法，竟然落得个被活活气死的结局。

有学者认为，傅彩云毫不掩饰地面对自己的欲望，不拘泥传统的礼教，也不忌惮环境的压力，是一种新女性的象征，甚至给予了颇高的评价，"傅彩云大胆抒发的真性情和晚清开明人士对封建纲常礼教的批判不谋而合，她把自己置身于封建礼教道德之外，她所冲击的不仅是不平等的男女关系，更是封建社会的礼教道德。傅彩云的性格在曾朴笔下得到了充分的张扬和诠释，因此，傅彩云被看作近代女性解放的先导"①。问题在于，自由绝不等于放纵，男性腐朽专制的性观念不是女性要比量齐观的理由，若在性解放上追求平等不啻一种堕落。曾朴在傅彩云这一形象上表现出耐人寻味的宽容，但这种宽容绝不是认同，而是从小说家到小说人物所处的特殊环境下的特殊需要。晚晴时期的内忧外患使稍有知觉的人士都沉浸在一种深刻的不安之中，傅彩云在听闻瓦德西将见钱眼开的奴仆比作中国人时，也产生过不悦，说明她并非没有民族自尊心，然而这份自尊心却仅仅代表着个人的颜面，不能上升到更高的层面。在听到瓦德西的道歉后，她马上释然了，还能"嫣然一笑道：'别胡扯，你说人家，干我什么！请里边坐吧！这里不是说话的地方。'"②也就是说，傅彩云在最应该也最需要展现气节的时候仍然不能免除俗人的自私与自利。

如果说中国古典小说重视从因果教化上来影响人心，那么自晚清以降，这种传统已经发生极大的改变，曾被认为重要的潜意识被放置在复杂的社会中，使"最有益的，论些世情，说些因果，等听了的触着心里，把平日邪路念头化将转来。这个就是说书的一片道学心肠，却不曾讲着道学"③的观念显得幼稚可笑，直线型的简单因果背离现实社会越来越远，不仅无法为读者提供关于人情世故的参考，也不能为其提供社会发展的信息，然而，如果因此而将小说完全归入茶余饭后的消遣，也无异于煮鹤焚

---

① 董伟岩：《晚清士人之觉醒与新女性的产生及困境——以〈孽海花〉中的傅彩云为例》，载《内江师范学院学报》2015年第1期，第19页。

② 曾朴：《孽海花》，人民文学出版社2006年版，第229页。

③ 凌濛初：《二刻拍案惊奇》，人民文学出版社1991年版，第234页。

琴。小说需要读者在情感上主动代入，进而与人物产生共情，虽说能被读者代入的人物往往都具有非此即彼的性格缺陷，但这正体现出了一种无可取代的真实，如陈然兴所言，"面对一个故事，我们首先想到的是'这与我有什么关系？为什么要说这些呢？'只有当我们确定了意义之可能性，叙事活动才能继续。故事的意义就是它的相关性，就是故事所再现的经验事件与我们生存的相关性。在日常生活中，那些与我们的生活直接相关的事件最能引起我们的兴趣，因为它们直接从我们当下生活的关系中获得意义，故事在这里可能迅速转化为某种信息、某种指令，促使我们作出相应的行动"①。对于读者而言，相较于如何仿照小说中的圣贤来提升道德，他们更感兴趣的是对名利、情感怀有同样欲望的小说人物，能够使出如何的手段以及得到怎样的结果。

名利从来都是一把指向虚空的双刃剑，由于过于耀眼，而且能够切实使人从中感受到难以比拟的愉悦感，使这些即便是被创造出的小说人物，在追逐名利的过程中也不可避免地会发生诓骗、欺诈、豪取抢夺等恶行。遗憾的是，这种绝不值得颂扬的真实反而能够使一个俗人变得有血有肉，甚至在他们显示出贪婪、吝啬等行为时还能博取读者的理解和同情。如《西游记》中被认为最具人性的猪八戒，他既没有孙悟空面对强大的妖怪时的勇气，也没有唐僧对使命的执着，更不具备沙和尚与小白龙的忠诚。从他迫不得已跟随唐僧前往西天取经的第一天开始，他就打心眼儿里希望这个队伍尽早解散，好回高老庄重新度日。应该说猪八戒是很惧怕孙悟空的，他知道如果没有软耳根的唐僧庇护，很可能会不时地遭到孙悟空的责打，但即便如此，他仍然尝试利用一切机会说服这两个师兄弟，能够放弃前往西天的艰难路程。他的俗人特质首先在于对确定目标的怠懒，先不说他知道成功保护唐僧取得真经后会获得极大的好处，只说取经一事原本是他与观音菩萨的契约，就应该遵守而不是半途而废。但猪八戒的畏难也正体现出俗人的心理，即当一个契约需要付出的代价不大时，大多数人都会

---

① 陈然兴：《叙事与意识形态》，人民出版社 2013 年版，第 176 页。

尝试遵守，但如果这个代价需要付出的可能是生命，那么，俗人会立即衡量其中的利弊是否值得，不去理会曾经的约定或承诺。

正好像猪八戒面对的如果是法力不够高强的妖怪以及他们的喽啰，他不仅没有提着钉耙往回跑，还会有心去显摆自己的手段，表现出一副英勇的样貌。尤其在凡人、女性面前，他更会强化这种逞强的欲望，因为这不但不会使他吃亏，反而能从中获得极大的满足感。然而，八戒始终无法真正实现他的理想，横亘在他面前的，不仅是对意想不到的挫折的无能为力，而且他个人的庸俗和散漫也时常会化成一种内在的妖魔，致使他对外界总怀有恐惧的态度。整体而论，猪八戒在两种境遇中会显示出强烈的退缩情绪，一种是妖怪武力高超，救兵却迟迟不到，使他们师徒吃了大亏；另一种是妖怪要与唐僧结亲作阻扰，使他一方面心怀嫉妒，另一方面又失去了对取经的信心。前者以第三十回"邪魔钱正法　意马忆心猿"为代表，小说讲这时的孙悟空已经被猪八戒撺掇着唐僧念紧箍咒赶回了花果山，只剩师徒三人继续前行，虽然遇到了一个妖怪，却被侥幸放过，于是就为被妖怪掳走的宝象国公主传递了一封家书。见到女儿手书的国王恳请猪八戒相帮救回公主，他便不知所以地飘然夸海口，没想到自己其实根本不敌妖怪，被打得落花流水，这种逞能的行为着实是一种俗人缺乏智慧的表现，既不自知也不知人，完全是一副纸上谈兵的做派。但如果仅仅如此，猪八戒倒也有几分天真，可是他明见在一旁相帮的沙僧也处在下风时，居然对师弟要诡计，说："'沙僧，你且上前来与他斗着，让老猪出恭来。'他就顾不得沙僧，一溜往那蒿草薜萝，荆棘葛藤里，不分好歹，一顿钻进；那管刮破头皮，擦伤嘴脸，一穀辘睡倒，再也不敢出来。但留半边耳朵，听着梆声。"[1]这种兄弟本是同林鸟，大难临头各自飞的心态简直毫无道德可言，就这样，八戒以沙僧为代价换取了自己的一条生路。更使人哭笑不得的是，逃跑后的八戒居然还能在草料中美美睡了一觉，以至于错过了保护唐僧的最好时机，然后故态复萌，不但要回高老庄，还想将师徒四人的行李

---

① 吴承恩：《西游记》，人民文学出版社 2020 年版，第 385 页。

也一并打包带走。当他发觉小白龙罕见地复现了真身，也在千方百计地去搭救唐僧时，才为自己的想法感到羞愧，这种容易被善打动，却难以坚持的情绪也是俗人的明证，这一类人缺少对善恶的坚定判断，很容易随波逐流，遇见圣贤君子就做好人，遇见歹徒恶霸就做坏人。不难想象，在孙悟空被逐、沙僧被俘、唐僧被暗算的情况下，小白龙只要不动声色，八戒很可能真的就会提着包袱打道回府，所幸在最危急的时刻，小白龙以仁义劝说，才使他回心转意说："你倒这等尽心，我若不去，显得我不尽心了。我这一去，果然行者肯来，我就与他一路来了；他若不来，你却也不要望我，我也不来了。"①可见，俗人的劣质根源仍然出自自私，所谓的牺牲和奉献都极有限度。

后者则以第九十四回"四僧宴乐御花园　一怪空怀情欲喜"为典型。故事讲唐僧被变化为天竺国公主的玉兔精相中，要招为驸马，怂恿天竺国国王办婚宴酒席，孙悟空将计就计，与唐僧、八戒、沙僧一齐赴会。国王见唐僧的几位徒弟不似常人，便问及他们的来历出处，其中，只有猪八戒对这一问题表现出了不同寻常的兴趣，先是"掬嘴扬威"，而后带有些许炫耀一般说自己打前世起就贪欢爱懒，"一生混沌，乱性迷心。未识天高地厚，难明海阔山遥。正在幽闲之际，忽然遇一真人。半句话，解开业网；两三言，劈破灾门。当时省悟，立地投师。谨修二八之工夫，敬炼三三之前后。行满飞升，得超天府。荷蒙玉帝厚恩，官赐天蓬元帅，管押河兵，逍遥汉阙。只因蟠桃酒醉，戏弄嫦娥，谪官衔，遭贬临凡；错投胎，托生猪像。住福陵山，造恶无边。遇观音，指明善道。皈依佛教，保护唐僧。径往西天，拜求妙典。法讳悟能，称为八戒"②。不同于悟空虽是天地精灵，却不是人身，也不同于前世虽同为人身，但一心求仙问道的沙僧，八戒强调自己的前生不但"贪欢爱懒"，而且"乱性迷心"。这种说法显然是一种高调的炫耀，因为他既享受了凡间的欢愉，又得到了仙界的长生，几乎

---

① 吴承恩：《西游记》，人民文学出版社 2020 年版，第 396 页。

② 吴承恩：《西游记》，人民文学出版社 2020 年版，第 1221 页。

是毫不费力地占尽了好处，能拥有如此机遇的人必然福慧双通，所以，八戒将自己原来的状态描述得越是不堪，就越能突出与众不同的优越性。果然，国王听了八戒的自陈后"胆战心惊，不敢观觑"，然而应该说，这也是所有凡人的普遍反应，作为神仙，猪八戒实在没有必要因为凡人的吃惊而沾沾自喜，但八戒还是"越弄精神，摇着头，掬着嘴，撑起耳躲呵呵大笑"，直到受了唐僧的斥责，他"方才叉手拱立，假扭斯文"①。八戒在满足了自己的虚荣心后，其实并无任何作为，对于唐僧不断招得女性青睐的"运气"，他经常又嫉妒又无奈，所以仍然会用"散伙"来发泄情绪。

猪八戒既没有孙悟空的能力，也不能像沙僧一般安分守己，但是他对自己所持有的不切实际的自信，使他无法正视他人的长处，也不肯接受自己的缺陷，一旦立下些许小功劳，便赶忙四处彰显，生怕别人不知道而受到埋没。用夏志清的话来说，"他象征彻头彻尾的感官生活，既无宗教信徒的向上心，也无神话英雄的雄心壮志。他有双重的滑稽意味，因为作为一个并非心甘情愿的朝圣者，他没有得到过和尚生涯的任何召唤，又因为硕大的身材和惊人的体力，他除了饱食终日与女人厮混外，便没有其他的野心。他是个普通感官享受主义者的放大版，如果他得到正当的鼓励，能够为世俗成功与家庭生活满足这两个目标而努力，他可能会变得严肃一些。正因为他得不到这样的鼓励，他在取经路上逐渐堕落了，变成一个喜欢嫉妒的、爱撒谎的家伙，胆小嘴馋，一心只想过安逸的生活"②。俗人的心态导致他无法承担真正的责任，尽管猪八戒沾了唐僧、悟空、沙僧与小龙马的光成为净坛使者，但他还是没有完成从世俗到神圣的转变，只能说这个以神仙面目出现的神圣者，其实是一个不可救药的凡夫俗子。

俗人占据了小说群体人物中的绝大部分，在这一种类型人物身上，善与恶都显得较为混沌，他们不是真正意义上的善人，因为表现出来的道德

---

① 吴承恩：《西游记》，人民文学出版社 2020 年版，第 1221 页。

② 夏志清：《中国古典小说》，何欣等译，刘绍铭校订，上海人民出版社 2019 年版，第 134 页。

大多不会危及自己的利益，但他们也不是真正意义上的恶人或小人，纵使在言行上存在许多令人侧目的瑕疵，但由于可怜的身世或其他一些客观原因，俗人的恶行背后往往显现的是社会之恶。陀思妥耶夫斯基在谈及小说《群魔》的创作时就说过，"由于种种原因，一些诚实淳朴的人也可能被吸收进来干这种可怕的罪恶勾当。令人感到恐怖的是，在我们国家，那些犯下最为卑劣可怕罪行的人，往往并不是恶魔。这种情况并非我们国家特有，整个世界都是这样，并且永远这样，只要时代处于世纪之交，社会在转型，人们的生活发生巨变，悲观和怀疑主义盛行，社会信念动摇，情况都会是这样的"①。也就是说，大部分的俗人之恶都伴随着小人的荧惑与撺掇，推而广之，一个社会的道德风气就取决于极少数的小人与圣人对绝大多数俗人的争取结果。老子在《道德经》中言："大道废有仁义，智慧出有大伪，六亲不和有孝慈，国家昏乱有忠臣。"这固然是老子对过分标榜仁义道德的不以为然，但反过来看，同样可以看作大盗的崛起为圣人提供了存在的空间。

　　小人虽然令人憎恶，却是小说各类人物中不可或缺的一部分，一个惟妙惟肖的小人甚至比一个仁义道德的圣贤君子更令人印象深刻。在《水浒传》中，如果想找出道德无瑕疵的君子很难，但若要提及小人的形象，那么无论是高衙内还是陆虞侯，都可以毫无争议地名列其中。这是因为梁山英雄们看似崇仁尚义，但他们的仁义非常狭窄，动辄就参与打家劫舍与屠村（祝家庄、曾头市）的残酷行径使他们个个道德有污，而小人无需任何掩饰，他们毫无底线的贪婪、自私与无情展现出人性之恶的各种可能，这些叙事无疑会使读者对道德产生更多的思考，进而有更深刻的体悟。以陆虞侯为例，他本是林冲的至交好友，得知高衙内看中了林娘子，立即就听允了权贵的调遣，"只要衙内欢喜，却顾不得朋友交情"②。如果说陆虞侯仅仅是对朋友隐瞒知情的信息，或是说在朋友有难时坐视不理，都只能说他

---

　　①　[苏]陀思妥耶夫斯基：《陀斯妥耶夫斯基自述》，黄忠晶、阮媛媛编译，天津人民出版社2013年版，第3页。

　　②　施耐庵：《水浒传》，人民文学出版社1997年版，第108页。

人品低下，未必就是一个小人。但是，陆虞侯对林冲的态度已经远远超出了隐瞒和冷漠，他将林冲骗去饮酒，又在自己家中设计，使高衙内有机会猥亵林娘子，没想到事情的发生并不如他所料，结果，陆虞侯见衙内如同一个孩童一般，得不到自己想要的物便苦恼不已，于是发狠道只要林冲娘子不死，就一定要满足这位花花公子的要求。对于一般人而言，有这样一次良心亏欠就应该立即置身事外，但陆虞侯反而一不做二不休，似乎他对林冲要赶尽杀绝的迫切程度还要胜于高衙内。从俗人到小人的转变同样有着从量变到质变的过程，只要是稍有良知的人都不会以他人的生命作奉承，何况林冲是自己多年的至交好友，更不应该助纣为虐，然而，他将高俅奉为"恩相"，为了争取高俅的抬举，就不顾林娘子的声名，更不顾林冲的性命，或者说，林娘子和林冲的身家性命在陆虞侯眼里都成为晋升的阶梯。陆虞侯一而再、再而三地陷害，以至于在诬陷林冲后更到了不将他逼死便誓不罢休的地步，这才将一位世代忠君的将子逼成了绿林强盗。那么，从林冲纳投名状以及与其他梁山好汉一起滥杀的种种行为来看，陆虞侯即是始作俑者，需要为更多人的生命承担部分责任。

小人的龌龊和狠毒在一定程度上成为他人生命力的试金石。一个人应有的怜悯、羞耻、辞让、是非等判断在这一类人物身上荡然无存，在看不到正常情感的小人身上，有的只是对物的贪婪，更有甚者，将他人的痛苦视为一种刺激和快乐，而吊诡之处在于，小人几乎不会一直处于穷困潦倒当中，他们的许多荣耀都建立在极度的卑劣之上，尽管这种荣耀并不长久，但不可否认的是，小人在很多环境下都能轻易地击败良善。为使叙事有更强烈的冲突，小人的确是必不可少的一种人物类型，否则便无以演绎人性之善。需要考量的是，作家一旦将小人与恶世等同于现实，叙事精神就会发生改变，如果小说反映的社会充满着尔虞我诈和小人当道，那么小说对心灵的抚慰就着实堪忧。尤其在当代小说中，作家对于展现人性之恶的叙事尤为热衷，雷达就曾说："就现在的文学本身而言，'最缺少'的是肯定和弘扬正面精神价值的能力，而这恰恰应该是一个民族文学精神能力的支柱性需求。今天的不少作品，如新乡土写作、官场文学以及工业改制小说等，缺少直面生存的勇气，并不缺少揭示负面现实的能力，也不缺少面对污秽的胆量，却明显地缺乏呼唤爱、引向善、看取光明的能力，缺乏辨别是非善恶的能力，缺乏正面造就人的能力。"①如当代小说家孙频的"痛感三部曲"中，几乎每一篇叙事之内都存在一个不可理喻，甚至无法追寻根源的恶人，虽然说一个人的人性越弱时，身上的物性就会越强，但是这种将小人的缺陷无限扩大的人物使她的作品充满了阴霾，读者无法从中看到美好的希望，更不能承认这就是现实社会的本来面目，毕竟这般的哗众取宠是对小说表现力的恶意扭曲。

如果说当代小说中有一部分对小人的描写是为了"吸睛"，那么就有另一部分小说是为了更深刻地反省民族性中的不足。从反省的角度来看，有古华在《芙蓉镇》中塑造的王秋赦，真诚地热爱着对他人的批斗，尤其是见到被批斗的人还拥有亲情、爱情及友情等一些难得的情感时，他便会更加歇斯底里。他对秦书田持有彻骨仇恨的真实原因，其实不在于后者的阶级成分，而在于秦书田性格中的坚定和乐观，以及这种性格居然为他赢得了胡书音的好感和爱恋。王秋赦的许多恶行反映出小人的孤独与狂妄，他们的孤僻性格以及难以被他人理解的偏执将自己与正常人相隔甚远，更以一种极为分裂的情绪对待美好，以至于将这种卑劣越演越烈。王秋赦之外，还有陈彦在《主角》中塑造的楚嘉禾，虽然出身名门，自身外形条件也十分优越，却工于心计，显现出与外表相当不符的小人面目。楚嘉禾是小说中一个重要的角色，她与主人公忆秦娥的关系类似于"既生瑜何生亮"，忆秦娥出身偏远的小山村，为了糊口度日，在舅父的帮助下找了一份秦腔剧团的工作。在剧团里，过人的天赋使忆秦娥很快脱颖而出，并得到英俊小生封潇潇的青睐，并非钟情于封潇潇的楚嘉禾认为这是对自己的冒犯，于是，强烈的不满使她无法正视自己的优越条件，陷害、诬告，想尽一切办法对其进行打压，一直到忆秦娥凭借过硬的秦腔功底成为一代名伶之后，楚嘉禾仍然陷在仇恨之中而无法自拔。在小人的理解范畴之中，他们拥有

① 雷达：《雷达观潮》，人民文学出版社2018年版，第24页。

的权力哪怕是微不足道的，但只要能压制得了另一人，尤其是这个人在某一方面比他更突出时，他们就有一种莫名其妙的报复快感。虽然陈彦在小说中没有为楚嘉禾安排一种悲惨的结局，但这个人物的阴险、狡诈与恶毒已经使她成为叙事中最令读者厌恶的角色。小人在小说叙事中的重要性在于他们的命运能够被完整地展现，小人或许能够得逞一时，却无法长久地依靠暗算而存活。

　　人物是小说物叙事中极为特殊的部分，他们是由物所建构，又是这个物世界中的另一群物，只因为投射着现实世界中人的性情与思想，从而有了看似真实的影像，倘若将人物当作人，显然是一种镜花水月的虚诞。然而尽管如此，却又不可完全将人物不做一回事而看待，因为人物之所以为物的前提是他们身上具有真实的人性。因此，圣贤君子并非桑榆已逝，东隅非晚的不可追，奇人异士也绝非世外之人，小说提供的这些人物范式实际上是文学与现实理想相联系的重要路径，只有凡夫俗子与小人是一种反面的借鉴，促使读者能够对自身价值进行思考，从而对生命产生更为深刻的认识。

第二章　动植物的生命意识及叙事成因

从《山海经》起，动植物在中国的叙事中就占据着重要的地位，古典小说《西游记》《搜神记》《聊斋志异》中，动植物成为仅次于人的叙事主体，为现代意义上的小说提供了丰富的经验。因为具有生命意识，动植物较之器物而言本身就是神圣的，尤其当它们能为人类提供某种预示时，更会具有特殊的意蕴，从而得到人的顶礼膜拜，但这种有用的背后其实是一种无用，没有人会用一头神圣的骡子来拉磨，圣殿内的牛也不会被套上沉重的耕具去犁地。通常来看，动植物的价值还是在于"被用"，"用"一方面拉近了人与动植物之间的距离，另一方面则消解了它们可能具有的神圣性，使它们成为世俗的一部分。从神圣与世俗的对立可以看出人类对待这些动植物的不同态度，无论是有用或是无用，最终的立足点仍然是人类之"用"。

第一节　灵物的分野及融合

当中国古典小说叙事的主要目的是宣扬"因果"、教化劝惩时，灵物就成为其中不可或缺的一部分，因为不如此则无以凸显报应的灵验，也无以证明劝善的必要性。在人类需要的时候，灵物总会恰当并适时地显现出某种神迹，满足祈祷者全部或部分的愿望，在证明神圣性的同时，得到更多人的信赖和崇拜。应该说，在灵物之所以能成为灵物的过程中，人的主观意识在一定程度上发挥了关键作用，人们为它注入了"神"的内涵，也就是说，只要有一个人认为一件物被赋予了神圣性，他就会自觉地对此做宣扬和传播，直到这件物成为一种普遍的信仰。

人类的这种行为不仅会强化灵物的作用，也会加深自身对灵物的信念，如伊利亚德所言："神显的辩证法表明多少是一种明确的选择，是一种挑选。一个事物变成神圣是由于它体现了某种与自身有所不同的东西。在这里，我们不需要关注这种不同是否来自它与众不同的形状、它的灵验或'力量'，或者是否它来自与这种或那种象征体系相一致的事物，或者是否通过某种祝圣仪式而赋予它的，或者由于它被置于某种充满神圣性的地方。"①对于小说中的人物以及读者来说，需要关注的仅仅是这一样物是否传递出了一种神圣性，使见到或接触它的人感到安全及安慰。

从人类信仰的发展规律来看，灵物一开始必然需要具备以下几个特征：第一，它是天然而非人工制造的。因为信仰是一种与生俱来的观念，无论信仰的对象和内容是什么，这种行为本身很难发生改变，所以在人类的生产力只能满足果腹和遮羞的时代，与其说他们要刻意创造某一种物作为可信仰的目标，毋宁说周围环境中的许多天然的事物提供了这一客观环境。第二，它先于信仰者而存在。对于未知的事物，人往往会因为所知的局限性而产生一种恐惧和期待，当一个物的时限远远超出了一两代人的生命时，出于对长久生命的渴望和尊敬，信仰也会随之而生。第三，它与人类生活存在交集。原始初民会崇拜日、月、星辰，以及水、火、树木，但是很少有证据表明他们会同样崇拜彗星、岩浆等物。其中的道理不难解释，生存压力决定了人类必须从现实出发，只有与其生活息息相关的物才能构成他们崇拜的对象，偶然发生的(日食禳灾)或是虽然存在但是对生存不造成经常性影响的事物，最多只能成为一种仪式的内容。

随着人类对自然的认知逐渐增加以及生产力的发展，许多信仰的对象逐渐淡出了人类的视野，信仰以及背后的仪式行为更多地成为一种习惯而非一种必要的法则。涂尔干就提到，"如果有人问一个土著为什么要奉行

---

① ［美］米尔恰·伊利亚德：《神圣的存在：比较宗教的范型》，晏可佳、姚蓓琴译，广西师范大学出版社 2008 年版，第 17 页。

仪式,他会回答,他的祖先总是如此奉行,他应该遵照他们的榜样。所以,他之所以要针对图腾生物有一些独特的举止行为,不仅是因为在这些生物中蕴含着在物质上令人畏惧的力,还因为他感到他在道德上也必须如此"①。但是,如果将对灵物的信仰完全归结于义务或习惯肯定有失偏颇,毕竟每一个时代的人所面对的困难和疑惑都不尽相同,而从外部环境中的物索取一份能量的意识几乎进入了人类基因,因此,对物的信仰虽然窄化却从未消失。更进一步来说,当信仰以及信仰所呈现出的力量成为一种经验时,人类有意识地以各种方式对其进行保存和流传,从《尚书·舜典》中"肆类于上帝,禋于六宗,望于山川,遍于群神。辑五瑞。既月乃日,觐四岳群牧,班瑞于群后。岁二月,东巡守,至于岱宗,柴。望秩于山川,肆觐东后。协时月正日,同律度量衡。修五礼、五玉、三帛、二生、一死贽。如五器,卒乃复。五月南巡守,至于南岳,如岱礼。八月西巡守,至于西岳,如初。十有一月朔巡守,至于北岳,如西礼。归,格于艺祖,用特。五载一巡守,群后四朝。敷奏以言,明试以功,车服以庸"可见,自然之物与人类文明的发展相辅相成,文明的进程就在于人类与山川、日月、河流、树木、鸟兽等物的共生,以及从对它们的认知、把握上延伸出的其余知识。

在不可胜数的自然之物中,树木得到了人类的极度青睐。西方广泛流传的"伊甸园之树""森林之王"等神话不仅宣示了树木崇拜的普遍行为,而且喻示着一种文明的发端始末。在佛教文明中,释迦牟尼佛在一棵菩提树下得道开悟,也使树木与人类的智慧产生了不可割舍的联系。在中国文化中,树木意味着生发,这给人们带来一种关于生的向往,而它们与四季的应和又暗示着对规律的遵守,对于崇尚秩序的中国人而言,它天生的特性就是"道"的一种表现,另外,无论是为人提供木材以供使用,还是为过往行人遮阴纳凉,它还展现出了"德"的一面。树木以其长久的寿命连接起了

① [法]爱弥儿·涂尔干:《宗教生活的基本形式》,渠东、汲喆译,商务印书馆2011年版,第264页。

过去、当下与未来，在《庄子·逍遥游》中有"上古有大椿者，以八千岁为春，八千岁为秋"。虽然庄子在言及这棵八千年椿树的本意时是对时间长、短做出比较，但从另一个角度来看，一棵经历过如此长久岁月的树的神圣性已经不张自明。树在《庄子》中属于一类重要的素材，它以"无用"勘破人对"有用"的执着，更以"有用"来对抗世俗的眼光，寄托道家自然无为的志向。但更为重要的是，作为小说的源头，《庄子》中的树提供了一种叙事经验，即人类在不同视角下对树所产生的情感差别。

上古时期的多神崇拜，或多或少地影响了后人对待物的态度，"万物有灵"的观念几乎可以运用到自然世界中的每一个角落，反映在小说的叙事时空之中，就能明显地看出，树木最早出现的形态大多有知有灵。在《西游记》中，唐僧师徒四人在取经路途中遇见了形色各异的妖怪，这些妖怪要么想吃唐僧肉得以长生不老，要么看中唐僧仪表非凡想与之结亲，一旦不随心意，便要将其杀害。唯独在第六十四回"荆棘岭悟能努力 木仙庵三藏谈诗"中，号称孤直公、凌空子、拂云叟和劲节公的四位树妖表现出了一种难得的友善。劲节公作法将唐僧掳走后有这样一段叙事："却说那老者同鬼使，把长老抬到一座烟霞石屋之前，轻轻放下，与他携手相搀道：'圣僧休怕。我等不是歹人，乃荆棘岭十八公是也。因风清月霁之宵，特请你来会友谈诗，消遣情怀故耳。'那长老却才定性，睁眼仔细观看。真个是：漠漠烟云去所，清清仙境人家。正好洁身修炼，堪宜种竹栽花。每见翠岩来鹤，时闻青沼鸣蛙。更赛天台丹灶，仍期华岳明霞。说甚耕云钓月，此间隐逸堪夸。坐久幽怀如海，朦胧月上窗纱。"①从这段描述来看，与其说这是妖怪之所，毋宁说是神仙之居。四人与唐僧一起吟诗作对，甚至还请唐僧讲解佛法，直到杏仙的加入，才打破了这份静谧，叙事又重新回到了悟空率领师弟打妖怪救师父的套路。在吴承恩的眼中，古树虽然凝聚精气成妖，但并不愿因此而改变在中国文化中备受推崇的松柏、翠竹的本质，这些不同于血性动物的植物，便保留有一份不流于俗的亲切。进一

---

① 吴承恩：《西游记》，人民文学出版社2020年版，第839页。

步来说，树的神圣性不仅在于它自身能够化育成具有人形的精怪，还在于它们温和的秉性。即便在神仙的时空内，它仍然以难以计量的年岁，以及对人对神做有益的滋养。

除了"成了气候"的树精外，还有另一类神圣的树木因糅合了时间的力量，也成了一种神圣物，它们的果实拥有顺延巫术的力量，即帮助与这些果子有缘的人超出普遍生命长度的限制，于是，包括人在内的所有动物便都向往借助这种力量达到永生。具体来看，孙悟空担任蟠桃园管理员时看管照料的蟠桃树，以及镇元子引以为傲的人参果树，都可以看作这一类神圣树木的典型代表。在第五回"乱蟠桃大圣偷丹　反天宫诸神捉怪"中，蟠桃园的土地爷就介绍这些共有三千六百株的桃树"前面一千二百株，花微果小，三千年一熟，人吃了成仙了道，体健身轻。中间一千二百株，层花甘实，六千年一熟，人吃了霞举飞升，长生不老。后面一千二百株，紫纹缃核，九千年一熟，人吃了与天地齐寿，日月同庚"①。用凡人的眼光来看，不用说与天地齐寿是不可望更不可即的事情，即便是成仙了道、长生不老也仅仅存在于神话之中，即便这是真的，肯定也需要极为艰难的苦行加上神仙的提携，但按照土地所言，哪怕吃一颗最小的蟠桃的效果也要超出苦行许多，那么这种吸引力自然是不言而喻的，难怪连已经在阎王殿销了生死账的孙悟空也欢欣雀跃，要想办法吃上许多。无独有偶，唐僧师徒在五庄观又遇见了有着同等效力的人参果树，这棵能被镇元子所珍视的大树较之蟠桃果树有过之而无不及，小说介绍这棵树"乃是混沌初分，鸿蒙始判，天地未开之际，产成这棵灵根。盖天下四大部洲，惟西牛贺洲五庄观出此，唤名'草还丹'，又名'人参果'。三千年一开花，三千年一结果，再三千年才得熟，短头一万年方得吃。似这万年，只结得三十个果子。果子的模样，就如三朝未满的小孩相似，手足俱全，五官咸备。人若有缘，得那果子闻了一闻，就活三百六十岁；吃一个，就活四万七千年"②。在中

---

① 吴承恩：《西游记》，人民文学出版社 2020 年版，第 55 页。
② 吴承恩：《西游记》，人民文学出版社 2020 年版，第 312 页。

国哲学思想中，"三"是从有限到无限的门槛，老子在《道德经·四十二章》言"一生二，二生三，三生万物"，人参果树从开花到结果都与这一理论相合，说明人参果树不仅象征着不凡，更是智慧的代表，更何况这样一株异宝居然不在天宫而在凡间，其意义更是非凡，因为它成为一个宇宙可见的明证。

在人类潜意识的观念中，树承载着正向的能量，它不仅承载着人对生命源头的想象，也指引着人对未来的寄托。伊利亚德因此说："树之所以受敬奉，绝非因为其本身，而总是因为通过树所揭示出来的那些东西，总是因为它所表现、所象征的东西。"①这就不难解释为什么小说中与树相关的叙事极少存在负面的形象。中国古典小说秉持着或教化、或娱乐的态度，并不重视对环境的描摹，尤其在人与自然的关系方面，古人没有现代人所面对的环境污染、破坏等问题，因此谈不到在这方面有任何深切体会，于是在叙事中便容易表现出一种"人类中心主义"的姿态。在《隋唐英雄传》中，隋炀帝荒淫无道，百姓被逼压的反声四起，眼见大隋朝就要败亡，于是就有了一株杨梅、一株李树大肆盛开的预示。小说写：

> 次日炀帝方起来梳洗，忽见明霞院杨夫人，差内监来奏道："昔日酸枣县进贡的玉李树，一向不甚开花，昨夜忽然花开无数，清阴素影，掩映有数里之遥，满院皆香，大是祥瑞。伏望万岁爷亲临赏玩。"炀帝因袁紫烟说木子是"李"字，今见报玉李茂盛，心下先有几分不快，沉吟了一回，方问道："这玉李久不开花，为何忽然大开？必定有些奇异。"太监奏道："果是有些奇异，昨夜满院中人，俱听得树下有几千神人说道：木子当盛，吾等皆宜扶助。奴婢等都不肯信，不料清晨看时，开得花叶交加，十分繁衍。此皆万岁爷洪福齐天，故有此等奇瑞。"炀帝闻言愈加疑虑，正踌躇间，忽又见一个太监来奏道：

① ［美］米尔恰·伊利亚德：《神圣的存在：比较宗教的范型》，晏可佳、姚蓓琴译，广西师范大学出版社2008年版，第262页。

"奴婢乃晨光院周夫人遣来。院中旧日西京移来的杨梅树,昨夜忽花开满树,十分烂漫,特请万岁爷亲临赏玩。"炀帝见说杨梅盛开,合著了自家的姓氏,方才转过脸来欢喜道:"杨梅却也盛开,妙哉妙哉!"因问太监:"为何一夜就开得这般茂盛?"太监奏道:"昨夜花下,忽闻有许多神人说道:此花气运发泄已极,可一发开完。今早看时,无一处不开得烂漫。"炀帝道:"杨梅这般茂盛,比明霞院的玉李如何?"太监道:"奴婢不曾看见玉李。"炀帝又问明霞院的太监道:"你看见晨光院的杨梅花么?"太监道:"奴婢也不曾看见杨梅花。"①

李树隐喻取隋而代之的李渊父子,杨梅则暗指隋炀帝杨广,这两株树展示出的现状都是繁花似锦,一片生机,然而一个是昭示着兴旺,另一个则如同回光返照般宣告着落幕。这些由人养殖的树木与人类社会的盛衰连接在了一起,"通灵"一般的感应使它们成为一种神圣的象征,换言之,被认为是上天之子的皇帝带有神的一部分能力,皇帝若是勤政爱民,就有"瑞象"出现,如灿烂的李花、嘉禾甚至麒麟、凤凰等,但皇帝一旦昏庸无道,连与其姓氏相关的树木都无法得到神灵的护佑。当然,隋炀帝后院中的果树虽然发生了神显,并不意味着全天下所有的李树和杨梅都会有同样的异相,正如《镜花缘》中无论是奉武则天旨意违背时令开放的花朵,还是拒旨不遵甘愿受惩的牡丹,都不可能是一种普遍现象,它们只存在于武则天的视线范围当中。这进一步证明了神圣之物只是一种个别的"殊相",而非"共相",用伊利亚德的话来说,就是"没有一棵树或者植物仅仅因为是一棵树或者植物而神圣,它们变成神圣是因为有了那超越的实在。由于受到崇拜,个别的、'世俗的'植物物种就改变了本质。在神圣的辩证法中,部分(一棵树、一种植物)具有整体(宇宙、生命)的价值,世俗的事物可以变成神显"②。但当这种神圣性得到确立之后,这一棵树的象征意义就不再

① 褚人获:《隋唐演义》,人民文学出版社 2007 年版,第 291-292 页。
② [美]米尔恰·伊利亚德:《神圣的存在:比较宗教的范型》,晏可佳、姚蓓琴译,广西师范大学出版社 2008 年版,第 322 页。

止于自身，更会推及同类的所有树木，从而使神圣的范畴更为广泛。

　　神圣之物发挥力量的另一个条件是人对此坚定不移的信念。在当代小说中，作家的现代意识促使他们要观察得更细致，关心的对象更广泛，但又需要对"玄之又玄"之事有所扬弃，于是，古典小说中被寄予"灵异"的树木在当代小说中就成为一种虽有象征，但仍偏重客观的叙事素材。在李国文《冬天里的春天》中，他用树木周而复始的意象表达出对黎明的向往，"三王庄有过一棵享有盛名的银杏树，起码活了几个世纪，连石湖的《县志》都记载过它的史实，那大树枝干茂密，树叶婆娑，在湖滨亭亭而立，远远望去，像伞盖一样。在烽火硝烟弥漫的日子里，这棵巨树，成了石湖支队一面精神上的旗帜"①。显然，这棵银杏树以其饱经风霜的经历成为一种神圣之物，尤其在战乱的年代，树木的郁郁葱葱与战火硝烟形成了鲜明的对比，这对于向往和平、渴望回归平静生活的人而言，无疑是一种神圣的指引。如果树木仅仅是一种静态的象征，它所具有的神圣性可能只是对人类意愿的一种附会，一旦它在枝叶、花朵的开败上与某些事情达成某种"巧合"，它的神圣性就会得到大幅度的增强，如古华在《芙蓉镇》中写"芙蓉河岸上，仅存的一棵老芙蓉树这时开了花，而街口那棵连年繁花满枝的皂角树却赶上了公年，一朵花都不出。镇上一时议论纷纷，不晓得是主凶主吉。据老辈人讲，芙蓉树春日开花这等异事，他们经见过三次：头次是宣统二年发瘟疫，镇上人丁死亡过半，主凶；二次是民国二十二年发大水，镇上水汪汪，变成养鱼塘，整整半个月才退水，主灾；三次是一九四九年解放大军南下，清匪反霸，穷人翻身，主吉。至于皂角树不开花，不结扁长豆荚，老辈人也有讲法，说是主污浊，世事流年不利"②。在树表现出异常时，老辈人的经验如同对神话的阐释，"神圣"是其中的精髓所在。应该说，这种叙事与《隋唐英雄传》中的李树、杨梅有着异曲同工之妙，"神圣之物"在叙事思维的惯性下得到了赓续。

---

　　① 李国文：《冬天里的春天》，贵州人民出版社1996年版，第63页。
　　② 古华：《芙蓉镇》，人民文学出版社1981年版，第45页。

从另一方面来说，当作家过于急迫地想要彰显树的神圣性时，就会欲速而不达，出现相反的效果。严家炎不无见地地指出，"一篇作品如果单纯到了只想提出问题，除此之外什么都不管，那就过于急功近利了，那就容易使作品干巴，失去生活的新鲜和光泽，失去刚从生活之树上采摘时的露珠和香味"①。在蒋子龙的《农民帝国》中，开篇就有对两棵大树的描写，这两棵树分别是杜梨和榆树，在兵荒马乱的年间，村里无人去干涉管顾它们的生长，于是竟然你中有我，我中有你，几年之后，便成为两棵无法分隔开的树。村民没有将树的"和合"视作和平友爱的象征，倒是因这种不多见的现象，为其赋予了神圣的内涵，认为树的茂盛是土地显灵的结果，于是，借助各种缘由对树做倾诉，从而拉近人与神的距离。然而这种状况只维持到了二十世纪五十年代末，人们出于狂热，在大炼钢铁时，燃料的重要性便仅次于钢铁，这样一来，两棵曾经被视为神圣的树转而在村民眼里就成为了世俗的"柴火"。令人意外的是，久受崇拜的树木在面对村民的砍伐时竟然出现了神显，砍树的人遭到了树的报复而断了手脚。

这下可把'大跃进'的人们激怒了，他们喊着口号，举着拳头，既然一时砍不倒树干，就号召青壮年爬上树去，有菜刀的使菜刀，有斧子的使斧子，先一根根地砍断它的树枝，照样也能炼钢，剩下树干再慢慢收拾。全村的人几乎都来到村口看热闹，重新鼓足了勇气的人纷纷冲到树下，但还没有爬树却被淋了一脸湿乎乎又臭又腥的东西，扬起头这才发现两棵树上爬满了蛇，成千上万条五颜六色、大小不一的蛇，在枝杈间或缠或挂，嘴里流着涎水，哩哩啦啦地喷向地面。其中有一巨蛇，攀附在两棵树的树干中间，张口吐芯，阴气森森……

人们呼啦啦倒退几十步，有人吓得当场跪倒。这时恰好有一群大鸟飞来，不顾地面上的乱乱哄哄，也不怕树上的蛇，管自落到树梢

---

① 严家炎：《严家炎全集》(第四卷·中国现代小说流派史)，新星出版社 2021年版，第 37 页。

头，啾啾啸啸，鸣叫不已。此时大树底下鸦雀无声，再也没有人敢挑头砍树了。①

为了凸显树的不可侵犯，小说便对怠慢神圣的村民都赋予了灾难，这种为了神圣而神圣的结果就是使叙事回到了古典小说的"因果报应"当中。但细读文本时又会发现其中的因果关系十分混乱，小说先是说参与砍树的村民见有人因此受伤而被激怒，他们没有对这种有可能涉及自身的危险产生畏惧，仍然爬到了树上去砍树枝。转而却又写这些人在看热闹的"几乎全村人"的面前重新鼓足了勇气，但还没有冲到树下便遭到了蛇的攻击，不说树上成千上万条五颜六色、大小不一的蛇来历诡异，就说攀附在两棵树中间的巨蛇也不可能不引起注意，使读者不禁想知道之前已经在砍树枝的村民，为何没有发现蛇的存在？这些几乎突然间凭空出现的蛇既没有真正攻击砍树者，也没有真正吓退他们，反而如同附在两棵树上的树神一般，使胆小的村民见之便"跪倒"。更令人不可思议的是，在人与蛇的对峙中，解开这一困境的关键因素竟然是一群同样不明来历的大鸟。不知道蒋子龙是受到了伊甸园故事的启发还是另有考虑，总之，这种前后矛盾的叙事不但缺乏逻辑性，更显得虚假空洞。

从人类从远古到当下的漫长历程中，树木对于人类而言始终是一种可依赖之物，尽管也有不少人因之丧生，但与其说这是树木作祟，毋宁说是其他因素作用下的结果。换言之，树木对人类不求回报的恩赐给人类带来了极为正面的印象，无论是远古时期的巫术崇拜或是当下社会中的叙事赞颂，都可以看出人类对树木的情感。但是需要注意的是，在这种正面情感的支配下，人类赋予树木的神圣性是笼统的而非具体的，如果没有"神化"的想象，树木的神圣性只存在于联系与象征。相较而言，动物自主的行为、情感的回馈、意识的独立性都使其凌驾于植物之上，生命意识的崇高性，使动物具有了仅次于人类的神圣价值。

---

①　蒋子龙:《农民帝国》，人民文学出版社 2008 年版，第 9 页。

动物在小说叙事中有三种主要表现方式：第一种是用动物做人的替身，无论是叙事的情节、逻辑还是视角、时空都全然是人类社会的摹写，如老舍的《猫城记》、莫言的《生死疲劳》、林棹的《潮汐图》等；第二种是将动物视为人类的有机补充，动物世界的运行与人类世界并行不悖，人类凭借一些特定的机缘，能够更深刻地了解动物生存的法则与道义，而在人类社会中，这往往会成为一种有益的提示，如姜戎的《狼图腾》《天鹅湖》，杨志军的《藏獒》，贾平凹的《怀念狼》等；第三种是将动物视为娱乐或生活之用的物，它们与器物的唯一区别即能动，但无法自主，它们的命运完全由主人的喜好所决定，如《金瓶梅》中潘金莲豢养的猫、《应物兄》中乔木先生养的狗等。

尽管动物存在生命意识，但也仅限于此，这种生命意识仅仅停留于生命的存续和繁衍，并没有延伸到更高层面的文化意识上，这使得它们所象征的神圣仍然附会于人类社会的阐释当中。然而，倘若因此将动物的生命意识与植物相等同，则又步入了一种偏执的狭隘，因此，当动物能够在行为中表现出一种秩序和道德时，它们的神圣性就超越了物种的局限，转而成为能发挥作用的真实。在《醒世恒言·大树坡义虎送亲》中讲述一个叫勤自励的青年，力大无比且好耍枪弄棒，能一日射死三只老虎。他打猎的好本事引来了一位高人的劝诫，直言"人无害虎心，虎无伤人意。郎君何故必欲杀之？此兽乃百兽之王，不可轻杀。当初黄公有道术，能以赤刀制虎，尚且终为虎害。郎君若自恃其勇，好杀不已，将来必犯天道之忌，难免不测之忧矣"①。勤自励受了劝导后幡然醒悟，发誓再不杀虎。以他的能力来看，这个誓言如同"放下屠刀立地成佛"一般，必然有不少老虎因此得生，更兼有一次上山打猎时，还救出了一只陷入网罟的黄斑老虎，从此，勤自励和虎的关系就不再是猎人与猎物，而是施恩者与报恩者。这种转变为虎展现灵性提供了前提，到了勤自励参军十年后终于归家，遇见丈人要将未过门的媳妇重新许配他人之事，这只老虎如通灵一般，不仅准确无误

---

① 冯梦龙编：《醒世恒言》，人民文学出版社1956年版，第94页。

地在中途抢走了这位媳妇，更在勤自励要报仇时将其送到他的身边，使夫妻团圆。应该说，这种洞察一切的能力即便是一个聪明人也难以做到，更不用说是远遁深山老林的斑斓猛虎，于是，虎的神圣性凭借分毫不差的因果联系，就得到了充分显示，而叙事中又有邻人借故事对这种"灵性"做证明时，神圣的意味更是油然而生。

在人类的普遍认知当中，物的神圣性与其功用、价值，以及稀少程度成正比，动物也不例外，越是稀有、力量强大，神圣性也越高。这就可以解释在远古岁月中，为何人类的许多部落都以虎、豹、雄狮等作为图腾，却鲜有见到兔子、乌龟、蜗牛等温和弱小的动物被崇拜。倘若有例外，也不外乎是这些动物有了超常的能力，或者凭借智慧在搏斗上战胜了更强大的敌人，或者在某种巧合的机缘下为某一群人提供了庇护。在当代小说《额尔古纳河右岸》中，迟子建描写了鄂温克族人的生活，这个与森林、动物相伴而生的民族仍然保留着一些远古时期的仪式和信仰。他们在欢迎远道而来的客人时，总要跳一种模仿天鹅的叫声和姿态的舞蹈，叫做"斡日切"，这是因为"很久以前，我们的祖辈被派遣到边境守边，有一天，敌军包围了人数不多，粮草已绝的鄂温克兵丁，突然，空中传来声势浩大的'给咕给咕'的叫声，原来是一群天鹅飞过。敌军听到这种声音，以为鄂温克的援兵已到，就撤退了。人们念着天鹅的救命之恩，就发明了'斡日切'舞"①。出于对天鹅拯救祖先的感激，他们通过仪式行为将这个回忆一代一代传承下去，每一次在跳这个舞蹈时，他们就会又一次地强化对天鹅的感念。于是，天鹅不但成为神灵的象征，否则无以解释为何在最关键的时刻，它们能够知道用何种方式为鄂温克的祖先们提供真正的帮助，而且化成了和平的使者，这也是为什么鄂温克人要在朋友来临后以这个舞蹈待客。

由于鄂温克人世代都居住在森林中，必然会和森林里的各种动物打交道，其中熊和堪达罕(驼鹿)这样的大型动物，被认为具有更高的智慧和能

---

① 迟子建：《额尔古纳河右岸》，人民文学出版社 2010 年版，第 28 页。

力，尽管他们也会通过狩猎食用它们的肉，但同时也崇拜着这些大兽，因为对萨满教的信奉，使他们相信这些动物的灵魂具有相当的灵性，于是当打到了熊或堪达罕时，全族人便会为这些动物举行一定的奠祭仪式，"在尼都萨满的希楞柱前做一个角棚，把动物的头取下，挂上去，头要朝着搬迁的方向。然后，再把头取下来，连同它的食管、肝和肺拿到希楞柱里玛鲁神的神位前，铺上树条，从右端开始，依次摆上，再苫上皮子，不让人看见它们，好像是让玛鲁神悄悄地享用它们。到了第二天，尼都萨满会把猎物的心脏剖开，取下皮口袋里装着的诸神，用心血涂抹神灵的嘴，再把它们放回去。之后要从猎物身上切下几片肥肉，扔到火上，当它们'吱啦吱啦'叫着冒油的时候，马上覆盖上卡瓦瓦草，这时带着香味的烟就会弥漫出来，再将装着神像的皮口袋在烟中晃一晃，就像将脏衣服放到清水中搓洗一番一样，再挂回原处，祭奠仪式就结束了"①。而聚集在一起吃熊肉时，又要模仿乌鸦的叫声，想要迷惑熊的灵魂，希望它觉察不到真正的凶手。这些自以为是的行为说明鄂温克人对"万物有灵"有着深刻的认识，他们不会认为人比其他动物更高一等，虽然在必要的时候不得不以捕猎来延续生命，但这与《狼图腾》中的狼群一样，猎杀动物绝不是一种游戏，而是一种生存手段。

　　相较于动物而言，人拥有更高的智慧且懂得如何使用复杂的工具，这使得在资源竞争方面，无论是多么勇猛的动物都只得退居其次。但无可否认，许多动物都拥有人所不及的能力，如老虎、雄狮的锋牙利爪，野豹、羚羊的奔跑速度，犬、狼的出色嗅觉，鹰隼的视力，这些人类虽然向往但无法企及的能力，使它们也获得了人类的敬畏。丛林法则并不仅仅局限于弱肉强食，还有一种源于自然的秩序也暗含其中，即鼠、兔等弱小动物的捕食活动其实是自在而轻松的，当它们无需担心虎、狼等动物的威胁时，其数量就会大肆增加，最终以毁灭生态的方式步入自我灭绝。自然的丰富和美好就在于它的多样化，任何一种动物种类的灭绝都是自然界不可估量

---

① 迟子建：《额尔古纳河右岸》，人民文学出版社 2010 年版，第 48 页。

的损失，正如春夏秋冬各有其特色，如果四季只剩一种，这无疑是种灾难。基于这种认识，人类对猛兽的尊崇就不止限于对它们畏惧，更有对它们遵循自然法则维护生态平衡的尊重。

在《狼图腾》中，姜戎鲜明地表达了这种态度，蒙古人以草原为家，没有草原就意味着失去了家园，草原狼如同卫士一般，对超出草原供给能力的动物严防紧守，而且，正是因为有了这些狼，无论是马群、羊群，才保证了它们的物种的优势，能生存下来的不但机敏警觉，更有着良好的身体素质。当人类出于贪婪而介入了原本平衡的生态链时，不但草原失去了它最忠诚的守卫，黄羊、骏马也明显地丧失了原有的矫健。又如贾平凹的《怀念狼》中，狼灾更威胁到了人类的生活，山区里被咬死的孩子、被咬伤的成人如阴霾一般笼罩在人们的心头，于是，猎人、山民的肆意猎杀使猖獗一时的狼群很快销声匿迹，随着人们对狼害的释然，也很快意识到了狼几近灭绝所带来的后果，其中，首当其冲的就是黄羊、黄鼠的泛滥。猎人可以凭借猎枪杀狼，却在捕杀黄羊时力有不逮，不仅如此，随着"捕狼禁令"的颁发，猎人这一职业也随之销声匿迹，不能也不再需要与狼对抗的猎人纷纷患上了奇怪的病症。在小说中，狼以各种方式显现着不同凡响的神奇之处，它们可以随意幻化为人，披着人的躯壳为非作歹；它们能与猎人、道士交流，且知恩图报；它们极其重视家族成员，对母狼、狼崽的护卫不惜一切代价，甚至为同伴的离世伤感掉泪，更以狼的方式为其举办葬礼。这些行为无不表明狼有着人类难以触及的精神世界，这些无法为人类所认同的行事原则与方式，构成了一种坚定和决绝的神圣氛围。从另一方面来说，当狼作为攻击的一方而存在时，必然也有与之相对的守护者，在杨志军的《藏獒》中，这些护卫着蒙古人生命财产安全的动物，也有着狼的血性，民间对藏獒"三犬败虎，四犬败狮"的称颂足以见得它们的威猛和力量，但较之狼而言，藏獒更为仁慈，它们的使命是守家护院而非填饱肚子在草原上自由奔跑，它们可以为了主人而舍弃生命，作者在一次访谈中这样说道："藏獒是一种高素质的存在，在它身上，体现了青藏高原壮猛风土的塑造，集中了草原的生灵应该具备的最好品质：孤独、冷傲、威猛和忠诚、勇敢、献身以及耐饥、耐寒、耐一切磨砺。它们伟岸健壮、凛凛逼人、疾恶如仇，舍己为人，是牧家的保护神。说得绝对一点，在草原上，在牧民们那里，道德的标准就是藏獒的标准。"①当藏獒被人类寄予了如此崇高的评价和情感时，很难说这不是一种神圣的象征，至少在人类的视角下，它演绎出了被牧民所理解的道德。

神圣既是一种理念，也是一种感觉，人类对神圣的感觉与生俱来，但却存在着极端的恐惧与极端的庄严两个截然相反的基础，在这两种状态中，神圣都会成为一种油然而发的感觉。从对这种感觉或是感受的深究下，又会提炼出若干关键的情绪认知，即理念的出现和生发。被人类驯服的动物已经有了相当数量的前提下，那些只能被杀死却无法被驯服的动物保持了自己的尊严，也赢得了人类的尊重和敬畏。应该说，在同样是神圣的叙事表现下，当代小说中的狼、天鹅、藏獒与古典小说中成神、成精的孙悟空、猪八戒、狐仙、狼怪不同，前者体现的是神圣的生命权利，后者则是从"变化"中延伸出的超常力量，只有在人类对生命意识达到一种社会共识之后，与动物相关的神圣叙事才能回归于深刻的道德，并在文学的层面上建构生态和谐。

第二节　动植物在叙事中的依附及影射

生命是一种既有生气又有力量的能量，脱离了生命，所有的物质都将沉入一片死寂，虽然真实世界中存在没有生命的地域，如地球之外的诸多宇宙星球上，虽然没有生命，却有尘土、沙砾等各种物质的存在。但在叙事的空间内，小说家笔下的一切物都必然要有着生命的气息才能对人类社会予以反映，这就区分出了物在真实空间与叙事空间的本质差别。人类叙事的原意本是通过对事情的记载来帮助记忆，并在这基础上传递已有的经

① 转引陈佳冀：《时代主题话语的另类表达——新世纪文学中的"动物叙事"研究》，载《南方文坛》2007 年第 6 期，第 58 页。

验，使后人在了解已故之事的过程中，一代一代地承继文明。

这种叙事的初衷决定了至少是中华民族的叙事传统偏重于对真实的记录，尤其是史学家对"秉笔直书"的坚持更是强化了事实背后的文化含义。然而，随着叙事内容的增多、叙事对象的扩大，许多真实逐渐不被当事者所接受，如弑齐君的崔杼，不满史官写自己弑君，连杀了三位要"直书"此事的史官，虽然崔杼在这件事上表示了妥协，但是早期的叙事者们的确步入了两难之境。最终，当叙事者与当权者发生了接二连三的冲突后，叙事者不得不做出妥协，继而采取"曲笔"的形式，将叙事对象或所叙之事予以隐藏。石昌渝认为，"历史学家把史传所述故事当做某种意义的载体，从而形成史传的修辞传统。这里说的'修辞'，不是指文字词句的修饰，而是采用古希腊亚里斯多德所赋予的含义，指作者为了使故事的意义尽可能为读者理解而使用的表达方法"①。这种所谓的修辞，实际上是一种叙事的依附和影射，在不便明说或直接表达叙事者意见的情况下，通过另一种方式做迂回的展现。

如果说两汉之前的古小说还是一种言语的方式②，那么，到了三国两晋时期，小说终于有了文学的踪影，在这段长达四百年的纷争时期内，大多数文人都不愿卷入政治的漩涡，那些仍有意愿著书的知识分子则将虚构、影射发挥得淋漓尽致，使这一阶段的小说成为中国小说史中别具特色的一章。需要注意的是，在这一时期，神圣混合着世俗，小说家对生命的理解有了不同于以往的认识。具体来说，自东汉末年以降，群雄并起，豪杰纷争，魏蜀吴三国的鼎足之势就是大小一百多场战争的结果，很快，在刘备与孙权去世之后，由于蜀、吴不得其主，曹魏总算达到了暂时的统一，然而，司马氏的篡权以及时隔不久的八王之乱，使整个中原大地又重

① 石昌渝：《中国小说源流论》，生活·读书·新知三联书店 2015 年版，第 80 页。

② 夏德靠将"说"分为仪式文本、解经文本和语类文本，认为这三种文本方式才是庄子"饰小说以干县令"的原本含义，但这时的小说与文学类型无关，仅仅是与经史相别的一个范畴。夏德靠《先秦"说体"的生成、类型及文本意义——兼论〈汉书·艺文志〉"小说"的观念与分类》，载《河南师范大学学报》2013 年第 2 期，第 140-145 页。

新陷入了战火纷争。不用说作为军队中普通士卒和手无寸铁的百姓们的生命如同蝼蚁一般，动辄就是成千上万的死亡，即便是豪门大户，过的也是命悬一线的生活。其中最为典型的是北魏重臣崔浩，他历时拓跋氏三代皇帝，并深受宠信，位列三公，更封为白马公，可以说没有崔浩的辅佐，北魏未必就能灭胡夏，破柔然，统一中国整个北方。但即便如此，崔浩在为北魏修国史时因没有为皇家遮隐其早期伦常之丑，被魏太武帝所诛，不但被灭五族，更连累了其他许多亲友也共赴黄泉。

　　无论是从文明赓续的角度，还是从文学发展的角度来说，魏晋都属于中国历史中最为重要的一个阶段，正是在这两百余年中，少数民族正式踏上了中国文化发展的舞台，佛、道两派也开启了新的篇章，成为儒释道交汇的起点。然而，如此重要的时期，却也是人的生命最为无常的时刻，求仙问道、醉酒狂癫、服散食药，逃避现实成了文人们最重要的日常，可以想象，即便与真实的历史毫不相关，其文学作品所呈现出的文人态度也未必还能一本正经，这种现象一直到刘裕灭晋，历史迈入了南北朝之后才算有所改善，可以从以《世说新语》为代表的笔记小说看出，叙事又重新靠向了"史书"一类。当代学者陈洪就认为，"叙事性小说（史部小说）的发生学模式并非是'故事—史书—小说'，而是神话、巫话、仙话—故事、史书、小说。前者是原生层次的神圣叙事，后者是次生层次的世俗叙事。历史与小说并无孰先孰后的问题，只有'征实'与'凭虚'的区别。史部小说之源在于神圣叙事，而非源于史传叙事。由于先秦神坛、政坛、文坛的一体化结构，文坛的言说也必然融和着神坛、政坛的言说方式，即神圣叙事与世俗叙事往往是交织在一起的，彼此相互依待"①。但经过这一历史阶段的"重新洗牌"后，真实与虚构就变成一种相对的现象，很难说被贴着"历史"标签的事情就是真实发生的，也很难说看似虚构的故事里面没有真实事件的影迹。这样一来，曾经被认为神圣的道德信仰就难以再取信于人，毕竟在命悬一线之时，不但孔孟之道不能解救，就连民间的神鬼也无能为力。于

---

① 陈洪：《中国早期小说生成史论》，中华书局 2019 年版，第 156 页。

是，取而代之的是，人们对神圣的认识转向了宗教，因为刚进入中国的早期佛教所宣扬的因果能在很大程度上解释当时人们的苦难，而人之外的鬼神、动物也成为叙事对象，并借鉴了《庄子》的叙事风格，使动植物或是作为人的象征，或是有了人格，或是以人为比对，或是借以劝喻，极大丰富了叙事的范畴。

在文学发展的历程中，极少存在"出世即巅峰"的现象，《离骚》的瑰丽来自《庄子》的开阔，《庄子》的智慧又源于《老子》的深邃，再往上追溯，即是《易》的玄妙。当读者为成熟的小说喝彩时，也不应忘记小说在初期的艰难探索，尤其是一些叙事手段的运用，都显示出创作者对技巧方面的自觉把握，这不仅包括插叙、倒叙，更有叙事中的象征、表现及对比，这些在当下看来显得十分稚嫩的叙事手段大多有动植物的参与。同类的种子会生长出姿态各异的树木，当研究者认为中国古典小说在形式方面千篇一律时，其实有失偏颇，只能说与西方小说截然不同的中国古典小说，只不过是从最适合它的环境中成长而成了后来的模样。在《世说新语·品藻》中记载"诸葛瑾弟亮及从弟诞，并有盛名，各在一国。于时以为蜀得其龙，吴得其虎，魏得其狗。诞在魏，与夏侯玄齐名；瑾在吴，吴朝服其弘量"。表面看来，这则笔记与其说是小说，毋宁说是后人对诸葛家三兄弟的评论，但细看其文以"龙""虎""狗"对人做附会时，则能从中体会到隐逸于文的纵横捭阖。在中国文化中，龙是一种具有崇高地位的神话动物，不仅是中华民族的图腾，更是天子的象征，汉代时期就有将上古三皇誉为神龙的说法，其中伏羲氏有木德，为青龙；神农氏有火德，为赤龙；轩辕氏有土德，为黄龙。在中国历史长河中不可胜数的人物里，除皇帝之外，以人龙而知名者，便是老子、孔子，以及"卧龙先生"诸葛亮。由于《三国演义》对诸葛亮的刻意推崇，使长兄诸葛瑾与族弟诸葛诞黯然失色，但在当时来看，三兄弟皆因满腹经纶，都怀经世济国之才而名重一时。个人秉性、造诣、际遇与道德的差异使三兄弟的结局迥然不同，诸葛亮加入刘备阵营时还属白手起家，在建立蜀汉帝业的过程中他的确居功甚伟，可以说没有诸葛亮的鞠躬尽瘁，应该也不会有刘备三足鼎立占其一的局面。但从另一个方面来看，龙的腾飞需要有一定的环境，也正是刘备既无天时也无地利的境况，为诸葛亮发挥占人和的主张提供了条件。相比之下，无论是诸葛瑾效忠的孙吴还是诸葛诞所事的曹魏，都造就了一份坚实的基业，二人在人才济济的环境中得到吴主、魏主的赏识，可见才能出众。诸葛瑾一度因其弟诸葛亮的缘故被吴人误认为通蜀，连陆逊等人都受到这些流言的影响，因而上表孙权想为诸葛瑾辩白，孙权见表之后，言其与诸葛子瑜是"神交"之友，对他的信赖溢于言表。诸葛瑾虽然没有如同诸葛亮一般为其主建立不朽功勋，但其为人谦和谨慎、仪表威严，确有虎姿，并且有始有终，以令人敬重的道德得到了世人的一致赞许。而诸葛诞在择主一事上就有失考虑，又因自己的言行被魏人看来有沽名钓誉之嫌，终于在与司马家族的政治争斗中落败，惨遭夷灭三族之祸。诸葛诞在带兵之时深得麾下将领的忠心，也不失为一名智勇双全的战将，然而其能力似乎也就如此而已，一旦遇见更为凶狠的司马师等人，便连自保之力都丧失殆尽。于是，"蜀得其龙，吴得其虎，魏得其狗"之语，就可以从动物的鲜明本性上领悟人所到的境界。

　　动物的出现使叙事有与人相比对的空间，不用说人的行为违背道德，只说违背常理之时，都会得出人比禽兽不如的结论。《世说新语·黜免》中有关于猿猴的一段叙事，"桓公入蜀，至三峡中，部伍中有得猿子者，其母缘岸哀号，行百余里不去，遂跳上船，至便即绝。破视其腹中，肠皆寸寸断。公闻之怒，命黜其人"。这段文字的价值在于动物情感开始在小说中得到重视，由情而礼的中国人深知父母对子女的关爱出于天性，这种天性不仅见于人类，也见于人类之外的生物。如文中写桓温北伐之时，被乘船的一军官捉一小猿，对于捕猿者而言，可能这只是一次无伤大雅的游戏，但对于母猿来说，这几乎是一次灭顶之灾，果然，因为对子女的极度担心和牵挂，竟然使自己肝肠寸断。即便猿猴非人，但情理相通，人的嬉戏造成了猿猴母子从此生死相隔，这种在中国文化中看来是伤天害理的事情必然会对人产生极为不利的影响，无论是出于对因果报应的畏惧，还是桓温认为此事的发生有辱声誉，总算严惩了捕猿者。生命的神圣性是宗教神圣的具体呈现，尤其对于血缘关系者而言，生命更有着与己相关的记忆和情感延伸，这种对生的渴望与对死的厌恶就更能表现出情感的波动。尽管动物没有人类的精神世界，但无疑有不异于人类的情感需求，推己及他，人类从自然万物中提炼、吸收的"理"不能只适用于自己，还应当延伸至周围环境中一切有生与无生之物。有学者认为，"在我国，以动物为主体的文学创作很早就有，但始终未能得到充分发展，究其因，主要在于创作观念的滞后。在传统的动物文学创作中，动物形象没有取得独立的主体地位，它仅仅被当作了人类社会道德观念的形象符号"①。然而，正是在这种不断的比对中，叙事对象才得以逐渐扩展，人类对道德的反思也才得以逐渐深入。换言之，在《世说新语》《搜神记》《博物志》《神异记》《白猿传》等早期小说中并不丰满的动物叙事，的确启发了《西游记》《封神演义》《聊斋志异》等作品，通过动物来幻化，又通过动物在人类社会中纵横捭阖。值得一提的是唐传奇小说《补江总白猿传》，言梁朝有一将领在深溪间行走时，妻子被一老白猿掳去，等到派人救出妻室之时，发现妻子已经怀孕，一年后生出一子，尖嘴猴腮，貌似白猿。这个故事因暗指白猿辱妻并生子，可视为以猎奇而取悦读者一类的叙事，但在故事流行之时，却指名道姓地将这一离奇之事安插在了唐初书法家欧阳询的身上，揣度作者之意，应是对欧阳询不满，兼且厌恶其养父江总起兵造反之事，便以小说来予以攻击。鲁迅对此评论道，欧阳询"入唐有盛名，而貌类猕猴，忌者因此作传，云以补江总，是知假小说以施污蔑之风，其由来亦颇古矣"②。动物为叙事者提供了契机，可以借之阐明道德，也可以指桑骂槐，其中的道德附会与影射都从此显而易见。

　　热衷于因果教化的中国古典小说不仅将善恶报应运用于人类社会，也推及人与动物的关系上，《醒世恒言·小水湾天狐贻书》中讲述唐玄宗时期

---

① 唐英：《从动物小说的兴起看我国儿童文学的发展》，载《西南民族大学学报（人文社科版）》2003年第8期，第138-140页。

② 鲁迅：《鲁迅全集·第九卷（中国小说史略）》，人民文学出版社2005年版，第74页。

有一个叫王臣的少年，家境富裕、亲属和睦，本人粗读诗书，又通晓武艺，一副志得意满的做派。王臣为避安史之乱而出远门时，在路途中竟然偶遇了两只翻书的狐狸，他一时好奇心起，举着弹弓便打伤了其中一只。狐狸一时受到惊吓，赶忙夺路而逃，这便使王臣拿到了适才它们所读之书，不想书本中的符号他一字不识，才醒悟这可能是本天书。丢失了天书的狐狸焦急万分，化为人形后想从王臣处再设计取回，无奈被识破后不但没有拿回，还遭到了谩骂和追打。这一冲突之后，使存心要昧下天书的王臣与狐狸之间产生了激烈的矛盾，而狐狸的千变万化又使人防不胜防，结果，狐狸变化为王臣的家人，通过欺瞒不但使其变卖了家宅，更取回了天书。等到王臣一家人财产尽失之后，才最终弄明白是受了狐狸的蛊惑，但也已经无可奈何。虽说王臣最终遭到了动物的耍弄，但究其缘故，到底是他罪有应得。动物并非为人而生，一些得了天地精华而具灵性的动物更非是人类的奴役，当人不能对身边的动物怀有一份友善时，其傲慢的背后就是人性中某些弱点的彰显，换言之，人在世俗中越陷越深的很大一部分原因就在于敬畏心的逐渐消失。敬畏不应该只停留于对神秘事物的无知和恐惧上，还应该保存在对每一种生命发自内心的尊重。

　　零散的动物叙事开启了以动物作为原型或影射的大门，其中，文言小说《聊斋志异》可看作凭借动物发挥个人志趣和情绪的集大成者，在人、鬼、神、怪（神怪多是动物）混居的世界里，神圣与世俗相伴相生。原因在于，蒲松龄所处的社会环境，俨然又是一次"五胡乱华"的重演，清王朝入主中原，一大批汉族知识分子不满现实又无能为力，"齐地大乱""济南大劫""三藩之乱""谢迁之变"，百姓流离失所，贪官污吏横行霸道、无所作为，处于生灵涂炭的时代，人尚且如此，动物更能何为？然而，也正是俗世的污浊更能显现道德的神圣，在见利忘义者前，有《蛇人》言一位养蛇人靠弄蛇卖艺来养家糊口，有一条叫二青的青蛇极有灵性，呼唤陪伴都能随着主人心意而行，又因感念主人对它的恩义，见另一条蛇死去之后，更带来一条小蛇帮助自己一起为主人效力，到了蛇长大到不能继续放置在养蛇人竹笥里之后，养蛇人也不会卸磨杀驴，而是将其送回山林。回归山林后的二青长得如同青龙一般，经常骚扰行人，成为当地的祸患，养蛇人在一次被蛇追逐时，猛然醒悟这就是几年前被自己放生的二青，于是一并将业已长大的小蛇也送还给二青，更以性命天理劝告两条蛇不该在山林中为害。二青听从了主人之言语，果然隐遁不出，行人也从此不再受到蛇的困扰。作者因此感叹，蛇尚且能用自己的方式帮助主人、怀念故交，且从善如流，而人自诩为天地灵物，见到朋友有祸患便幸灾乐祸，又动辄行出落井下石之举，实在连蛇都不如。

诸多动物中，蒲松龄尤为擅长写狐，这种极富灵性的动物如同人类社会的观看者，它们洞悉小人的龌龊与肮脏，但对真正的君子也表示赞叹和钦佩。在面对小人时，狐从不吝啬自己的本领，从迷惑到陷害，扮演着"惩罚者"的角色，而在面对正人君子时，它们则会显现出一派名士风流之姿与其交往、闲谈，这种应对及变化的能力就使狐处在了一个神圣与世俗交汇的处境。有趣的是，同样是动物，狐相较于其他动物则更为人所推崇，在《潍水狐》一篇中，讲述了一个化身为老翁的狐狸，预知日后陕西关中大乱，便迁居到山东潍坊的一处住所。由于日常用度尽显奢靡，便有许多乡绅和贵人争相与之交往，老翁对于这些人的态度十分恭敬，这也为自己博得了更大的声名，并引来了一位邑令也想要与之倾谈结交。没想到平素里来者不拒的老翁却不愿意与邑令见面，后来被人问起缘故，老翁才说因为此人的前世是一头驴子，这辈子虽然转世为人，且居于人上为官，但还是不改前世做驴子的本性，贪婪而且无耻，为了避免日后可能会产生的麻烦，所以不愿与之相见。蒲松龄借"异史氏"评论道："驴之为物，庞然也。一怒则蹏趹嗥嘶，眼大于盏，气粗于牛；不惟声难闻，状亦难见。倘执束刍而诱之，则帖耳辑首，喜受羁勒矣。以此居民上，宜其饮粝而亦醉也。愿临民者，以驴为戒，而求齿于狐，则德日进矣。"[1]即是说驴这种身材庞大的动物，生气时前踢后蹶，歇斯底里一般显得动静很大，而且眼睛瞪得如碗大，呼吸的声音比牛还粗，不仅声音不好听，驴脸也拉得狰狞可

---

① 蒲松龄：《聊斋志异》，朱其铠等校注，人民文学出版社 1989 年版，第 294-295 页。

憎。可就算如此，如果在这时给它一把草料，它又会马上表现出一副垂首低耳的驯服样子来，也乐于被人套上枷锁。有着驴一样性情的人，会因为一点小诱惑而见利忘义，所以作为一方父母的地方长官，就该戒备驴性而向狐狸学习修心养性，这样才能增益道德，延年益寿。每种动物都有自己的本性所在，在对人类的帮助上，驴显然要比狐的贡献更大，但当人用人性去揣度动物之性时，就难免会套用自身的好恶和道德标准，如此一来，这种经验就成了一种意义，进而成为神圣与世俗的分野。

小说家自身的生活经验对创作情绪会产生很大的影响，蒲松龄虽出身读书之家，但处于战乱之时，且兄弟姐妹众多，使他无法得到父母专心的爱护，后因家道中落，蒲松龄在大家族中受到不少委屈，只能与妻小搬出，另自过活。对于一个不长于农事的读书人而言，这无疑只会使本已贫穷的小家庭雪上加霜，兼且他与妻子一方面在兄弟、妯娌的关系上总处于弱势，另一方面又目睹地方豪强的横行霸道，多方面的经历都使蒲松龄对世事怀抱着悲观的态度。但又因为深受儒家文化的影响，蒲松龄始终还持着一份说教的心理以及对未来的幻想，认为如果仁义礼智信能在人心教化方面重新发挥作用，那么鬼神魍魉也将荡然无存。小说家的理想无疑是一种神圣的信念，然而信念无论多么神圣终究还是要回归现实，人对名利的争夺以及背后尔虞我诈的行为使神圣不断蒙灰，最终，只能寄托理想于文字，在世俗中辨析神圣的踪影。与之相似的是，西方也有过不少类似的时期，黑格尔就曾说过，"在中世纪那个无秩序、无法纪的黑暗时代里，充满邪恶、软弱、卑鄙、残暴和鲁莽。宗教对于尘世生活只维持一种表面的统治，尘世里充满狡猾、奸诈和自私自利。各个封建王侯阳奉阴违，表面上对国王恭顺，背地里却为所欲为，抢劫，谋杀，压迫弱者，背叛君主。动物的寓言就在这里发挥它的作用了。在寓言里，动物界即人界。寓言是对人界的戏谑与返照"①。可见，人类在相同处境下的情感以及对其表达的意愿、方式有相似、相通之处，黑格尔的想法也正是蒲松龄所做出的实践。处于乱世的知识分子对清正、平和、超脱的渴望比昌平时代的知识分

---

① ［德］弗里德里希·黑格尔：《美学》，寇鹏程编译，重庆出版社 2016 年版，第 129 页。

子更多，正如魏晋时期的文人纷纷醉心于清谈与玄学，而在唐太宗、宋仁宗、明成祖及清圣祖年间，文人则向往建功立业。人类对于难以触及的事物都怀有一份美好的想象，随着想象的加工与升华，逐渐就成了信仰，并带有了崇高的色彩。

　　中国古典小说中的动物叙事对现当代小说的启发有着跨越的倾向，以动物作为叙事主体的现代作家与其说受到了古典小说的影响，毋宁说是西方小说所发挥的作用。老舍在《猫城记》中描写的猫国很容易能使读者认出是晚清中国人的状态。猫国中的男人因长期食用"迷叶"而萎靡不振，羸弱的身体里却还安放着自以为是的灵魂，女人则恪守着近乎愚蠢的教条，沉迷于对丈夫的顺从与和其他女性的暗地较量。它们既保守又固执，偶尔有些愿意打破现状的猫国人不是被掌权者暗害就是也成为黑暗的一分子，这样的一群国民其实根本不需要外国人的入侵，也必然会走向灭亡，不出所料，当矮子国侵犯猫国时，这个国家一触即溃：博物馆的文物被变卖，官员沉迷享乐，士兵争先投降，学者相互谩骂，直到被敌人放入木笼中的最后两个猫国人彼此撕咬而死后，猫国终于消失了。从这种对当时国人的影射来看，只有一半正直人存在的猫国的确没有存在的必要，但需要探讨的是其中显现出来的问题到底是猫国人的还是猫国文化的？猫国的悠久历史不但没有成为他们自信自强的资源，反而成为沉重的枷锁和负担，甚至越来越走向极端，它们甚至不如真正的动物，毕竟动物其实并不像人一样贪婪，它们在满足了生存、繁衍的需要后，反而显现出的是一副与世无争的模样。老舍用半科幻的形式表达了他的不满和愤怒，并将责任推到了腐朽的文化上。应该说，这种指责并不公平，因为即便是最理想的制度也只适合制定的当下，几乎所有的规范都会在不断的强调中走向僵化。西美尔不无见地地说："我把文化理解成一种对灵魂的改进。这种改进不像由宗教产生的深刻性，或是道德纯洁性、原初创造性那样，可以直接在灵魂内部完成。它是间接完成的，经由物种的智力成就其历史的产物：知识、生活方式、艺术、国家、一个人的职业与生活经历——这一切构成了文化之路，主体的精神通过这条路使自身进入一种更高级更进步的状态。"①的确，真实的"猫国人"不仅没有覆灭，反而在教训中得到了新生，在同样的文化土壤中重新生长出另一朵绚烂的奇葩。被影射的中国人中还有大量的仁人志士，他们秉持崇高的共产主义信仰，用血肉之躯谱写了动人的篇章，终于将中国从水深火热之中解救了出来，以一副崭新的面貌展现出新中国的别样风采。

动物的寓言虽然深刻，但也容易因失之偏颇而走向极端，如果现实果然如寓言一般，则很难想象人类社会还能拥有未来，所以，这种通过动物影射人类社会的小说形式并没有被后来的小说家所承继，取而代之的是或者通过动物之眼去看、评判人，或是将人与动物放置在同等的生命高度进行比较②。每一种动物能存在至今的先决条件必然是拥有某一类突出的能力，或是机警灵敏，或是强大的力量，或是团体合作，或是超出想象的繁殖，或是精于伪装，等等。而人类真正的天赋既不是身体的优势，也不是在学习、模仿方面的擅长，而是拥有与生俱来的同理心和同情心，如孟子所言的"恻隐之心、羞恶之心、恭敬之心、是非之心"这四个善端。四善端决定了人具有其他物种所不能达到的神圣性，李泽厚认为，"人的心理不同于动物，人有其区别于动物的人性，这就是建筑在动物性生理机制上的社会性的心理结构和能力。文化心理结构使人区别于动物，它即是人性的具体所在"③。具体来说，人类的文化心理结构至少可以分为"智力结构、意志结构和审美结构三大分支（知、意、情），科学、道德和艺术是物态化的表现。它们确乎是历史具体的，随社会、时代、民族、阶级而具有各自特定的内容和作用，但是，同时它们又有其不断内化、凝聚、积淀下来的

---

① ［德］齐奥尔格·西美尔：《时尚的哲学》，费勇等译，花城出版社 2017 年版，第 227 页。

② 这种比较并不是衡量人与动物在文化层面的作为，而是考量生命本身的价值，以及二者在维护生命存续过程中的一些表现。比如经常被用来与人类比较的狼、犬，就因为它们高度的团结、行动的策略、性格中的坚忍而引起一些作家对人类的反思。

③ 李泽厚：《中国古代思想史论》，生活·读书·新知三联书店 2008 年版，第 268 页。

结构成果，具有某种持续性、稳定性和非变异性。前者(内容)时过境迁，经常变化、发展或消失，后者(形式)却经常内化、凝聚、积淀、保存下来，成为人的主体能力和内在结构。以前讨论得很多的所谓道德继承性、文化遗产继承性诸问题也都与此相关。任何文化、道德都是历史具体的，具有特定的社会、时代、阶级的不同内容，原始时代不同于封建社会，封建社会又不同于资本制度，各种知识观念、道德标准和艺术趣味都在不断变迁。然而也就在这种种变迁运动中，却不断积累着、巩固着、持续着、形成着与动物相区别的人所特有的心理结构、能力和形式"[1]。人类的复杂性使动物之眼难以看到其中的深层结构，如沈石溪在《一只猎雕的遭遇》中，讲述了猎雕巴萨查在不同主人豢养下的经历，作者笔下的巴萨查忠诚、勇猛，但作为一只动物，巴萨查无法对人做出任何评价或批判，只能通过一系列事情将它的经历呈现出来，由人自己去思考其中的善恶与是非。巴萨查的第一个主人达鲁鲁并非不喜爱这只猎雕，但他时刻在衡量自己的利益得失，当他受到雕贩子的蛊惑后，就开始怀疑巴萨查的忠诚，而忽视了他们曾经的相处以及自己曾许下的诺言。离开了达鲁鲁的巴萨查每况愈下，先是帮助雕贩子、马拐子诱骗自己的同类，后来在买卖中成为程姐的种雕，巴萨查几乎忘记了自己曾经在蓝天翱翔的雄姿，也忘记了对主人最初的信赖和眷恋。死里逃生的巴萨查短暂地与同类享受了一段幸福的时光后，最终还是回到了达鲁鲁的身边并死在了他的手中。

在云南生活了十八年的沈石溪有着与动物相处的丰富经验，他在西双版纳插队的一段时间中，不仅接触了一些被驯服、被豢养的动物，也观察到了许多中原大地少见的野物。在这片近乎世外桃源的地方，人与动物基本能和谐共处，但随着因各种原因而迁居到此处的人增多，动物的生存受到了很大的威胁，这对于热爱动物的沈石溪而言，无疑是痛心不已的。在当代小说家中，沈石溪笔下的动物是最为多样化的，但在他的小说中，动

---

[1] 李泽厚:《中国古代思想史论》，生活·读书·新知三联书店2008年版，第268页。

物几乎是一边倒地带有善的品质，在雕、犬、象、羚羊等动物身上都能见到人类所认可的忠诚、勇敢、谦卑、善良、责任心等种种优秀性情，反而是在动物眼中的神圣人类，偷奸耍滑、坑蒙拐骗、心狠手辣，几乎无恶不作，即便没有在罪恶边缘徘徊的人，也总是庸庸碌碌，少有作为，结果，神圣转向了动物，世俗留给了人类。

人类对自然的破坏以及对动物的蛮横无需被辩解，但如果作家因此而将动物放置在一个极高的地位不仅不真实，也不够客观，或者可以这样说，一些作家因自愿为动物代言，因此采用了动物的视角去衡量人类的存在价值。在这样的简单划分后，人类对动物的态度就分成了三个基本阵营：一类对动物采取漠视的态度；一类视动物为友；一类则视动物为敌。对于小说家而言，他不可能也不应该在叙事中表露出任何与动物为敌的姿态，公元一世纪的古罗马诗人马提雅尔用动物来诋毁、谩骂女巫的那首诗歌①至今令人印象深刻，无论诗中的动物是否真的如他所言的那般恶劣，这种比较显然是不合适的。至于作家在小说中将动物作为一种叙事对象却选择漠视的状态肯定也不符合实际，因此，至少在当代小说中，就只剩下了与动物为友，或是将动物视作代言"原始神圣"的一种选择。有学者认为，"强调动物形象在文本中所承担的象征、隐喻功能，'借物喻人'成为最常见的叙事选择，其往往在'动物性'与'人性'二元辩证转换的思维模式中得以展现。对'动物性'的强调，涵盖了野生动物与家养动物两类形象序列的表述范畴。前者的叙事场景一般以高山深谷、森林草原、沙漠戈壁、江河湖泊、幽深洞穴等相对陌生化的环境选择为主，并伴随着特有的异域风情与鲜明的地域特色，这也是野生类创作突出的题材优势。'野生动物+

---

① 马提雅尔在《格言集》中有一首名为《维杜丝提拉》的诗，他对其形容道："维杜丝提拉，你这个老丑女，你剩下三根头发和四颗牙齿，胸脯似蝉，两腿和它的颜色像蚂蚁。你大剌剌走着，额头皱纹比你那披肩还多，奶子则像蜘蛛网；和你那张血盆大口相比，尼罗河鳄鱼的嘴也算较小，拉维纳的青蛙，和亚德里亚的蚊子虽然吵死人，还不如你恼人，比你更悦耳。你的目光是早晨阳光下的猫头鹰，你的臭味如同山羊；尊臀比鸭屁股还干瘪……"转引翁贝托·艾柯《丑的历史》，彭维栋译，中央编译出版社 2012 年版，第 160 页。

猎人’这一关系架构成为最基本的叙事选择，彼此之间的冲突对立，抑或走向缓和、和谐共处，都以一种动物与人个性比照的方式实现，更准确的说，是通过对动物性的讴歌与颂扬，甚至不惜刻意拔高与夸张，乃至神化的方式，凸显动物品性的高贵与伟大"①。从另外一个层面也可以看出，在这种态度下的小说叙事，动物只会越来越走向神圣，这不仅是因为在自然环境不断被破坏的当下，动物数量的急剧减少强化了它们的"物以稀为贵"，更是因为随着科技的发展，人类的生存环境进一步远离自然，在"集体无意识"下对自然的渴望和呼唤，也使人类会赋予动物更多的神圣光环。

　　不同于沈石溪等作家为动物加上了人类道德的"滤镜"，另一些作家则更为直接地将动物与人放置到同一种境遇之内，严歌苓在《赴宴者》中为不同社会身份的人画上了一个个圈，这个圈犹如孙悟空为保护唐僧不受妖怪侵害而施展的法力，不同之处只是在于前者是圈内人想出却出不去，后者是圈外人想进却进不来。主人公董丹在一次误会中，被一场活动的主办方认为是报社派来的记者，因此得以在一场丰盛的宴会上大快朵颐，这个美好的误会使董丹产生了"可以如法炮制"的欲望，更在想带妻子同样饱食的渴望中有意无意地越陷越深。而且，当这个并不过分的愿望看似触手可及却不容易实现时，就使董丹更加难以自拔。作家带着对人物的同情与无可奈何，在叙事中放入了一只"意象"的鸽子，并通过董丹的观察去联想自己的结局。小说写道："心事重重的他发现一只误闯进地铁站的鸽子，怎么也找不到出口。鸽子一会儿飞进隧道，消失在不确定的黑暗处，过了一会儿，又突然飞出隧道，穿过站台，身上沾满了泥灰，比先前更绝望。一双翅膀失去了平衡与准头，只能疯狂地拍打，响起巨大的回音。董丹看着鸽子，感觉于心不忍。对一只鸽子来说，这恐怕是最恐怖的梦魇了，一次次重复同样的路径，仿佛是一个冲不破的魔咒，不停在一个黑暗神秘的轨道上循环。它越是想要逃脱，结果陷得越深。它又一次往隧道里飞冲去，整

---

　　①　陈佳冀：《动物伦理、诗性话语与生命的共同体——中国当代小说创作中的动物形象探析（1979—2021）》，载《贵州社会科学》2022年第6期，第47-57页。

个身子歪斜着。它将继续地飞，直到精疲力竭，坠地而死。"①这只可怜的鸽子无疑就是董丹的真实写照，它无法找到属于自己的出路，所以才会在逃脱中走向反面。但反观现实世界中的每一个人，又何尝不是如此？因为要维持神圣的生命，就必须忍受世俗的束缚，动物在这个层面成为人的代言者。

第三节　动植物形象的世俗呈现

无论从历史还是数量来看，自然界真正的主体都应该是动植物而非人类。作为动物中的特殊群体，人类并没有真正地将自己视为动物，所以才会在生存繁衍得到保障之后，立刻转向了对精神文化方面的追求。不用说上万年前在旧石器时代晚期发现的壁画上，人与动物之间已经成了征服与被征服的关系，只说在考古中被发现的许多祭品，要么是动物本身，要么是动物的形状，就足以说明动物被人类利用的历史。可以看出，随着人类社会的发展，动植物的主要角色从被纯粹的猎杀转向了以更为复杂的身份被利用。弗雷泽认为，"原始人对于动物的崇敬可分为两大类型，并在某些方面彼此矛盾。一方面，崇敬动物，既不杀伤，也不肉食；另一方面，由于一贯杀戮肉食，故而对之崇敬。两种情况下的崇敬，都因原始人期望从动物身上获得积极或消极的好处。前一种情况下的崇敬，其好处在于所敬之动物能向人提供积极性的保护，劝告或帮助，或者消极地不加害于人。后一种情况下的尊敬则可能获得其皮肉。这两种类型的尊敬在一定程度上是正好相反的：一则因为崇敬，故不食其肉，一则正因为崇敬，才食其肉"②。事实上，弗雷泽所指出的这种崇敬并非真正的崇敬，因为无论是积极的期待还是消极的畏惧，它们的目的都指向人的利益，这种所谓的崇敬不过是世俗世界中的一种交换，甚至来说，这是连崇敬都谈不到的利

---

① 严歌苓：《赴宴者》，陕西师范大学出版社 2009 年版，第 253 页。
② J. G. 弗雷泽：《金枝》，张泽石、汪培基、徐育新译，商务印书馆 2013 年版，第 835 页。

用。只有对动物的崇敬上升到道德的层面，才能进入神圣的殿堂，如龙、凤、麒麟、龟在中国传统文化中有中庸、坚定、平和、谦逊等德行，因为这是从一种更为高级的思想领域对动物作解读，其目的不是禳灾祈福，饮血食肉，而是推进人性的光辉。

在这种意识下，以神话做开端的叙事中，中国的动物就不同于伊甸园中的蛇或诺亚方舟上的飞禽与羊、犬，它们不是从恶或工具的角度开启与人的联系，而是成为华夏民族被"创生"的一部分，毕竟造人的女娲自己就是人首蛇身。但在中国古典哲学的视阈下，阴阳相生相克，孤阳不生，孤阴不长，既然有神圣的动物，也必然存在如九尾狐、蠪侄、朱厌、狰、蛊雕等恶兽怪物，其中，在记载了各种奇珍异兽的《山海经·北次二经》中有对狍鸮的注解："其状如羊身人面，其目在腋下，虎齿人爪，其音如婴儿，名曰狍鸮，是食人。"甚至还有专食善人、包庇恶人的穷奇，等等。需要注意的是，在城市还未完全形成之前，大多数人都与动物共享同一处栖息地，因此，动物是否对人类心怀善意就成为人类对其做出评判的关键。《山海经》中的动物由于过于稀奇怪异，只存留在了神话叙事之中，但它传递出了一个重要的信息，即人才是这个世界中所有生物的中心，利于人的动植物应趋往亲近，祸害人的动植物则要躲避。进一步来说，神话流传的意义就在于它蕴含着一种不容置疑的"万物为人所用"的观念，它在流传的过程中必然会影响到人类社会的方方面面，使人越来越轻视动物的独立空间，直到动物的大量灭亡影响到整个生态的平衡时，人类才会意识到人与自然的和谐发展。

但回头来看，处于远古时期的人类，无论是对自己或是对身旁可见的动物都谈不上真正的了解，所以，一方面人类在驱使、驯服着动物，另一方面又以动物为图腾或祖先，将其放置于极为神圣的境地。在中国的文化史中，只有龙凤等瑞兽，或是虎、豹等个别动物可以从正面角度与人相提并论，其余动物对人的比附则大多存在负面态度。当一个人被形容为虎或许还是一种褒扬，但当被形容为狼或犬时，便通常不是赞许，又或是人被称为老黄牛，其中多少也会含有些遗憾的情绪，更不用说猪、驴、鸡、鸭等物。没有人会质疑千百年来动物为人类提供的劳力与帮助，但人类群体由于与生俱来的私心影响，导致极少有人能如庄子一般，将动物置于与人类真正平等的位置去看待。一个农夫或许会将他豢养的狗视为最重要的家庭成员，但这个前提一定是这条狗的付出比它所得到的食物更多，更有甚者，这条狗还可能在某时某地拯救过农夫本人或其真正的家庭成员。所以说，这种重视可能只是农夫爱自己的一种反射或延伸，一旦这条狗不再像之前那样忠于职守，或是出现故意咬伤主人家人的行为，农夫对它的好感便会烟消云散。

在文化、科技等多种因素的影响和制约下，中国人与自然万物有过相当长的一段和谐时期，在这一期间，动物的神圣性逐渐失去了颜色，至少是那些被成功驯服的动物们，它们在人类社会中承担起了工具或玩偶的角色，步入世俗社会，并成为其中的一分子。这样一来，在那些反应世俗社会的小说中，动物也不可避免地成为叙事对象，而且小说人物越是表现出一副世俗的样貌，与其相关的动物也越会成为世俗的工具。在《金瓶梅》中，潘金莲被塑造成一个极其庸俗、歹毒的妇人，她自从嫁给西门庆做第五房小妾，所有的心思都放在争宠、固宠之上。在富有的李瓶儿入门之前，潘金莲极尽委屈讨好之事，也果然专宠了一段时间，却不想同样有着姣好容貌的李瓶儿很快生下了一个名唤"官哥儿"的儿子，这对于有着偌大家业却无子继承的西门庆而言，无疑是个绝好的消息，加上李瓶儿在钱财方面给过西门庆不小的帮助，无论是感激也好真心爱护也罢，总之西门庆将所有的宠爱都移到了李瓶儿身上。忽然受到冷落的潘金莲自然不甘就此落败，抓住李瓶儿与官哥儿怕猫的弱点，于是豢养了一只令读者印象深刻的猫。这只名唤"雪狮子"的猫因肩负着害命的"重任"，自然得到主人的悉心调教，潘金莲不仅令其食生肉来保持血性，更在肉外包裹红绢令其扑食。

红色在中国文化中象征着吉祥如意，并被认为有辟邪的功能，连《白毛女》中贫穷到无法过活的杨白劳都要在过年时为女儿买上一根红头绳，更不用说富裕人家的子弟，更是会在节庆时间"穿红"来讨吉利。试想"雪狮子"在平日里已经习惯了撕咬被红绢包裹的生肉,并且每次在这个行为之后都能得到主人的嘉奖鼓励,那么,当它见到官哥儿穿着红色被裹于襁褓,也会误认为是一次与寻常无异的投食,小说写道"官哥儿心中不自在,连日吃刘婆子药,略觉好些。李瓶儿与他穿上红缎衫儿,安顿在外间炕上,铺着小褥子儿顽耍。迎春守着,奶子便在旁拿着碗吃饭。不料金莲房中这雪狮子,正蹲在护炕上,看见官哥儿在炕上穿着红衫儿一动的顽耍,只当平日哄喂他肉食一般,猛然望下一跳,扑向官哥儿,身上皆抓破了。只听那官哥儿呱的一声,倒咽了一口气,就不言语了,手脚俱被风搐起来"①。于是潘金莲的这个用意简直如同司马昭之心一般昭然若揭,虽然西门庆在盛怒之下摔死了这只猫,但因其已经完成了潘金莲想要达到的目的,所以眼见猫惨死的潘金莲与其说是恐惧,不如说是心满意足。从另一方面来看,"雪狮子"虽然充当了潘金莲的"打手",但作为动物而言,很难说它有实质性的过错,这不仅在于捕食是它天性中的一部分,更在于一只动物的性情会受到主人很大的影响,但当小说中不乏有灵性的动物做"榜样"时,这只无法分辨出婴儿和食物之间区别的猫就显得既愚蠢又贪婪。小说在描述一个充满尔虞我诈的社会中,如果连人都为了钱财而奋不顾身,又怎能要求一只动物修心养性?所以,动物在世俗小说的叙事世界,会更为快速和直接地呈现出一种生物性,即对食物的渴求、对周围环境的无动于衷,以及对自身处境的无能为力。

不仅是《金瓶梅》,应该说在整个古典小说时期,只要作家没有刻意为动物披上一层神圣的外衣以用作对人类的反衬或警示,那么,动物在叙事中的存在价值就几乎都需要倚赖人物而存在,而这种被视为"低人一等"的生物的最大贡献,就是尽职尽责地为主人鞠躬尽瘁。融入人类社会的动物,只有在超出了主人对它的要求,表现出与人性相近的温柔、善良、勇敢和责任心时,才有可能脱离动物的世俗性,但普遍来看,这种预期其实极为渺茫,一些被人类所称道的忠诚只限于为数不多的几类动物身上,所

---

① 兰陵笑笑生:《金瓶梅》,人民文学出版社 1985 年版,第 789 页。

以有理由相信，这些动物的道德可能只是天性使然，而非真的表现出了世俗之外的某些品质。

小说叙事发展到了当下，许多作家也有意识地抛弃了"人类中心主义"的立场，只是当动物与人类交汇时，它们仍然无法避免卷入世俗，在莫言的《生死疲劳》中，地主西门闹被枪毙后投胎成了畜生，分别以驴、牛、猪、狗、猴的身份见证了人事代谢与乡村变迁的种种情形。在小说中，观察的主体是转世为动物的西门闹，从驴到猴，他的人类意识越来越淡薄，而动物意识却越来越强烈。这一过程中，成为动物后的西门闹不乏见义勇为的英雄事迹，表面看来，这是动物极富灵性的行为展现，如张清华所说的，莫言在许多小说中都描写了具有灵性的动物，他不止一次地写到黄鼠狼、狐狸、狗及骡子等动物，它们不再是一般的动物，而是秉承天地意念的某种神灵，它们与人类具有相似的感觉和智能，并与人有着某种神秘的必然关联。

但实际上，这些动物都是经过"降级"后的人类，它们十分关注自己的感受，希望得到人类的善待、褒奖和爱抚，也憎恶孩童或恶人的蓄意伤害，按理说，这种趋利避害的反应无可厚非，然而在莫言笔下，这些动物的喜悦并非来自主人在食物上的嘉奖，如西门驴因"新挂了铁掌、听了那么多赞语而高兴；主人因为听了区长一席话而欢喜"①。驴挂新铁掌的意义与人买新鞋并无本质差别，当驴和人得到满足的方式都来源于物质和语言的奖励时，就不能简单地认为这是动物具有灵性的一种表现，否则便会拉低人的层级。

人比动物的高尚之处并不在于是否有更丰富的感情表达方式，而是在于人类真正的道德是一种经过理智选择的结果，是一种不畏强暴、也无需讨好的坚持，这是一种可持续的，在天性之外却又与天性紧密缠绕的精神境界，道德在一代代的传继中使人类对善恶有了清晰、明确的标准。梯利在谈及此类话题时说："什么是至善？一个事物的善在于它特有性质的实

---

① 莫言：《生死疲劳》，作家出版社 2012 年版，第 36 页。

现，每一种生物的目的或目标是要实现它那区别于其他生物的特殊本质或使之明显起来。人的特殊本质不单纯是有肉体存在，或带有欲望的感觉，行使植物和动物的职能，而是有理性的生活。因此，人的至善是全面和习惯地行使那种使人成为人的职能。"①所以，在一些以颂扬动物为主题的当代小说中，读者才能在动物与某些人类的区别中辨识善恶忠奸，才能了解什么样的品质是高尚的，什么样的品质是低劣的。从这个意义上来看，展现出与人类有相似感觉和智能的西门驴、西门牛、西门猪、西门狗和西门猴，在很大程度是一种世俗化的产物，它们热爱荣誉大于热爱食物、热爱人类大于热爱自由。而只要明白荣誉与利益息息相关，那么即便是动物，贪婪荣誉也未必就是高尚，事实上，在《怀念狼》《藏獒》《狼图腾》《太平狗》等小说中，狼、犬之所以能呈现出神圣性从而得到人类的敬重，原因就在于它们的天性符合自然的规则，如《怀念狼》中的商州狼会为了家人向人类低下它们桀骜不羁的头；能分得清人类的伪善与真恶，为道士送来金香玉作报答。还有《狼图腾》中的狼，它们从不对黄羊赶尽杀绝，在草原上表现出的秩序感与知足感令人惊叹。在狼之外，《藏獒》与《太平狗》中的犬类虽然放弃了对自由的追逐，但是它们的责任感与莫言笔下的西门狗又截然不同，前者使读者感受到动物的执着和真诚，而后者则是显现出一个需要强调身份等级和地位的动物世界，也就是说，当动物的眼中也充满了欲望，也开始衡量公平时，那么，动物纯净的神圣性就荡然无存，取而代之的是世俗的眼光及叙事。

世俗性随着动物对人类社会的仿照和模拟而显现的前提，可以看作动物视角的人性化，在此之外，人物将喜好强加于动物身上，并以一种"上帝视角"决定动物的生死及存活方式时，动物就落入了另一种世俗的境况。在李洱的《应物兄》中，有大量的动物以宠物的形象出现，这不仅包括常见

---

① ［美］梯利：《西方哲学史》，伍德增补，葛力译，商务印书馆 2015 年版，第94 页。

的猫、狗、鹦鹉，还有巨富豢养的驴、学界泰斗心心念念的蟋蟀等。因为小说中的人物非富即贵，不是知名学者就是高官巨富，因此作为宠物的动物们都有了不凡的身份。甚至说人物之间的联系往往需要通过动物来完成，这种以动物来炫富、显耀权力，进而通过对人物关系做各种交叉的方式来推进情节发展，无疑是将动物世俗化的另一种表现。在小说的开篇，儒学大师与一位女富商的"不打不相识"就因为两条狗的纠纷而启动，这两条狗在一家宠物医院偶遇后，学者养的京巴对着女富商养的金毛咬了一口，接着就引起了轩然大波。因为学者的京巴是一条流浪犬，既称不上名贵，也没有纯正的血统，女富商的狗则不然，那条金毛平日里不但有专门的磨牙棒，可以去美容店剪指甲，更配有专人做按摩。女富商得知自己的爱犬被咬伤后，自然是勃然大怒，不仅有对金毛感染狂犬病的担心，还有对金毛的伙伴——另一条更为名贵的蒙古细犬也因此而染病的顾虑。世俗的金钱给予女富商的自信使她无暇顾及作为肇事者的京巴及它的主人。于是，女富商指示秘书开出了一份令人瞠目结舌的协议：

1）若金毛 James Harden（詹姆斯·哈登，狗证：0037157311811）因为木瓜（品种不明；英文名，缺；狗证，缺）而传染上了 Hydrophobia（狂犬病），木瓜的主人须赔偿金毛 James Harden 主人人民币￥110000（大写：拾壹万元整），并负责支付所有医疗费用。若金毛 James Harden 不幸离世，其丧葬费（不含购买墓地费），由木瓜主人按实际花费支付。

2）若 James Harden 传染给蒙古细犬 Qidan（契丹），则木瓜主人需赔偿 James Harden 主人人民币￥880000（大写：捌拾捌万元整），或在指定地点按同样标准给 Qidan 另盖犬舍三间。

3）鉴于 Hydrophobia（狂犬病）有较长潜伏期，在确认金毛 Harden 及同伴 Qidan 未染上 Hydrophobia（狂犬病）之前，木瓜主人应先期将人民币￥990000（大写：玖拾玖万元整）打入金毛 James Harden 主人为此专门设置的账号，账号密码可由木瓜主人掌握。①

这份协议中十分明显地显现出了女富商的金钱优越感，在她的眼中，这两条狗的价值远远大于一个人，因为对于一个月只有三千元收入的普通人而言，九十九万元人民币是需要不吃不喝二十七年才能攒足的金额。虽然说主人为爱犬申办狗证既是责任，也是义务，但狗证与狗的天性并无任何必然的联系，这条名为木瓜的京巴狗无论出于什么样的原因咬伤了另外一条贵族狗，也终究是狗与狗之间的矛盾，当这件事上升到人与人的关系，就只能用金钱"凌霸"来解释这种不平等，毕竟九十九万元天价显然不是一个普通人能够担负得起的数字。然而讽刺之处在于，在女富商后来得知京巴狗属于当地最高学府的儒学大师，又立即转换了态度，不但不需要赔偿，反而怒斥秘书和保镖不会办事，这件事的最终结果居然是派人指使保镖"现在就回去，让哈登安乐死"②。至于那份匪夷所思的协议"已经被撕成两半。金或继续撕着，撕成了碎片"③。在这一段叙事中，"打狗也要看主人"的俗语被发挥得淋漓尽致，受人操控的狗就是权力的一种符码，可以想象，倘若京巴的主人不是这位女富商恰好求助的著名学者，那么安乐死的必然会是这只闯下弥天大祸的小狗。更为糟糕的是，在金钱的加持下，女富商根本无需在这场博弈中出面，她手下的秘书和保镖就会使京巴的主人为此付出沉重代价。由此可以看出，金钱之恶在于它无法约束人的欲望，无论这种欲望是对更多金钱的渴求，还是对他人的掌控或践踏，都逐渐隐蔽了道德的所在。至于沉浸在"我是有钱人"这种意识中的女富商，将自己的狗也披上了金钱的权力外衣，使这条遭到攻击的金毛尽管无辜，却也沾染上了世俗的气息。值得一提的是，受到知识权力保护的京巴狗木瓜，在另一位研究《圣经》的教授眼里，却因为名字没有文化意义而遭到轻视，刻意将人类对意的阐释转到了动物身上，而这种为了满足人类的某

---

① 李洱：《应物兄》，人民文学出版社 2018 年版，第 18-19 页。
② 李洱：《应物兄》，人民文学出版社 2018 年版，第 71 页。
③ 李洱：《应物兄》，人民文学出版社 2018 年版，第 71 页。

种心理而制造出的符号（名字）也在刻意中失去了原有的价值，使狗完全沦为玩物。

金钱本身是中性的，它既非神圣也非世俗，但当金钱的掌控者利用财富使自己凌驾于他人之上时，金钱的世俗性就会在无法遏制中蔓延。涂尔干认为，"财富通过它所赋予的权力使我们幻想我们只属于我们自己。财富在减少我们对各种东西抵制力的同时，还诱使我们相信可以无限地获得这些东西。不过，人越是不感觉到限制，任何限制就越是显得令人难以容忍"①。小说中的女富商仅是当地的富豪，一旦叙事视角开放到世界范围，就有财富更为惊人的富豪出现，而他们对待动物的态度和架势也就非女富商所能比拟了。随着叙事的推进，一位被称为"子贡"的商人黄兴以及他的宠物驴也出现在了读者面前，而子贡之名之所以能安放在这位商人身上，首先是因为他拥有巨额资产，其次便是他师从儒学大家。当儒学大家一半自诩一半受人恭维为"孔夫子"时，他的一众弟子就可以仿照七十二贤入座，而这位最具财力的学生黄兴也自然被推崇成了"子贡。"

在主人有了这样的背景后，他所豢养的动物肯定也非俗物，按照书中的大学校长所言："幸亏黄兴先生只是有钱人之一。如果全世界的钱都跑到了他一个人手上，说不定他就敢颁布法令，在中国的十二生肖和西方的十二星座当中加入驴子属相和驴子星座。"②在金钱、名气等多种作用力的推动下，周围人已经不仅局限于夸奖其本人，更开始争先恐后地从赞美黄兴之驴发展到赞美驴这一物种。其中有一位对儒学深感兴趣的美国姑娘甚至说："驴子是最洁净的动物，从来不在污泥和水中打滚，喝水只喝最洁净的水；驴子吃东西很有节制，从不暴食暴饮；驴子的耳朵最好看了，但它喝水的时候，却不会把整个鼻子放进水中，因为这样一来，它就会从水中看到自己的耳朵，这说明它一点不自恋；驴子的嘴唇很性感的，厚厚的，现在的好莱坞就流行这种厚嘴唇，男女都是。驴子谦恭，耐心，安

---

① ［法］埃米尔·迪尔凯姆：《自杀论》，冯韵文译，商务印书馆1996年版，第275页。

② 李洱：《应物兄》，人民文学出版社2018年版，第409页。

静。她还正儿八经地用一句话来形容她对驴子的认识：驴子简直就是动物中的儒家。"①这一段经不起推敲的赞美即便不是作家的标新立异，也属于一种臆想。因为在中国文化的视阈内，驴子的倔强、暴躁和易怒使它无缘谦恭、耐心、安静这些美好的评价，如果因为一个巨富的偏爱就能够使他人强行为一种动物贴上某类标签，那么公正就会在金钱面前屈服，同时使这种屈服显现出世俗中嫌贫爱富的风气。

遗憾的是，在做了许多铺垫之后，从美国来中国投资的爱国商人黄兴却没有将那头传说中的驴子一并带来，而是换成了一匹白马。两种动物的突然改换使迎接他们的学者措手不及，估计是考虑到如果将未加改换的赞美挪用，可能会产生马屁拍到马蹄子上的效果，于是，经过考证，居然得到了如下介绍：

> 这匹来自蒙古草原的白马，出身极为贵重。当年成吉思汗横扫欧亚大陆的时候，曾经从百万马匹中挑选白色骏马作为自己的坐骑，并宣称它是天神的化身，人们也就称它为成吉思汗白马。在此后漫长的岁月里，白马以代代世袭的方式被人们供奉。成吉思汗当年曾经下诏，任何人不许骑乘、役使、鞭打。此诏已传承七百多年，至今有效。而眼前这匹白马，就是成吉思汗白马的转世。（注：华学明教授考证后认为，黄兴先生带来的这匹白马，严格说来并不能称为转世白马，它只是某任转世白马的后裔，或者说是现任转世白马的堂兄弟或表兄弟。不过，出于对黄兴的尊重，人们还是称之为成吉思汗转世白马。）②

无论是狗还是马，所谓的血统、来历都不构成它们对自身的评判，在动物世界中，生存与繁殖才是最需要关注的事情。甚至说，对任何一类动物的品类而言，过于纯种的血脉都未必是一件好事，因为这除了能保证毛

---

① 李洱：《应物兄》，人民文学出版社 2018 年版，第 352 页。
② 李洱：《应物兄》，人民文学出版社 2018 年版，第 456 页。

色的纯净和外形的美观之外，对于它们自身的健康和抵御外界复杂环境的能力都是一种不利的挑战。因此，当黄兴的白马被奉承为"成吉思汗转世白马"时，这种欺人欺世的行为就与"皇帝的新衣"并无两样。更为关键的是，穿"新衣"的皇帝最终还是被一个童言无忌的孩童揭开了事实的真相，但黄兴的白马却在一而再、再而三的谎言中被推向了一个难以企及的位置，毕竟成吉思汗作为一个既统一了大漠，又征服了中原的枭雄，他的坐骑往往就是一种神圣的象征，在历史和神话以另一种方式在当下重现时，这匹为黄兴所拥有的白马就会在一定程度上喻示着现任主人的非凡。其中的问题在于，以黄兴超出一般人想象的财力来看，在世界范围内购买到一匹品相出众的白马其实并非难事，然而当周围人为了某个人而牵强附会地为马鉴定出身，并由此暗示黄兴与成吉思汗之间存在千丝万缕的关系时，就纯属极为世俗的行为。更有甚者，遁入空门的住持和尚竟然也要通过这匹白马为自己和黄兴找到某种联系。小说写"他对那匹白马很感兴趣。白马驮经嘛。汉朝时佛教第一次传入中国，就是白马驮来的。慈恩寺原来的大和尚素净，当年还是个小沙弥的时候，是从洛阳白马寺投奔到慈恩寺的。所以，他想给白马画像"①。大和尚似乎想表达两千年前由于曾有白马驮过经，于是黄兴的白马就因此而成为神圣的生物，这正如说孔子是圣人，因此同姓孔的孔二小姐②也有了圣人的影踪一般。荒谬的逻辑只能证实金钱对白马的加持，使其与真正的神圣进入了同一空间。但是，无论如何为黄兴的白马贴金，这匹白马与神圣也无丝毫关系，因为白马的主要功用是脚力，而非被人观摩、品头论足的稀罕宠物，这又一因主人而贵的动物不用说早已忘记了自己的天性，甚至连身体都变得更加娇贵孱弱，保驾护航的医生、保镖等人无一不在提醒旁人注意，这匹养尊处优的白马需要被宠溺、爱护，于是，这些为俗人而做出的写照，也一并将白马拉入了世俗的窠臼。

---

① 李洱：《应物兄》，人民文学出版社 2018 年版，第 468-469 页。
② 原名孔令俊，又名孔令伟，是民国财政部部长孔祥熙与宋霭龄的次女，以嚣张跋扈著称。

　　动物的世俗形象在于它们对本性的脱离，当猫不再捕鼠，狗不再看家护院、驴马不能驮负重物，许多原本需要依靠这类动物去完成的工作，都已经无法再按照传统观念去进行时，这些动物就被人类切断了通往神圣和崇高的桥梁，换言之，作为玩物的动物，只能存活于世俗之中，依靠摇头摆尾、故作娇态去换取食物及主人的青睐，反映在小说叙事中，与其说它们是人类的伙伴，毋宁说是世俗人类的世俗工具，于是，它们很难得到同类间的尊重，也难以在叙事中承担责任。

第三章　器物与信仰的叙事关联

信仰属于精神层面的活动，但它却离不开物的支撑，因为信仰的行为需要依靠物来呈现，这一过程体现了从一件物到另一件物之间的联系。另外，精神活动不可能独立存在，纯粹的精神只能停留在人的脑海之中，然后成为居无定所的意识流，既难以固化，也难以升华。精神只有与物相关联，才能使信仰在某种秩序下形成一套可以承续的行为体系，然后再通过这套体系强化信仰。所以说，物可以看作精神的一种言说方式，特别在小说叙事中，物的有无与多少直接决定了叙事的细腻程度，它们不仅能在日常生活中表现出人的生存状态，更宣告了人的精神境界与追求。

第一节　礼仪用物的神圣象征

一、由凡到圣：物之文化意义的变迁

从逻辑推导来看，最初产生的物可能并非与信仰相关，因为只有在生存和繁衍得到了保障之后，才能顾及精神层面的需求。我们有理由相信，人类社会中最早出现的物应该是经过打磨后用来投掷、杀死动物的石器，或是用来切割、穿刺野果、野物的木条或木棒。然而，如果人类将视野扩展到整个动物世界中，就可看到使用工具的行为并非是人类的专利，如乌鸦会使用树枝来获取食物，当一时间无法找寻到合适长度的树枝时，它们甚至会组合工具，将几段短小的树枝连接在一起，拼合成一条较长的树枝来使用。而大象在驱赶蚊虫时，会用鼻子捡起带有树叶的树枝，顺便用

它来搔痒。以及用石块敲打贝壳的海獭和熟练使用海绵的海豚，更不用说智商极高的黑猩猩，更在工具的使用上令人叹为观止。

从这个意义上来说，当远古人类以石头、木块或树枝为工具时，他们未必会产生"物"的概念，只有物在信仰与审美活动中出现时，它才算真的进入了人类的文化范围，换言之，人类在意识到精神的重要性之后，就会自然而然地通过某种渠道去抒发、排解、找寻精神方面的困惑，于是，山、石、树木、河流大川，还有风、雨、雷、电等自然之物以及自然现象都被赋予了神识，人们认为这些物和现象能够感受到人类的存在，并通过某种方式与人类发生连接，这样一来，一些想象力更为丰富的人就在石头或树木的身上寻找到了山神的影迹，又在雷火中寻觅到了天神的踪影。然而，这时的认识还不足以使人类将物运用于精神层面，直到人类认识到偶然现象并不能成为规律，思维的活动无法在现实世界中转化成物质，并在人与人之间的交换活动中得到启发之后，才使一些人有了利用物来与神沟通的想法，也就是原始巫术的出现。如弗雷泽所言："一方面，无论何时何地人的主要需求基本上都是相似的，而另一方面，不同时代的人采取满足生活需求的方式又差异极大，我们也许能做出这样的结论：人类较高级的思想运动，就我们所能见到的而言，大体上是由巫术的发展到宗教的，更进而到科学的这几个阶段。"[1]最初的信仰由人类对周围世界的好奇与恐惧而来，尤其在仪式行为当中，物既是信仰的对象也是信仰的结果，成为一种坚定的见证。

在人类文明的历史长河中，物最先显现文化作用的地方就在于各种仪式活动当中。用物来供奉神明体现出人类朴素的物物交换的思想，这种思想转化为行为，就是对天地神灵的献祭。凯伦·阿姆斯特朗以雅利安人为例，说"他们相信，宇宙自身即起源于献祭。据说，起初遵照神圣秩序工作的神灵经由七个步骤创造了世界。首先，他们创造了天，它由一块类似

---

[1] [英]J. G. 费雷泽：《金枝》，张泽石、汪培基、徐育新译，商务印书馆 2013年版，第 1098 页。

圆形贝壳的巨石制成；然后是地，如同一个扁平的盘子靠在水上，水在壳底聚拢起来。在地球的中心，神灵安置了三个生物：一株植物、一头公牛和一个人。最后，神灵创造了阿耆尼——火，但起先一切都是静止的、没有生命的。直到神灵进行了三次献祭——碾碎了植物，杀死了公牛和人——世界从此变得生机勃勃。太阳开始在空中运行，确立了季节的更替，三个供献祭的牺牲者产生出了各自的后代。花卉、农作物和树木萌芽于化作浆汁的植物，动物来自公牛的尸体，而第一个人的遗体产生了人类。雅利安人始终将献祭看做是具有创造性的。通过反思这样的仪式，他们意识到，自己的生命依赖于其他生灵的死亡"①。虽然说远古神话解释了献祭行为的来源，但在第一根生命之火已经启动之后，后来的生命无论是动物还是人，都不能再用同类的死亡来做交换，因此，用牺牲献祭神明的行为总有一天会发生实质性的转变。从考古证明可以看出，即便是上古时代，人和动物也不是唯一的献祭品，在武安磁山遗址中发现的"陷祭"仪式中就有"含炊器在内的成组陶器，再经燔烧和瘗埋，完成虔诚神圣的祭仪"，还有另一种"供奉"仪式，"是将成组的陶器和石斧及磨盘、磨棒这类生产及加工粮食的工具放在一起，通过某种仪式，以希冀扩充这些器物实用功能，表达祈求丰年的情感"②。除此之外，半坡文化出土的陶盆上的鱼纹、红山文化出土的玉猪龙，都能证明器物于最开始就参与了各种仪式当中。

随着人类自身认知水平的提升，以及对周围环境有了更客观、更理智的了解后，采用有生命的牺牲对天地鬼神献祭的行为与其说是一种信仰，毋宁说是一种习惯。博厄斯认为，"习俗必须看作是自发的，是经过长期连续不断的习惯行为确立起来。当它们逐渐上升到意识层面，我们理性化

---

① ［英］凯伦·阿姆斯特朗：《轴心时代》，孙艳燕、白彦兵译，海南出版社 2010 年版，第 8 页。

② 白寿彝总主编：《中国通史》，苏秉琦主编，第二卷《远古时代》，上海人民出版社 1994 年版，第 171 页。

的冲动就会要求一种满意的解释，紧跟着而来的便是一种思想模式的流行"①。这是说在对待有生命之物的态度上，人类迟早会觉察到这种判处死刑的方式与社会发展相悖，有了这样的认识后，在祭祀等活动中，用作牺牲的有生命之物就终究会被无生命之物所取代。在中国的文化进程中，夏商时期对鬼神的崇拜信仰极为热衷，这导致原始的天地崇拜和鬼神信仰在各种繁杂的仪式中走向了极端，其中最为典型的范例就是人牲的大量使用，结果是在本来就不甚充裕的人力资源上雪上加霜。彭兆荣认为，"'牺牲'的隐喻作用非常独特：它一方面以非常宗教化、虔诚的方式——即以人们生活中最为重要和神圣的物品为祭品奉献给神灵；另一方面，它恰恰遮盖住了血淋淋的暴力倾向，或者说，通过仪式的巧妙作为使这种残酷的暴力行为得到一种文化意义上的'宽恕'和'缓解'"②。因为人毕竟是有思想而且有情感的生命体，当最高统治者将自己也纳入神的行列后，以信仰为名的残暴统治就激发起了民众的坚决反抗。

周朝的开国者有鉴于此，将对神明的信仰转化为对人、道德以及秩序的信仰，阿姆斯特朗认为，"在中国的轴心时代，一部分哲人抵制宗教仪式所运用的技巧，而另一些则以这些礼拜仪式为基础创建了深刻的灵性思想。后世公认，祭典的确立是周朝的伟大成就之一。轴心时代之后才完成的一部典籍《礼记》评论道，商朝人将神灵尊于首位，礼仪处于第二位，而周朝人恰恰相反。商朝人希望通过其宗教仪式控制和利用神灵，而周朝人已经直观地体会到，礼仪本身即包含了更大的转化力量"③。观念上的转变直接体现到器物在这个时期的使用方式上，除了有大量的礼器出现，一些物更被赋予了礼的含义，成为信仰的直接象征。因此，在与信仰相关的叙事中，礼的内涵很难通过精神沟通来呈现，它必须凭借某些行为才能得到

---

① ［美］博厄斯：《人类学与现代生活》，刘莎等译，华夏出版社1999年版，第107页。

② 彭兆荣：《人类学仪式的理论与实践》，民族出版社2007年版，第281页。

③ ［英］凯伦·阿姆斯特朗：《轴心时代》，孙艳燕、白彦兵译，海南出版社2010年版，第87页。

恰当的展示，而行为的叙事比划又不足以重现语境和场景，这就对叙事提出了更全面的要求，使作者不得不借用能见之物的象征意义去阐释某种思想或道理。

作为叙事的小说而言，所叙之事不过是铺盖在小说这种文体之上的可见之幔帐，事情背后的态度才是小说叙事的真正价值所在。即便是一些要秉持零度情感叙事的作家，他们到底还是在其中展现了自己的好恶，所谓的零度情感只不过是没有在文本中参与自己的评价而已，但如果作家真的以恶为美，以丑为善，就会在叙事中对丑恶做美化，而非不予置评，可见，作家的情感始终是存在的，只是当它并不明显时，就需要读者在其中做出选择。善、恶在人类文明史上是一个始终受到高度关注的话题，这不仅是因为善恶具有时代的标准，而且还不停地根据当事人所处的环境、场景发生变化，如苏格拉底所言，一个人偷窃是恶，但如果偷窃是为了救人，这又反过来成为一种善。说到底，一切信仰的最终落脚点其实都在于对善、恶的态度和认识上，但需要注意的是，无论是善或是恶，它们都指向了物，以偷窃为例，没有物的存在，偷窃这种行为就无法成立，而同是在物的行列里，偷窃书籍与偷窃珠宝玉器的性质又不一样。另外，在信仰的国度中，任何一个能与神迹有关联的物都可以成为神圣物，但在圣人使用过的餐具和圣人使用过的铜币之间，餐具的神圣性显然要大于铜币。美国学者柯嘉豪认为，"物品令神圣变得具体可及。物品让一个人得以与神灵沟通并感知他们的存在。物品通常是传播宗教理念与情感最富表现力的工具"①。无生命的器物在很多方面都有生命之物所不能比拟的优势，它们能够长久存在，在人类一代代的见证下也同时见证人类的变迁，当人类在看见某一种物其实存在于一个想象中的历史空间时，这个器物就可以仅仅凭借长久的年岁而获得神圣的意义。

在古典小说《西游记》的仪式叙事中，物就是神圣性的重要象征，从文

---

① 　[美]柯嘉豪：《佛教对中国物质文化的影响》，赵悠等译，中西书局2015年版，第24页。

本的叙事结构来看，它起到了推动叙事发展的作用。在唐僧师徒西去取经之前，人物的命运和物紧密相关，对于这些仪式的参与者来说，物象征了需求，用鲍德里亚的话来说就是"需求反映了一个令人心安理得的目的世界"①。这在孙悟空身上尤为明显，他当上猴王后，发觉人终有年老体衰而不能久享筵席，因贪恋筵席（物）之乐起了学不老长生的念头，学成之后，又发现缺少兵器，物的兵器成为孙悟空强抢东海龙王定海神针的叙事缘由，兵器之外，更要披挂，造成龙王向玉帝状告"臣敖广舒身下拜，献神珍之铁棒，凤翅之金冠，与那锁子甲、步云履，以礼送出。他仍弄武艺，显神通"②，才引发了招安"弼马温"和封号"齐天大圣"的一系列行为，到了天界后，孙悟空盗取宴会仪式中的蟠桃、仙酒与仙丹，终于被如来佛祖压于五行山下，成为保护唐僧西去求经的叙事缘由。

这些物之所以重要，首先是因为它们让仪式行为有了物质的依托，没有筵席的欢聚仪式正如打空的拳头，情感在释放的终端失去了承受者，不但不能起到欢愉的效果，反而会造成伤害。如孙悟空从蟠桃会上回花果山举行筵席，这场本该是庆典仪式的叙事被捉拿他的天兵天将打乱，从天界带来的蟠桃、仙酒转瞬之间不再具有仪式器物的效力，而成为孙悟空偷窃的罪证，使群猴的仪式成为一场噩运的开端。其次，物象征着神圣的精神，可分为具体的三种物类进行理解。

第一种是承担着叙事想象的兵器，这些兵器在很大程度上决定了主人的战斗力，无论是孙悟空的金箍棒、猪八戒的九齿钉耙，还是妖怪用以称王称霸的宝物，都伴随着一个原始神话对来历作出介绍，阐明它的效力之余，更标榜了其独一无二的身份与价值。从孙悟空的金箍棒中可见，他个人的高强能力无非是腾云驾雾、七十二变，真正成就其神通广大名号的还是那根"挽着些儿就死，磕着些儿就亡；挨挨儿皮破，擦擦儿筋伤！"③的

---

①　［法］让·鲍德里亚：《消费社会》，刘成富、全志钢译，南京大学出版社 2014年版，第 29 页。

②　吴承恩：《西游记》，人民文学出版社 2010 年版，第 38 页。

③　吴承恩：《西游记》，人民文学出版社 2010 年版，第 34 页。

金箍棒，在取经路程中，金箍棒一次被太上老君的青牛怪攫走，一次为玉华国附近的狮子精盗取，孙悟空立即丧失了大半武力，若谈斩杀妖魔还是得先取回兵器。与金箍棒类似，妖怪兵器法力的强弱也直接决定了其战斗力的大小，即使能使三昧真火的红孩儿，也需火车子助力，更不用说不带雨具就无法降雨的龙王，没有兵器的妖王与小妖并无本质差别。可见，这一类与力量直接联系的神圣器物，因为不承担伦理道德的叙事责任，就可以充分发挥叙事想象：日常装水的葫芦能装人、装天且不分善恶；避暑的芭蕉扇能灭八百里火焰，不论好歹就将人扇出八万四千里方停，几乎可视作现代飞行技术的原始设想。

第二种是构建仪式的物，如王母蟠桃园中的仙桃、镇元子五庄观里的人参果，以及唐僧身上的肉，这些物因为极度稀缺和珍贵，使其与自身的效力互为因果，这也决定了物的接受者能够从中获得巨大的收益，因而不可能在日常的情况下得以享用。这一类的物容纳了不同的立场，唐僧肉虽然有长生不老之功，食之却违背了道德伦理，因此只为妖怪所爱，但桃子与果子不然，它们属于可以分享的仪式器物，使物与仪式相等同，在分享的过程中强化了仪式参与者之间的联系。

第三种物属于叙事的物质基础，在《西游记》的文本中即为玄奘法师立誓求取的"三藏经"。它既是叙事主体的起点又是终点，象征着唐僧师徒取经的合理性与道德性，因为这部经可以劝人为善，进一步说即是"《法》一藏，谈天；《论》一藏，说地；《经》一藏，度鬼。三藏共计三十五部，该一万五千一百四十四卷，乃是修真之经，正善之门"①，意味着南赡部洲的民众若希求摆脱是非恶海，就必须听闻这"三藏经"。然而，沉沦与得渡之间横亘着唐僧师徒所发的善心善念，也有他们将会遇到的所有艰险。在第二十二回中，猪八戒抱怨路途遥远，取经不易，孙悟空意味深长地教导："只是师父要穷历异邦，不能彀超脱苦海，所以寸步难行也。我和你只做得个拥护，保得他身在命在，替不得这些苦恼，也取不得经来；

---

① 吴承恩：《西游记》，人民文学出版社2010年版，第87页。

就是有能先去见了佛，那佛也不肯把经善与你我：正叫做'若将容易得，便作等闲看'。"①悟空之言点明了经卷背后的象征意义，它不仅是唐僧师徒救度众生的善心表现，更是对其献祭行为的奖赏，尤为重要的是，"三藏经"由始至终都是利他的，无论唐僧、孙悟空或是菩萨，个体在叙事的伦理道德中微不足道，只有广大需要救度的民众利益才最为重要，这样一来，"三藏经"就成了最为神圣的物，也理所当然地处于仪式叙事的最高点。

物的神圣性从古典小说一直延续到了当下的小说创作中，在张炜的小说《古船》中，描写了一个被叫做"洼狸"的古老村镇在新中国成立前后发生的许多事情。这个靠近海口的村镇，自古以来就有不少村民靠航海谋生度日，到了叙事的当下，一位老人又与海和船产生了无法解释的亲密联系。这位名叫隋不招的老人来自当地一个大家族，家族辉煌的历史使子孙们肩负着沉重的责任，只有隋不招完全无视家族的过往，一心向往村外的海洋世界。隋不招在得知村里打捞上来一艘百年前的古船后，如同迷失故里的孩子看到了久违的家园，而这条古船则从古时的战争用物经由时间的洗涮成了具有某种象征意味的神圣器物，一方面暗示着这个村子的起落和沉浮，另一方面则以隋不招对船与航海古书的近乎癫狂，喻示"洼狸"镇在时代变革中出现的悲欢离合。

一件曾经体现出某种信仰的器物在当下或许已经失去效力，但它所具有的神圣性并不会因为信仰的改变而褪色。在当代小说《湖光山色》中，讲述当地居民在考古专家的帮助下，发现自己所居住的村庄竟然是三千多年前春秋时楚王举行祭祀告别仪式的地方，这一行为为后人留下的证据便是出土的仪式用物。小说借专家谭老伯的言语交代了鼎、编钟、陶器等器物的来龙去脉，他"边仔细地观察着那些出土的器物，边说道：'出土的那只鼎的铭文证明，它是一只楚鼎，而且不是寻常的楚鼎，是楚王宫里的用

---

①　吴承恩：《西游记》，人民文学出版社 2010 年版，第 270 页。

物，你们若细看就能发现，在它的四个角上，都有一个类似饰纹的"王"字，这个字可不是随便用的。在这样一个偏僻的地方，怎么会有王宫里的用物？这使我怀疑此地曾举行过什么与王室有关的仪式，而只要是举行过什么庄重的仪式，留下来的器物就不会只是一个，所以我就让你们继续朝四周挖。你们看，挖出的这些编钟上，也都有一个模模糊糊的"王"字。'"①这些暗含着叙事伏笔的器物，呈现出了几种不同层面的信仰，首先，从近三千年前的楚王来说，这些祭祀器物是他传递追思的工具，物承载了人与神的沟通桥梁；其次，从考古学家谭老伯来说，这些器物是他毕生所学的又一次实践，它所承载的是历史和当下的时空融汇；再次，从利用这些出土器物复刻祭仪大典的村长来说，它们展示出了"文化搭台，经济唱戏"的现实追求。这三种层面的信仰是一种由精神到物质逐渐过渡的过程，楚庄王所处的时代限制了他对客观世界的认识，无论是情感的表达或是某种政治手段的运用，祭祀都是一种必然的选择，或者说，楚庄王虽然没有意识到祭祀仪式是原始宗教的表现形式，但他的行为体现出了对未知世界的臣服。当代的考古学家在面对历史真实的祭祀器物时，是站在旁观者角度上做审视的，随着技术的进步，即便是现代的祭祀仪式中，笨重的青铜鼎、编钟也早已退出历史的舞台，然而这些古老的器物却见证了现代人何以成为现代人。如果说前两者还在自己的领域内生发出或原始、或现代的信仰方式，那么，当神圣器物沦为表演的展示品时，信仰就从直接从精神空间坠入了物质空间，借着神圣的噱头，转身成为金钱的向导。

从另一个角度来看，神圣之所以能成为神圣，还在于它的严肃性和不妥协性。它总是需要在不能动摇的信念下被坚持和承继，这是一种富贵不能淫，贫贱不能移，威武不能屈的精神，是信仰者人性的最高表现，所以，当人的信仰来源于某种理念时，他便会为之奋斗终生，而当其来自欲望时，贪婪就会成为被尊奉的法则。在《芙蓉镇》中，作者着重描写了"红宝书"（毛主席语录）在仪式中起到的重要作用，积极分子王秋赦并非一般

---

① 周大新：《湖光山色》，作家出版社 2006 年版，第 214 页。

意义上的劳苦大众，因为他的贫穷与其说是来源于地主恶霸的压迫和剥削，不如说是由他自己的懒惰而造成的。王秋赦借着时代的浪潮，从一个一穷二白的懒汉变成了一个别有用心的人，"红宝书"在他手上不啻为"尚方宝剑"，从他的言语和行为来看，王秋赦并没有真的利用"红宝书"提升自己的精神境界，反倒是借用它清除异己，在满足虚荣心的同时达到某种并不光彩的目的。"红宝书"在小说中的反复出现强调了信仰的方向，由于物已经完全成为精神的代言人，"红宝书"于是就成为圣物，并通过持续的仪式营造出一个神圣的空间。小说中有这样一段描写：

> 当王秋赦朗诵到"万寿无疆、万寿无疆""永远健康、永远健康"时，他手里的红宝书便举平头顶，打着节拍似地来回晃动，来回晃动。……王秋赦在向群众传授了这套崇拜仪式之后，真是豪情澎湃，激动万分，喉咙嘶哑，热泪盈眶。他觉得自己无比高大，无比自豪，无比有力量。他就像个千年修炼、一朝得道的圣徒，沉湎在自己的无与伦比的幸福、喜悦里。这时刻，你就是叫他过刀山，下火海，抛头颅，洒热血，他都会在所不辞……接着他还发表了热情的讲演，号召贫下中农、革命群众、干部立即行动起来，家家户户做忠字牌，设宝书台。每个生产队都要搞"早请示""晚汇报"，为把芙蓉镇大队办成红彤彤、亮堂堂的革命化大学校而努力……①

王秋赦对革命的忠诚在于这套仪式能最大限度地满足他的虚荣心，当他高举圣物（"红宝书"）的时候，俨然觉得自己成了毛主席的代言人，但问题在于他所看重的并不是"红宝书"中的道理，而是"早请示""晚汇报"的形式，只有在这种仪式中，他才能找寻到自己的价值所在，不用纠结于日常生活的柴米油盐酱醋茶。事实上，一个能够在村里凭借某种理由而拿捏群众的人，又怎么还会操心起居和餐食？从他对仪式形式的推崇来看，王

---

① 古华：《芙蓉镇》，人民文学出版社 1981 年版，第 114 页。

秋赦并没有真正地理解运动和革命的含义，他只在乎自己是否受到尊重和重视，是否能够用手中的权力为所欲为，他越是看重自己在当下的地位，就越会将圣物推到极致并由自己保持着对"红宝书"的垄断。在这里，物的神圣性与人的丑恶形成了鲜明的对比，如安德雷·阿尔特所言："恶的美学对文学想象力和由它创作出来的对象实施了一次新的组建。恶的美学纲领的目的在于，在非道德的、怪癖的、令人恶心的、丑陋的、变态的和病态的空间里，确定迄今为止人们尚不熟悉的(或者可以给予高期望的)美的飞地。这种状况包含一种必要性，即必须看清对恶进行的文学反思是将内心想象的图像向外转的改写，传送行动的产物。"[1]可见，在仪式的场域内，神圣器物需要与参与者的精神相连接，当仪式的主持人心怀恶意时，物的神圣性就会因此被扭曲。

在另一部几乎与之同时的小说《钟鼓楼》中，"红宝书"则在一个充满着喜庆的婚礼仪式中被提到，作为一个时代最为神圣的"物"，"红宝书"不仅是一份供全中国人民学习的教材，还是一种包含着伟大信仰的象征。小说在介绍这一时期的婚礼时写道："举行正式婚礼的，则一般包括下列几项仪式：一、对领袖像挥动'小红书'，'敬祝万寿无疆!'凡三次；一九七一年以前，则还要依样'敬祝永远健康!'三次；二、请'革委会'(或'工宣队''军宣队')领导讲话(一般都鼓励新婚夫妇在'无产阶级专政下继续革命')；三、由'革委会'(或'工宣队''军宣队')赠送礼品——一般都是用红丝带扎结的'红宝书'，这可能已是新婚夫妇所得到的第四套、第五套；四、新婚夫妇表态(一般本着'三忠于''四无限'的精神，表示要'千万不忘……''活学活用……')；五、余兴，或背诵'老三篇'，或演唱'革命样板戏'。"[2]在这一时期，"红宝书"所代表的神圣意义甚至大过婚礼本身，它等同于法律之外的一种秩序——没有经过"红宝书"见证的婚礼既不够完整、也不够庄严。具体来说，这是因为"红宝书"记载了领袖的语录，于是

---

① [德]彼得-安德雷·阿尔特：《恶的美学历程：一种浪漫主义解读》，宁瑛、王德峰、钟长盛译，中央编译出版社2018年版，第2页。

② 刘心武：《钟鼓楼》，作家出版社2009年版，第136页。

在婚礼这样一个特定的时空下，新人就能凭借着这个神圣之物与领袖产生或多或少的联系，只要婚姻能持续存在，"红宝书"就会对他们产生影响。而且，"红宝书"的神圣性越高，婚姻的稳定性越强，它在无形中形成的压力和束缚，促使新人慎重面对他们之间有可能出现的一切问题，这也是通过物来提醒新人如何看待彼此关系的一种方式。

一件物所显示出的神圣性并非只有单一的来源，从上到下的价值导向是其中的一个主要方面，《礼记·缁衣》言："下之事上也，不从其所令，从其所行。上好是物，下必有甚者矣。故上之所好恶不可不慎也，是民之表也。"即是说最高统治者的好恶会影响贵族阶层，然后随着贵族阶层的行为实践又会影响到百姓大众。早在《韩非子》中，就有叙事表现出"物"在"上有所好，下必甚焉"的推崇下，脱离了它本有的价值，从普通走向了神圣的故事。韩非子说齐桓公喜欢穿紫色衣物，结果从宫廷到都城，紫色的布料越来越昂贵稀缺，可大臣和百姓们仍然愿意跟风着紫衣，齐桓公觉得不妥但不知道应当如何改变，管仲便劝说桓公公开表示厌恶紫色布料的气味，果然，三天之后，大多数穿着紫色衣物的人改穿了其他颜色。如果说统治阶层对一种颜色的偏爱尚且如此，那么代表着国家的物就会更具有神圣的意味，在与国家尊严和安全建立了联系后，物就超越了其本身的实用价值，而成为一种文化符号。以国旗为例，它的原本状态是一块布，一旦这块布被赋予了含有独特意义的形状、颜色与图案，就成为一种象征，并且是一种所有国民都需要去服从和守护的象征，这时，它的神圣性就体现在所有国民生命与国土安全的总和上。于是，凡在国旗正式出现的场合中，国民都是仪式的参与者，他们需要对国旗建立仪式中应有的严肃、崇敬等态度，用布朗的话说，便是"任何对社会的人（物质的或精神的）有重要影响的事物和事件，或任何能够代表或表现这个事物或事件的东西，都会变成仪式态度的对象"①。事实上，在面对国旗这一类神圣之物时，仪式

---

① ［英］A. R. 拉德克利夫-布朗：《原始社会的结构与功能》，中国社会科学出版社 2009 年版，第 126 页。

参与者即便对仪式行为不以为然，也绝不会不恭敬仪式中的器物，否则便是站在了文化的对立面。

在刘醒龙的小说《天行者》中，国旗作为一个非常重要的神圣之物不断在叙事中出现，并从不同人对待升国旗仪式的态度上暗示着他们的性情、精神，可以说，对待国旗的不同态度是心地是否真正纯净的鉴定结果。小说中的界岭地处偏远，界岭小学能够勉强维持教学活动而不至于关闭的原因，就在于几位民办教师能够不计较个人得失，一心一意地为孩子们的学习成长做无私的奉献。界岭小学的条件十分艰苦，老师们需要身兼数职，他们之所以能够这样无怨无悔地在一年又一年中支撑下来，表面来看是为了能够从民办教师转为公办教师，但实际上则是对身为教师的信念的坚守。在这里，升国旗仪式其实是对他们秉持信念的一种鼓励，能够主持这个仪式的首先是职位最高的校长，只有在校长不在场的时候，才依次到副校长、主要任课教师。在仪式中确立人物的身份次序有助于强化物的神圣性，每一次在接触国旗的时候，仪式主持者都会明确自己的位置，进而产生一种责任心。进一步来说，在责任心的驱使下，与国旗相关的一切行为都将是神圣的，至于国旗本身就成为更加不可亵渎之物。小说通过一位新老师的眼睛观察着数年如一日的升国旗仪式：

> 操场上正在举行升旗仪式，余校长站在最前面，一把一把地扯着从旗杆上垂下来的绳子。余校长身后是用笛子吹奏国歌的邓有米和孙四海，再往后是昨晚住在余校长家的那些学生。九月的山里，晨风又大又凉，这支小小队伍中，多数孩子只穿着背心短裤，黑瘦的小腿在风里簌簌抖动。大约是冷的缘故，孩子们唱国歌时格外用力，最用力的是余校长的儿子余志。国旗和太阳一道，从余校长的手臂上冉冉升起来后，孩子们才就地解散。①

---

① 刘醒龙：《天行者》，人民文学出版社 2009 年版，第 18 页。

刘醒龙在叙事中将国旗与太阳做了平行的叙事比照，界岭小学每天升降国旗的仪式如同太阳的周而复始，高高飘扬的国旗如同太阳一般炫目，它在国土上升起的象征意义就如同太阳的大而无私，并暗示着祖国对她每一位儿女的呵护与关爱。从这个意义上来看，国旗的神圣性已经超越了一般意义上的家国情怀，至少在这几位小学教师心目中，国旗在一定程度上就含盖着他们对未来的信心与希望。因此，无论是国旗还是升国旗的仪式，都成为界岭小学日常生活中最为神圣的一件事，必然不容置疑和怠慢，当从城市里来的新老师对每天升国旗一事表示出了不理解后，另一位老师答复道："界岭小学就这么一点凝聚力，若不是天天都升旗，外人还以为这里是座破庙。"①由此可见，神圣之物的价值并不仅是象征，还有对人心的凝聚，对于多人以上的群体而言，他们的行为、心理以及情感都需要通过某种方式得到关联，倘若不如此，那么无论是仪式行为还是存在于仪式中的物，便都无法发挥"聚合"的作用，更会降低神圣的意味。

在价值导向之外，长久传承的风俗习惯也为物增添了神圣的色彩。在陈继明的小说《平安批》中，讲述了潮汕地区的许多男人为了活计要漂洋过海去做生意。一代一代的男人们远赴暹罗等地，留下家眷在大洋的另一岸等候他们寄回报平安的口信与家中开支的银两，即"平安批"。在交通受阻的年代，一封"平安批"的抵达是一件十分不易的事情，它承载着一个被海洋分隔在两岸的家庭的全部希望，甚至说这是生命的讯息也毫不过分。也正因为它的意义重大，因此，批局中的批脚们往往也是用自己的性命去兑现这份托付和承诺。如果时局平稳，"平安批"所耗费的不过是人力的辛劳，但倘若恰逢战争或其他意外，一封"平安批"就远远超出了"家书抵万金"的分量。小说写"平安批"辗转到了抗日战争时期，日本的极力封锁和惨无人道的侵略行径，使得海外的"平安批"无法再通过以往的路径顺利交予家人，这使留在潮汕却完全需要依靠收"平安批"寄来的钱才能度日的人们陷入了绝境。为了找到新的航路将批银与批书寄回家乡，批局上下都将

---

① 刘醒龙：《天行者》，人民文学出版社 2009 年版，第 90 页。

生死置之度外，甚至硬生生地用脚踏出了一条绝地逢生之路，在这样的状况下，"平安批"就在生命的重量外还添加了文化中的诚信与仁义，这种与血泪相连同的精神为"平安批"赋予了极为神圣的价值。

物的神圣与否既有社会文化的客观标准，也存在人物情感的主观标准。存在于小说叙事中的物大多有着文化的踪影或痕迹，可以用"表现文化的实物"①予以称之，正因为这些物是文化或隐或显的凝结，所以必然承载着人的价值评判。进一步来说，人的所有文化活动中都带有他们的世界观认识，并在认识中找寻着生命的意义，换言之，人类的大多数活动都带有一定的目的性，这种目的性也就是行为的意义所在，法国符号学家格雷马斯说："意义（meaning）问题是当今人文科学研究的核心问题。要想把人的种种不同行为组织成一门人类学，把先后发生的事件串连成有机的历史，我们就不得不对人类活动的含意和历史的含意发问。对人而言，人类世界从本质上来说大概就是意义的世界。"②意义将物划分出神圣与世俗的界限，特别是在人类精神活动的场域内，物必然要与人类的信仰相配合，这样一来，许多在礼仪活动中参与的物就被人赋予了文化的多种意义，从而成为具有更高文化指向的象征标识，进而被固定成为具有时代烙印的神圣之物。

二、器物的礼仪之喻及神圣内涵

领悟礼所涵盖的精神需要具备极高的悟性和道德修养，人在初学礼之时，无法仅凭老师天南地北的讲授便能掌握其中的内涵，必须通过更为直观、具体的形式辅助，才能逐渐达到对礼的理解。进一步来说，纯粹的礼只能是一种精神境界，无法以"礼尚往来"而代际相传，因此，礼的传承不得不从行为、言语、器物等方面入手。当孔子言"有教无类"（《论语·卫灵公》）时，就说明古人早已意识到"同是人，类不齐，流俗众，仁者希"

---

① 张岱年、程宜山：《中国文化精神》，北京大学出版社2015年版，第4页。
② 转引自薛艺兵：《神圣的娱乐——中国民间祭祀仪式及其音乐的人类学研究》，宗教文化出版社2003年版，第160-161页。

(《弟子规》)，人与人之间的确存在智力、气力、性格等方面的差异，但圣人不因人有智、愚、贤、不肖，便弃愚与不肖于不顾。对于普通人而言，教育的重要性毋庸赘述，那么，这就使古圣先贤在进行"礼"的教育时，使人"可见、可闻"就成为有的放矢的形式，然后从其中确立礼的大致含义。这些"可见、可闻"一方面是以礼节、礼数为主的行为规范，另一方面就是作为客观存在的具体物品。

继"失道而后德，失德而后仁，失仁而后义，失义而后礼"(《道德经·第三十八章》)之"礼"，其本义原是自我对道德的约束和提升。《礼记·曲礼上》言"礼闻取于人，不闻取人。礼闻来学，不闻往教"，即是说人应该见贤思齐，不该用刻板的标准去制约、衡量他人，而对于礼的学习，则应该主动求教，不该自己去贩卖兜售。但这种形而上之道，不可见、不可闻，也不可触摸，最初甚至并非是一门专门的学问，只是因人对天地万物怀有敬畏，才引发出内心的肃穆及外表、行为的庄重，然后推己及人，在处理事务时表现出一种"温良恭俭让"的品格气质。

《说文解字》言物的本义为"牛"，之所以用"牛"来代物，是因为"万物也，牛为大物；天地之数，起于牵牛"①，而"勿"又有切割、否定的含义。以"牛"表示人从耕种中获取生存资料，用"勿"来示意物之有数，这一生一灭，就在中国古老的"阴阳"文化中暗示了平衡的必要。人与物的关系密不可分，人的衣食住行无不是倚赖物的存在才得以实现，从某种意义上来看，人自身也属于万物的一部分，叙事中的"人物"一词便是明证。人在发挥主观能动性的基础上支配着物，然而这种支配也伴随着反支配，当一个人的道德能力不足以驾驭物时，便会陷入被物支配的泥淖。换言之，物可以助生也可以促灭，因此，对待物的态度应该以道为根基，以德为依傍，有德才能有得，然后利用所得之物辅助仁义的构建。

与鸟兽鱼虫相较，人无羽、鳞、毛、壳，没有物做支撑就无法生存，

———————————

① 许慎：《说文解字》，崇贤书院整理，北京联合出版公司 2018 年版，第 120 页。

衣服、食器、房屋、车具等人工之物见证了人类的起始和发展。韩非子因之言"人无毛羽，不衣则不犯寒。上不属天，而下不著地，以肠胃为根本，不食则不能活。是以不免欲利之心"①(《韩非子·解老篇》)便是说人的身体没有生长厚实的毛羽，不穿衣就不能抵御寒冬，另外，上，够不到天，下，不能深入地底，不耕作得食便不能得活，这些先天所受到的限制都导致人有利益的分别和欲望。孔子则更为彻底地解释道："饮食男女，人之大欲存焉。死亡贫苦，人之大恶存焉。故欲恶者，心之大端也。人藏其心，不可测度也。美恶皆在其心，不见其色也。欲一以穷之，舍礼何以哉!"②(《礼记·礼运篇》)圣人鉴于人心本性，知晓"欲利之心"对于平常人而言不可避免，但却不能因为不可避免就加以怂恿扩大，否则，其后果必然是向外不断索取，而与之相伴的就是对其他物种、甚至其他种族的戕害和杀戮。于是，利益之物就被古人赋予了另一种身份，它不仅是"利"之物，更是"礼"之物，这样一来，礼器便应运而生，人的欲望在一定程度上得到了限制，"利益"也同时转为了"礼仪"。正如鼎本为烹饪之器，传说夏禹收九州之金之后铸九鼎，铸鼎以象物，并在祭祀的大事中使用，鼎便有了烹饪之外的含义，"百物而为之备，使民之神、奸"③。然而，夏桀无道，祭祀之鼎传了四百余年后迁入商汤，商纣昏庸，又使在殷商度过了近六百年的鼎再迁于周。两次大迁移令鼎成为国家政权的象征，楚庄王自恃国力强盛，借帮助周定王平乱之际，用鼎的轻重和大小探问王孙满，王孙满明白楚王的用意，便以"在德不在鼎"阐明"德"的大义，而"藏礼于器"也有了具体的依托。

楚王问鼎一事成为物与礼仪相接连的最早叙事，"德"之重与"鼎"之轻的观念也影响了后人对物的态度，倘若物只能拿来使用，便居于下流，倘若能借来增进品德，才处于上流，因此，玉、松、竹、梅、菊等物便格外受到古代文人的青睐，其凭借对物的赞咏以达明志的目的。如既能赏玩又

---

① 王先慎：《韩非子集解》，钟哲点校，中华书局2016年版，第155页。
② 王文锦译解：《礼记译解》，中华书局2016年版，第310页。
③ 杨伯峻编著：《春秋左传》，中华书局2016年版，第732页。

能入膳入药的菊花，在陶渊明笔下就有了"三径就荒，松菊犹存"的志气，又有了"芳菊开林耀，青松冠岩列。怀此贞秀姿，卓为霜下杰"的高远。而自靖节先生以独立贞洁对菊花极尽赞赏后，菊便不囿于花的植物性，更有了人的崇高性，并且得到了后世的认同。其中梅尧臣"零落黄金蕊，虽枯不改香，深丛隐孤秀，犹得奉青觞"，朱淑真"宁可抱香枝上老，不随黄叶舞秋风"与刘克庄"羞与春花艳冶同，殷勤培溉待西风"等诗句，都突出地表明了菊的"人化道德"。于是，《红楼梦》中以探春为发起人的诗社活动，也有了"咏白海棠""菊花诗"的叙事根源，并因此涵盖着以物喻人的象征和依托。在叙事意象之外，物性也与礼相关，如老舍在抗战期间发表的小说《火葬》，为正面人物赋予"莲""松"等名字，用物来彰显人物善良、刚毅的美好形象。又有当代短篇小说《百合花》，描写一位年轻的通讯员去百姓家借棉被却出师不利，小通讯员认为自己遭拒的原因是新媳妇的封建思想在作祟。事实上，棉被引发的冲突涉及礼的立场问题，因为棉被在婚姻当中不仅是必要的实用物，更在许多地区的文化风俗中有象征"绵绵""一辈子"的含义，那么，新媳妇不愿随意借出自己的棉被就是一种持重之礼。"我"作为小说中的旁观者显然深谙此地的风俗，知道老百姓会将家国大义的"大礼"置于自家的"小礼"之上，小通讯员的失败很有可能是言语失礼所致，果然，经过"我"的道歉和解释，新媳妇二话不说便拿出了唯一的嫁妆——绣着百合花的新棉被。后来小通讯员不幸牺牲，新媳妇更不顾劝阻，将棉被和小通讯员一起入葬。百合花的意象显而易见，但需要重视的是承载百合花之物，虚写的百合花必须依附在实写的棉被上，百合花才有存在的空间。可见，出于对烈士的敬重和爱戴，新媳妇的仁、义情绪得到了自然流露，因此，棉被的周转就是"礼"不断放大的结果，而物也成为礼得以实现的最终途径。

如果说"有生命"之物以其生长的环境和自身的特性，容易引发文人的联想和共鸣，那么，对玉的崇尚，便是中国人寄礼于"无生命"之物的高度发挥。玉在中国文化中享有崇高的地位，不仅与珍宝相关的汉字大多与玉相关，如琼、琅、琏、瑟、琥、琶、瑶、琴、珏、环、璩、玮、珐、璨、

珧、瑭、玟、琊、琪、瑾、瑛、理、珙、珥、珊、瑚、顼、琦、珑、瑗
等，而且美好的人与事物也多与玉相连，如喻人有如花似玉、美如冠玉、
金枝玉叶、玉树临风、亭亭玉立、珠圆玉润、花容玉貌、玉洁冰清等，喻
事有金科玉律、投瓜报玉、金风玉露、金波玉液、玉粒桂薪、玉马朝周、
金桂玉兔等，喻景有金山玉海、紫玉生烟、琼楼玉宇、玉波静海、飞珠溅
玉、堆金砌玉等。《诗经·秦风·小戎》以"言念君子，温其如玉"赞美君
子；又有《诗经·卫风·淇奥》以"有匪君子，如切如磋，如琢如磨"表达君
子时刻警醒自己的行为，这种勤勉与"玉不琢不成器"与相通；以及《诗
经·卫风·木瓜》歌颂朋友相交之义时，言"投我以木瓜，报之以琼琚"，
美玉又成为知恩图报的见证。

　　从物到人，由景至事，玉的价值可见一斑。子贡曾认为人贵玉而贱类
似玉的珉不过因为玉少而珉多，孔子便以"七德"解释："非为碈之多故贱
之也、玉之寡故贵之也。夫昔者君子比德于玉焉：温润而泽，仁也。缜密
以栗，知也。廉而不刿，义也。垂之如坠，礼也。叩之，其声清越以长，
其终诎然，乐也。瑕不掩瑜，瑜不掩瑕，忠也。孚尹旁达，信也。气如白
虹，天也。精神见于山川，地也。圭璋特达，德也。天下莫不贵者，道
也。"（《礼记·聘义》）即是说君子爱玉不爱珉并不是因物以稀为贵，而是
君子从玉身上认识到七种美德：玉温润而泽，这是仁的一面；缜密而坚，
这是智的一面；有棱角而不刺伤人，这是义的一面；悬垂便下坠，这是谦
卑有礼的一面；用指节相叩，发出的声音清亮悠长，最后戛然而止，这是
愉悦乐观的一面；瑕疵不掩盖美质，美质也不能遮蔽瑕疵，这是坦诚忠实
的一面；从一处的光彩可推及其余，这是信的一面。另外，玉有白晕如
虹，放在哪里都是如此，这是"天同覆"的美德，其光彩精神取于山川，又
现于山川，这是"地同载"的美德。它在通达情谊时，如玉珪、玉璋一般，
无需他物相佐，这是有德的一面；天下人没有不重视它的，这是有道的一
面。在"七德"之后，更有"十德"之说，可见，在这种观念的引导下，玉对
礼文化就起到了佐证和助推的作用。叶舒宪认为，"对儒家来说，圣王崇
拜是建构儒学历史观和政治理想的原型，圣物崇拜则形成礼乐文化的物质

原型及核心内容"①。这个圣物便是玉，与圣人的言行一道肩负着礼教和乐教的责任。

郭店竹简《五行》篇认为，物的形与君子之道有推近及远的关联，因此说"(闻)君子道则玉音，玉音则型(形)，型(形)则圣"②。作为礼仪教化的一项重要内容，玉在相当长的一段时间内以可见之物成为"道德"的示范，正如加拿大学者伊尼斯所言："饱受书面语传统陶冶的学者，不容易理解建立在口头传统基础上的文化。那种文化的轮廓，只是在诗歌和散文中可以朦朦胧胧感觉到，在可以触摸的出土文物中感觉到而已。"③在口头叙事之后的文字叙事时代里，玉兼具标准和象征的双重效用，理所当然地参与其中，更穿今越古，作为中华礼乐文明的一部分，活跃在小说叙事当中。其中最为耳熟能详的即是《红楼梦》中与贾宝玉休戚与共之玉。此玉五彩晶莹、质地细腻，宝玉不但因玉而得名，更因玉而获得贾母的万般宠爱，然而，一旦考量其出身，便知这块玉不过是女娲补天时，用山石炼成的一块顽石。这块石头虽然不是玉，但因通灵可化、鲜莹明洁，于是即便在癞头和尚与跛足道人眼中也称得上灵物。只是顽石似玉却非玉，到底"没有实在的好处"，可见此顽石正是孔子所言之"珉"，自然也不具备玉之"七德"。俨然如"珉"一般的宝玉是"贾"非"甄"，所以，宝玉不但抗拒"仁义礼智信"的说教，对于"内圣外王"的学问更是反感至极。再从宝玉自身的修养来看，在第八回因乳母行为缺失便跳脚叫骂，"'他是你那一门子的奶奶，你们这样孝敬他？不过是我小时候吃过他几日奶罢了，如今惯的比祖宗还大，撵了出去大家干净！'说着立刻便要去回贾母撵他乳母"④，李嬷嬷固然有倚老卖老之嫌，然而宝玉也绝非"温润而泽"，因此不可谓仁；名为爱惜身边姐妹，却纵容晴雯任性，不避嫌地黏腻黛玉，引发了王夫人

---

① 叶舒宪：《中华文明探源的神话学研究》，社会科学文献出版社 2015 年版，第271-272 页。

② 刘钊：《郭店楚简校释》，福建人民出版社 2003 年版，第 76 页。

③ 伊尼斯：《帝国与传播》，何道宽译，中国人民大学出版社 2003 年版，第 56页。

④ 曹雪芹：《红楼梦》，中华书局 2012 年版，第 121 页。

的不满而导致其排挤晴雯、黛玉，宝玉的举动不可谓智；第三十回中轻薄金钏儿后，"见王夫人起来，早一溜烟去了"，任留金钏儿被自己的母亲训斥责罚，并无半点担当，其反应不可谓义；第三十二回中听闻湘云劝告自己"该常会会这些为官做宰的，谈讲谈讲那些仕途经济的学问，也好将来应酬庶务"，便立即变脸，更下了逐客令，其言行不可谓有礼；至于在父亲面前与在母亲、祖母面前截然不同的表现，更不可谓信。作者以顽石似宝玉的象征，一方面显现人的"物"性，另一方面则呈示"物"的人格，这种"人"与"物"的叙事交替将儒家的道德评判显露无遗。

在象征意义之外，物更是礼文化的直接投射。《礼记·礼器》言："礼之近人情者，非其至者也。"日常生活越常用的物距离礼越远、越轻，反之则距离礼越近、越重，如在丧礼的"五服"制度中，重孝者要使用最为粗恶的麻布，而与丧者关系疏远的亲友们则可以使用细熟布，服小功、缌麻者甚至能在居丧期间饮酒、食肉，只不过不可与他人共饮共乐而已。物的区别意为提醒人在用物时应该具有相应的态度，粗麻上身自然刺痛难当，因此，服斩衰之人便无法宛若日常一般恬然自若，其情感也必然有所反映，这时，礼的内涵就凭借不同的物得到呈现。这种文化传统是叙事具有"民族性"的重要基础，当小说在描述丧礼时，如果不通过物来暗示礼，那么，情感的抒发和宣泄必然会存在很大的漏洞。当代作家王安忆谈及一次在农村目睹的一个老太太的葬礼时说："我目睹了很多可能是从《周礼》延续和演变下来的场面……最后的出殡，场面最为壮阔。她的曾孙子打头，负责挑幡，起灵出家门，走过村道，停在村口，摔破一个瓦盆，再度起步。后面是她的儿孙辈的男性，拎着哭丧棍——一截半尺长的木棍，必弓腰折背才能及地，就这样向前走，同时发出沉重的呜咽声。"①幡、瓦盆、哭丧棍等物实现了礼的传递、沟通、共情等效用，而使用这些物的人往往是血脉联系最亲近的人，于是，在这一层面上，礼教中"让人们认识到自己是什

---

① 王安忆：《小说与我》，广西师范大学出版社 2017 年版，第 40 页。

么身份的人，这样身份的人言行举止应该遵守什么样的规矩"①就需要通过物来实现。

　　进一步来说，对物的了解和熟悉也成为作家日后写作中的"材质"，如在王安忆的首部长篇小说《69 届初中生》中，她通过"雯雯"的眼睛，看到了一场沿淮河畔的丧礼，"雯雯"观察到的仪式过程几乎就是作家自身记忆的再现，她使用幡旗、瓦盆等物在传统礼仪和现实叙事之间搭建起一道桥梁。小说写"出殡的日子到了。曾孙绍明子举着幡旗出来了，十六个壮汉扶着杠子刷地上了肩，棺材抬出来了。棺材停在门前大路上，绍明子端起预先放在地上的黄瓦盆，由他老爷抉着手，摔在地上。黄盆碎了，棺材重又上肩，哭声大作，浩浩荡荡地向墓地开去"②，可见，在小说家对某种礼仪进行描写时，人物、地点、事件都可以随着叙事的需要而千变万化，唯独物的存在、使用是始终如一的，与此同时，物表现出的恒定性也展示了"信"在礼中的重要构成。

　　一般来说，物的价值优劣需要通过人对其的使用和评价来体现，但是，一旦当一种物品具有了某种象征意义后，它便被赋予了神圣性，尤其是这种象征意义与礼仪功用相关时，物的价值就超越了货币所能衡量的范畴，转而成为"重器"。如在古代中国，璧、琮、珪、璋、琥、璜等物即是超越了使用价值的神圣物的集中代表，在祭礼中扮演着重要角色。其中，璧、琮象征天地，青珪、赤璋、白琥、玄璜以五色对应五行，分别代表东南西北四方，与璧、琮并为"六合"。这些与祭礼相关的物，将现实空间与神圣空间相连接，使物有了"礼"的精神含义，而不是仅仅沉耽于对神灵的"贿赂"。对物的这种认识在一定程度上影响了中华民族对物的价值判断，一方面表现出对物的极端重视，另一方面则有着轻物的传统。

　　从重"物"的角度来看，《论语·先进篇》记载了孔子不肯卖车为弟子颜回买棺一事。"颜渊死，颜路请子之车以为之椁。子曰：'才不才，亦各言

————————————

① 楼宇烈：《中国文化的根本精神》，中华书局 2016 年版，第 3 页。
② 王安忆：《69 届初中生》，中国青年出版社 1986 年版，第 236 页。

其子也。鲤也死，有棺而无椁，吾不徒行以为之椁。以吾从大夫之后，不可徒行也。'"颜回的父亲之所以请孔子以车换椁，无外乎认为儿子有棺有椁才于礼相合，但孔子的拒绝缘由也是从礼而发，于是，车与椁便成为礼在不同立场上的对峙。车与椁同为人所用之物，人虽有生死之别，物却无朝暮之异，在对待物的态度上，孔子并非贪求表面的排场，而是认为在大夫的职位层面上，车的有无关系着君主的荣誉，倘若自己担任了大夫一职后还徒步而行，便是对规制的破坏，更何况一旦君主得知此事，孔子与颜回父子是否会因此得罪也或未可知。另外，孔子深知"欲生于无度，邪生于无禁"（《尉缭子·治本》），人对物的向往难以有节制，此次若因葬颜回而卖车，就可能导致下次卖房典地，直至卖无可卖，步入歧途。

孔子重"物"并非重"物"本身，而是重依托"物"而存在的礼仪精神，毕竟，在现代科技社会之前的所有文明中，是物见证着人的存亡与朝代的兴衰，因此，至少在古代社会，物的确承载了现代人难以想象的大量信息。从这一点上看，古典小说《西游记》中有一段十分值得注意的叙事，第九十八回说唐僧师徒四人历经千难万险终于到达西天，却因为阿傩、迦叶二位尊者索物不得，只传给他们无字空经，被燃灯古佛点破后，悟空怒问如来，如来笑言："经不可轻传，亦不可以空取。向时众比丘圣僧下山，曾将此经在舍卫国赵长者家与他诵了一遍，保他家生者安全，亡者超脱，只讨得他三斗三升米粒黄金回来。我还说他们忒卖贱了，教后代儿孙没钱使用。你如今空手来取，是以传了白本。白本者，乃无字真经，倒也是好的。因你那东土众生，愚迷不悟，只可以此传耳。"[1]倘若不仔细思量如来之言，就很容易被佛祖竟然重物贪财的假象所迷惑，但事实显然绝非如此，不用说佛祖菩萨的神通广大，即便是悟空、八戒也可点石成金、化水为油，何必在乎几斗几升的金子，因此，一旦执著于此，便会被作者瞒过。如来表现出对物的重视实在是对人心的又一次点化，其答案隐藏在小说第二十二回中，八戒抱怨路途遥远，取经辛苦，认为可以用法术带唐僧

---

①　吴承恩：《西游记》，人民文学出版社2020年版，第1278页。

早日到西天佛祖处，悟空回复道"若是容易得，便作等闲看"①，言下之意是说有些物在被视为长时间辛苦劳作、殚精竭虑后的人的化身后，一旦人对此抱有轻视的态度，便会显现出心浮气躁、急功近利的怠慢，所谓爱物并非爱财，只为惜福。这样来看，如果舍卫国赵长者家给众比丘圣僧的供养之物，不足以使其家人对如来教化产生敬畏之心的话，那么，不用说物于礼相去甚远，即便是获得物的行为过程也有流于浅薄之嫌。

遗憾的是，圣人君子因重礼以及礼内含的教化而爱物惜物，俗人却以物的高低贵贱来衡量礼仪得失，甚至见利忘义，物在这种环境中只能成为人的附庸，虽然在流动中还与礼节、礼数相伴，但除了能够彰显某人的身份地位外，这时的物几乎一无是处。如在《金瓶梅》第五十五回中，西门庆亲赴东京为蔡太师贺寿，准备了二十多抬礼物，有"大红蟒袍一套，官绿龙袍一套，汉锦二十匹，蜀锦二十匹，火浣布二十匹，西洋布二十匹，其余花素尺头共四十匹，狮蛮玉带一围，金镶奇南香带一围，玉杯、犀杯各十对，赤金攒花爵杯八只，明珠十颗。又梯己黄金二百两"②，不用说金银珠宝，仅是布匹杯具等物便已弥足珍贵。看在"物"的份上，欢喜不已的蔡太师自然对西门庆以礼相待，不但连声称"多谢"，更吩咐摆酒款待，以太师之尊为其把盏，只见"两个喁喁笑语，真似父子一般"③。西门庆不学无术，从小便是个浮浪子弟，精通的是拳棒、赌博、双陆象棋、抹牌道字，在没有攀上蔡太师之前，既无德行也无地位，却因为发迹有钱后交通官吏，借着财物送礼而步步高升。物在西门庆的手中全部变成攀炎附势的垫脚石，礼因物而生，义由物而起，以蔡太师为代表的一众官员对西门庆不但始终以礼相待，而且还显示出一片情义绵长之感，使作者的讥讽之意溢于言表。

尽管物本身没有贵贱的意识，但由于人的参与，便会人为地从数量、质量、品相等方面为物赋予价值，于是，以稀为贵的某些物就只会对应地

---

① 吴承恩：《西游记》，人民文学出版社 2020 年版，第 289 页。

② 兰陵笑笑生：《金瓶梅词话》，人民文学出版社 1985 年版，第 723 页。

③ 兰陵笑笑生：《金瓶梅词话》，人民文学出版社 1985 年版，第 724 页。

位高、权力大的阶层。可以推测，在物品极度缺乏的人类社会初期阶段，使用价值高、看起来美观、完整的物都会由地位最高的首领使用，使用的次数多了，这些物就会成为某个人的专属部分。特别是在沟通渠道有限的环境下，首领需要传递命令又分身乏术时，物就会以"信物"的身份成为他的替身，省略了见面的需要。随着技术的提升以及可利用之物的增加，"信物"逐渐衍伸出与之相似的一类物，成为某一特殊阶层的标识，特别是在《周礼》等经中，明确地划分出王、公、侯、伯、子、男等不同等级，所用之物必须与身份相称，凭借物的优劣多寡建构出一个等级森严的社会系统。这样一来，出于标识身份的需要，特殊的物品就越来越固化，但是，吊诡之处在于，被物制约的等级差别受到贵族阶层的拥护自然无需赘言，然而某些具有特殊身份的人一旦摒弃了这些物，反而会遭到没有特殊身份的人的厌恶，造成一种"人—物"之间的捆绑。

人有定居，物无定主。被物分隔的不同阶层是否能对"厚德载物"保持清醒的认识，才是真正值得考量的问题。毕竟，物的价值高低全在于人的衡量评定。当人以礼仪为先去看待物时，它自然神圣而不可替代，但人以利益为重时，物的价值只能被人的好恶所拘泥。当人的道德不足以持物时，无论多么贵重的稀世珍宝，也会在争夺抢掠中颠沛流离，不仅是"雕栏玉砌应犹在，只是朱颜改"，更是"旧时王谢堂前燕，飞入寻常百姓家"。

从人类社会的发展经验来看，物得到重视的另一个理由是它的长久性，因为"在以往的所有文明中，能够在一代一代人之后存在下来的是物，是经久不衰的工具或建筑物"①，但在欧洲工业革命之后，人对物的生产参与越来越少，更多的物来源于一种物对另一种物的加工、制造，尤其是20世纪80年代3D打印机的出现，更是使物超越了人类以往的认知，服装、车辆、食物甚至人体的某一部分都可以在一台打印机中得到复制和重生。一旦一种物如同苔藓一般大量繁殖，它的价值自然是极低的，毕竟当物对

---

① 让·鲍德里亚：《消费社会》，刘成富、全志钢译，南京大学出版社2014年版，第2页。

于所有人都是触手可得、取用不尽时，它就不可能还维持着稀缺时的神圣性，在人的生活中善始善终。

至少在夏、商、周三代，物同时肩负着"礼"和"用"的重任，如鼎、俎、簋、簠、筐、盘、豆等物既使用于饮食，也使用于祭祀；钟、鼓、瑟、笙、祝等物既使用于和歌，也使用于燕礼、宾礼；冠、冕既为御寒遮羞，也为表现内在修养。这些所用之物以衣冠为肇始，儒家认为圣王对礼的重视就起始于此。除乐器之外，衣冠、食具、酒器等物因数量的急剧增长，以至于无需再身兼二职时，器物之间就出现了明显的边界划分，一部分专职于礼的器物不再被日常使用，另一部分器物则下沉为普通用具，成为日常所用之物。

物的极大丰富在改善人类生存环境、提高人类生活条件等方面固然有着不可磨灭的功用，但这不过是一种从外部考量的结果，而对于人的内在道德修养而言，物却未必起到正面引导的作用。在《庄子·外篇·天地篇》中，言子贡于汉水之南见到一个抱瓮浇地的老者，子贡见其辛苦异常，提议老者安装引水入流的机械槔，用物力替代人力。老者以"有机械者必有机事，有机事者必有机心"之论，批驳得子贡哑口无言。这虽则是道家清净无为思想的显现，但也大致代表了中国文化传统在整体上的好恶取向，而即便是崇礼尚仪的儒家思想，也并不赞同礼的精神能被物所取代。归根到底，物不过是人的附庸，当物无法为人提供精神劝诫时，对物的过分贪求便有可能带来难以预料的灾难。

礼仪文化中的中庸之道不仅适用于为人处世方面，也适用于对物的态度上。人类的生存发展不可须臾离物，纵使是"羞而不为机械者"的隐士，到底也需要用瓮来装水，说明自然之道也并非是对物质的绝对摒弃。但是在当下社会中，物几乎取代了大部分人力，许多人也丧失了原本应有的能力，使两三千年后的人得闻"昔在黄帝，生而神灵，弱而能言，幼而徇齐，长而敦敏，成而登天"（《黄帝内经·素问·上古天真论篇第一》），便犹如听神话故事一般，应该说，这便是物"越界"之后产生的结果。物的越界也并非一朝一夕之事，明人张翰在《松窗梦语》中言："今也，散敦朴之风，成侈靡之俗，是以百姓就本寡而趋末众，皆百工之为也。"①张翰对嘉靖、万历年间人心不古、争名夺利的社会风气极为不满，于是他将民众道德渐失的责任全部推到"百工"身上，认为这种现象出现的根本原因就在于物的泛滥，并由此而进一步论证曾子"德者，本也；财者，末也。外本内末，争民施夺"（《礼记·大学篇》）的结论。古圣先贤对物的认识见微知著，老子言"少则得，多则惑"（《道德经·第二十二章》），精神与物是人类生命的阴阳两面，阴阳平衡则万事和谐，阴阳不调则万事不备，精神大于物，人的生活难免捉襟见肘，如借粮的庄子、屡空的颜回，也不免要回归现实，填饱五尺之躯；而当物大于精神时，人的生存意义都需要被质疑，如以炫富称名的石崇、王恺。可见，物的一体两面都与"礼"相关，当物与礼相合，其神圣性就自然彰显，而与礼不合时，就是物的世俗性的暴露。

然而，对于日常之物而言，它更多地表现出了一种复杂性，尤其在小说叙事中，往往是对日常之物叙事，才能看出作家的创作态度、笔下人物的性情以及故事内涵的丰厚程度。如《喻世明言·蒋兴哥重会珍珠衫》中，原本恩爱的夫妻因丈夫蒋兴哥出远门经商，妻子王三巧儿耐不住寂寞，在虔婆的教唆下移情别恋他人，并将丈夫家的传家宝——珍珠衫，作为定情之物赠予了情人。王三巧儿的移情别恋既不属于冲破封建束缚的自由恋爱，也不是女性宣示独立的勇敢之举，反而是对夫妻契约的破坏，对道德的践踏。珍珠衫成为王三巧儿不忠不义的见证，并且因其贵重性和神圣性显得格外瞩目，甚至可以这样认为，如果说王三巧儿仅仅是用身体背叛了丈夫，还不至于使读者对其人厌恶至极的话，那么，珍珠衫一物就是压死骆驼的最后一根稻草，使这个美貌异常的人物格外可憎。问题在于，珍珠衫是蒋王婚姻中的一件神圣物，它的出现必然先要有许多日常之物的铺垫，也正是这些容易被忽略的日常之物，才导致了年轻的妻子行为失当。小说写薛婆接受了陈大郎的财物，要设计使二人结成露水夫妻一事，就用

---

① 张翰：《松窗梦语》（卷四·百工纪），盛冬铃点校，中华书局1985年版，第77页。

了"十来包珠子，又有几个小匣儿，都盛着新样簇花点翠的首饰"先引起王三巧儿的关注，然后等"三巧儿心上爱了这几件东西，专等婆子到来酬价"①时，又却故意将这些物件放在三巧儿处，用几天的时间来暗示信义。小买卖在通常情况下都是财货两清，薛婆此举自然使三巧儿对其好感倍增。随着计谋的深入，薛婆的破伞、篾丝箱儿，以及日常食用的时新果子、鲜鸡、鱼、肉等物都如道具一般，一方面加深了对三巧儿的了解，另一方面也获取了她的信任。到了最后一夜，薛婆更是用遗失了一条日常用的汗巾儿为借口来偷梁换柱，带陈大郎进入三巧儿内房，完成了这件丑事。日常之物的你来我往，使三巧儿迅速地落入了薛婆的圈套，薛婆从试探到蛊惑，这些日常之物起到了重要的作用，它们因过于常见，所以在礼节、道德上难以引起人的重视，但也同样因为它的常见，才遮掩不住人对礼的真实态度。

正所谓身不修则不足以平天下，因此，敬大物者必先敬小物，如若以轻薄之意对待日常之物，或在日常之物上过分追求奢靡，都是失礼、失德的起始。例如床、车以及帷幔等物，除却极其贫寒的人家外，一般都属于日常之物，只是在用材、装饰方面有高下之别，以显示贵贱之分。但即使是这些家用之物，一旦被推到了极致，也有败德之虞。在《隋唐演义》中，褚人获写隋炀帝穷奢极欲，荒淫无度，厌恶冬季寒冷无趣，"只好时刻在枕衾中过日，出户便觉扫兴"，身边妃嫔为讨皇帝欢心，连忙建议赶制大床，能"贮众美于其中"，更"须得绣一顶大帐子"。"上有好者，下必有甚焉矣"（《孟子·滕文公章句》)，于是，随从王义便献上了一张用活人发织成的窗幔，言此物"'以神胶续之，织为罗縠，累月而成。裁为帏幔，内可以视外，外不可以视内；冬天则暖，夏天则凉；舒之则广，卷之可纳于枕中。'炀帝称奇，忙叫宫人撑开。萧后与众夫人齐起身来看，只见烟气轻生，香云满室，广阔可施一间大屋"②。从物本身来说，一顶帷幔、一张容

---

① 冯梦龙编：《喻世明言》，许政扬校注，人民文学出版社1958年版，第13页。
② 褚人获：《隋唐演义》，人民文学出版社2007年版，第281页。

纳数十人的床以及床具并非难得，然而这些物既不用于军事武备，也不用于民生赈济，而用于炀帝与后宫妃嫔享乐嬉戏，于是，当一切日常之物都无所不用其极时，床便是从外域所寻的"合欢床"，帷幔是人发所织的"青丝幔"，推而广之，皇家的泼天富贵下全由百姓的民脂民膏所积，炀帝对待宠臣、爱妾越是礼遇有加，就越是陷百姓于水火而不顾，这种全小礼而失大礼的行为，终于使隋朝的大好江山也很快易主了事。

日常之物以其普通、常见的特性，可以作为一种教具而起到借物喻事、借事劝人的用途。特别是因为日常之物使用频繁，所以日用而不觉，当施教者以日常之物为契机时，这种教育就很容易成为一种潜移默化的影响。但是，耳提面命的教化终究有限，以化育天下为抱负的儒家知识分子更会通过著书立说来阐明大义，尤其是无法步入上层社会，又不至于跌入社会底层的普通文人，以精英和庶民的中间者的身份，通过文学创作有意识地建构出一种叙事模式，使日常之物与伦理道德相连，以表现出物与礼的内在契合。在《醒世恒言·赫大卿遗恨鸳鸯绦》中，一位监生专好声色，处处寻花问柳，"遇着花街柳巷，舞榭歌台，便恋留不舍，就当做家里一般，把老大一个家业，也弄去了十之三四。浑家陆氏，见他恁般花费，苦口谏劝。赫大卿倒道老婆不贤，时常反目"①。尽管古代男性在婚姻中占绝对的主导地位，但倘若对妻子外的女色过分贪求，就不仅是胸无大志的表现，更是对夫妻伦理的背弃。

礼的亏欠在于行为的堕落和道德的失守，赫大卿的非礼之举与束腰的绦带相贯穿，这一日常之物一旦涉及男女之事，就成为显露私密的线索，在绦带"解—系—解"的过程中暗示着赫大卿的轻佻与放荡。清人静恬主人在《金石缘序》中言："小说为何而作也？曰以劝善也，以惩恶也。夫书之足以劝惩者，莫过于经史，而义理艰深，难令家喻而户晓，反不若稗官野史乘福善祸淫之理悉备，忠佞贞邪之报昭然，能使人触目儆心，如听晨

---

① 冯梦龙编：《醒世恒言》，顾学颉校注，人民文学出版社1956年版，第265页。

钟，如闻因果，其于世道人心不为无补也。"①但从另一层面来看，小说中的"理"为虚，叙事中的"物"为实，虚理还需以实物为依托。赫大卿所系的绦带名为鸳鸯绦，从赫大卿命终之时以此物托付尼姑找寻妻子的言语推测，这条绦带应为夫妇结义时的信物，而且终日被赫大卿使用。遗憾的是，被寄予夫妻礼义情分的绦带并没有使其警醒，道德沦丧的结果便是赫大卿因淫欲而命丧黄泉，更为悲惨的是他在弥留之际，不仅想求见家人不得，连用作信物的这条绦带也被尼姑扔到房顶了事，于是，小说所隐含的劝诫就在绦带中显露无遗。

物与人相伴，人与礼相连。从这个层面来看，物即是人对于礼的一种反映，因为无论是神圣之物或是日常之物，在物的创作、制造和使用方面，它们都在不同程度上影响着人在行为、态度等方面所采用的方式，所以，在礼仪文化的语境中，物就是所有者和使用者在道德修养上的投射，这种投射的结果就使物在小说叙事中成为不可或缺的要素，参与着"人物"的塑造，并包含着道德评价与文化认同等诸多含义。

第二节　祖传信物的崇拜叙事

物的产生不总是来源于当下的时代，尤其在工业大生产未曾开启之时，无论是生产物资或是生活物资的制造，在很大程度上都需要依赖人力做顶替，除了物的难得对人的心理产生制约外，中国文化传统在对待物的态度上也极大影响了国人的行为，所以在相当长的一段时间内，物都被放置在一个较高的位置上，以至于对物的珍惜与否成为衡量人品道德的一个标准。在这样的环境下，即便再小的物，也需要得到尊重和重视，而这种教育首先就表现在家庭训导中，如《朱子治家格言》中就有"一粥一饭当思来之不易，半丝半缕恒念物力维艰""器具质而洁，瓦缶胜金玉"之语。

可以不夸张地说，中国人对物的态度的转变应该发生在近三四十年之

---

① 朱一玄编：《明清小说资料选编》，南开大学出版社 2012 年版，第 732 页。

中，而在这之前，都是物在见证着人事变迁而非相反。鲍德里亚这样说："在以往的所有文明中，能够在一代一代人之后存在下来的是物，是经久不衰的工具或建筑物，而今天，看到物的产生、完善与消亡的却是我们自己。"①造成这种现象的主要原因在于物在当下被过量地生产，而这些被机器生产出来的大量物品从一方面来说远远没有手工时代所赋予的情感和温度，许多日用物品遭到最多的抱怨就是远远不及从前的质量；从另一方面来说，在同类物品过剩的情况下，拥有者不可能像对待唯一的物那般，将自己的时间和情感全部分配给所有的物。法国学者安东尼·加卢佐不无见地地指出："在传统的自给自足经济中，人们基本上自己生产所需的生活用品，就算是村里其他工匠制作完成某件物品，大家也都能看到其生产过程。但是在市场经济中，我们所接触到的物品都是由遥远的陌生人经过非常复杂的过程设计并制造出来的。物品不再是劳动的直接产物，人们不再了解这些物品的生产环境、制作过程，展示在人们面前的商品愈发变得陌生而神奇了，这也是社会变得越来越拜物的过程。"②当一件物品失去了情感温度，它的价值就只剩下了使用和交换，曾经引人入胜的历史和故事都从物的表面脱离、剥落，这样的结果造成了物的生命的短暂性。以往的一件物可能会经历几代甚至更多代人的珍藏、使用，许多奢侈品牌曾以"你是在为后代保管"等广告语为自己的商品做标识，但放到当下的环境中，不用说日常用品，即便是奢侈品也早已遗忘了前世与后代，恨不得将每一次的出新视作更替。

应该说，物的更迭越快，越会使人对永恒产生向往，毕竟永恒的情感与精神相伴的是有限的生命，从某种意义上来说，精神层面的永恒往往还需要通过物做承载。在世代流传的物品中，家族传承是物得以保存的主要方式，这不仅表现在宫殿、园林、房屋等大型建筑物上，还有信物、宝

---

① ［法］让·鲍德里亚：《消费社会》，刘成富、全志钢译，南京大学出版社2014年版，第2页。

② ［法］安东尼·加卢佐：《制造消费者》，马雅译，广东人民出版社2022年版，第10-11页。

物、玩物等小型物件，这一类的物或者能代表拥有者的身份，如武将的刀剑、士人的笔砚；或者极为稀少珍贵，有着极高的价值，如珠宝玉器等；又或者是祖先在困境时使用的某一样物，以"筚路蓝缕"之意对后辈做警示。

在古典小说《水浒传》中，青面兽杨志的刀即是极为耳熟能详的祖传之物，他因失落了送太尉贺寿的花石纲而受到官府责罚，使尽金银也未能在奸臣当道的朝廷中谋求一个职位立身，又因花光盘缠后，眼见衣食不继，想来想去只能卖刀求生。杨志决定卖刀的时候仍然不愿去梁山泊落草为寇，但眼见京城又没有自己的容身之地，所以还幻想通过卖刀的钱再去其他地方找寻一份差事。祖传之物在这时如同家族的一份馈赠，使他在走投无路之际还能够有绝处逢生的机会，而且据杨志自言，这把刀的贵重之处并不是"故物"的缘故，还有"第一件砍铜剁铁，刀口不卷；第二件吹毛得过；第三件杀人刀上没血"①的三件奇处。按理说，这口宝刀既然又是祖传之物，而且还无比锋利、坚韧，杨志作为一员武将，虽然身无分文，卖刀的举动却还是有失轻率，哪怕拿去典当，等日后有了银两再行赎回也并无不可，结果遇见了泼皮牛二的挑衅，使自己又背负了一桩命案。从杨志对待祖传之物的态度看来，物的使用价值远大于它的情感意义，换言之，从这一件事上就能看出杨志并不太看重人与人之间的情感交流，这就能够解释杨志在得到梁中书重用后，又一次押送生辰纲时为何会不得人心，使一起负责押送的"那十四个人，没一个不怨怅杨志"，不仅如此，生辰纲被晁盖等人截去之后，更将责任全部推在他身上，定计"只说道：他一路上凌辱打骂众人，逼迫的我们都动不得。他和强人做一路，把蒙汗药将俺们麻翻了，缚了手脚，将金宝都掳去了"②。所以，祖传之物已经不再囿于一件物的概念，更是对一个人应变能力、责任心的一种考验，因卖刀而发生变故的杨志显然不可能再将这把刀传给自己的后代，以至于这把宝刀所承载

---

① 施耐庵：《水浒传》，人民文学出版社 1997 年版，第 164 页。
② 施耐庵：《水浒传》，人民文学出版社 1997 年版，第 219 页。

的情感便戛然而止，无法延续下去。

相较于杨志而言，金枪手徐宁对待祖传之物则是另一种态度。梁山泊好汉在大战呼延灼时遭遇大败，于是为了破连环甲马，汤隆便向首领推荐了自己的姑舅哥哥徐宁。徐宁在东京也做得一个教头，而且并未受到引诱或迫害之事，谈不上要上梁山落草。但是汤隆这样说道："徐宁先祖留下一件宝贝，世上无对，乃是镇家之宝。汤隆比时曾随先父知寨往东京视探姑姑时，多曾见来，是一副雁翎砌就圈金甲。这一副甲，披在身上，又轻又稳，刀剑箭矢急不能透，人都唤做赛唐猊。多有贵公子要求一见，造次不肯与人看。这副甲是他的性命，用一个皮匣子盛著，直挂在卧房中梁上。若是先对付得他这副甲来时，不由他不到这里。"①对于武将而言，刀与甲都是必备之物，与身家性命时刻相关，所以祖传的宝刀和祖传的金甲应该说有着同样的价值和地位。然而，杨志将刀等同于贵重之物，遇见困境时是可以拿来变现救急的，徐宁则不然，这副甲在他心里超越了任何的物，据他自己所言，这副甲是祖宗已经流传了四代的宝物，这四代中都不曾有任何闪失，之前有太尉许诺用三万贯钱来买这副甲，他即便心动也不曾卖了出去，后来既怕纠缠，也怕有什么差错，便拴在房梁上对外推托说金甲已经没有了。当物代表了家族传承时，子孙就有义务将这份传承予以持续下去，正是因为汤隆知道徐宁对这副甲的看重程度到了可以为之而舍弃功名与身份去落草的地步，因此才有了时迁盗甲赚徐宁之计，也不出汤隆所料，徐宁的这副甲一旦被盗，他果然失了方寸，最终连同妻眷都上了梁山了事。

在《红楼梦》中，柳湘莲随身所带的剑也是一件祖传之物。当贾琏得知尤三姐的意中人是柳湘莲时，便与薛蟠一起去说媒，柳湘莲听说尤三姐要一件信物取证，便在一时情急之下拿出了祖传宝剑，说："弟无别物，囊中还有一把'鸳鸯剑'，乃弟家中传代之宝，弟也不敢擅用，只是随身收藏

---

① 施耐庵：《水浒传》，人民文学出版社1997年版，第775-776页。

着，二哥就请拿去为定。弟纵水流花落之性，亦断不舍此剑。"①当人对一件物表现出超乎寻常的珍视时，那么这件物就可以视同主人的替身，柳湘莲一心想娶个绝色女子为妻，听了贾、薛二人之语后，为了表示对所做之媒的谢意，便拿出了这件祖传之物，并告诉二人这件物因为过于贵重，所以只是随身收藏而不敢擅用，以此表明自己对此事的重视。得到此物的尤三姐"看时，上面龙吞夔护，珠宝晶荧；及至拿出来看时，里面却是两把合体的，一把上面錾一'鸳'字，一把上面錾一'鸯'字，冷飕飕，明亮亮，如两痕秋水一般。三姐儿喜出望外，连忙收了，挂在自己绣房床上，每日望着剑，自喜终身有靠"②。在传统文化的语境中，鸳鸯是美好爱情的象征，因此，对于收到信物的尤三姐而言，鸳鸯剑中蕴含的深意便不言而喻。虽然这对鸳鸯剑后来未能如尤三姐所愿，更因柳湘莲的反悔而造成了一场悲剧，但祖传之物的重要性也由此可见一斑，因为柳湘莲送出的如果仅是一方手帕，尤三姐即便欣喜也未必会认为一切都水到渠成，正是因为深知祖传之剑事关重大，想来柳湘莲必然不会随便将此物拿给他人，才会"自喜终身有靠"。再从柳湘莲这边来说，如果送出去的不是祖传之剑，他即便清醒之后感到后悔，也不需要急着将定物取回，完全可以弃之不要，这样一来，尤三姐就无需自刎，一场悲剧或许能消于无形。

与柳湘莲的祖传宝剑相似的还有《儿女英雄传》中的宝砚雕弓。小说中的十三妹出身将门，从小学得一身好武艺，在一次路见不平的行侠仗义中结识了要千里寻父的安公子。为了保障安公子一路上平安无阻，便将自己随身带的弹弓借与了他，说道："你我今日这番相逢，并我今日这番相救，是我天生的好事惯了，你们倒都不必在意。只有这张弓是我的家传至宝，我从幼儿用到今日，刻不可离，如今因我这妹妹面上，借给妹夫，你千万不可损坏失落。你一到淮安，完了老人家的公事之后，第一件是我妹妹的终身大事，第二件就是我这张弹弓儿了。务必专差一个妥当的人送来还

---

① 曹雪芹：《红楼梦》，中华书局 2012 年版，第 796 页。
② 曹雪芹：《红楼梦》，中华书局 2012 年版，第 797 页。

我，这就是你'以德报德'了。要紧，要紧!"①小说中的十三妹对钱财看得极为淡薄，这不仅是由于她武艺高强，想用钱时随时都能找些不义之财取而用之，而且还有家境豪奢的忘年之交也愿意给她大量钱财，所以，十三妹所看重的是钱物之外的东西，也就是心理层面的情感和寄托。在遇见安公子时，十三妹已经父母双亡，只有父母遗留下来的物才能使她延续对亲人的记忆，在这个层面来看，无论她的弹弓是否是一件宝物，都有着非同寻常的意义，她能够将这张弹弓交付给安公子，便是对其人品的高度信赖。

故事到此本应是皆大欢喜的，不料却在安公子的祖传之物上又起了新的波折——好不容易才死里逃生的安公子，突然想起在匆忙中遗失了一块砚台，便要重回是非之地。十三妹对安公子的砚台不以为然，但安公子却解释道："姐姐，你有所不知。我这块砚台非寻常砚台可比，这是祖父留下的一块宝砚。祖父临终交付父亲。父亲半世苦功都在这砚台上面，临起身珍珍重重的赏给我说，叫我好好用功，对了这砚台就如同对着老人家一般，不可违背平日教训。日后到任上还要交还老人家。"②如果砚台仅是安公子父亲所赠之物，倒是可以解释清楚，安父也能另外再赠一块，但安家的祖父早已过世，安祖父不可能再给儿孙重新赠砚台，更不可能还镌着名号，所以，有着同理之心的十三妹也明白了这块砚台的意义，便自告奋勇帮着取回。这样一来，还弓和取砚之事也变相地成为叙事的又一条线索，使雕弓、宝砚在日后成为两人百年好合的先订之物。

从物本身来说，其原有的质地和在制作过程中融进的人工技巧，以及制作完成后的样貌都会使这件物或增添或减损价值。特别对于玉等天然材质而言，若有一块温润通透又质地细腻、纹路奇特的材料便是可遇而不可求之物，若遇到良工巧匠，更会造就出一件奇宝。在《醒世恒言·黄秀才徼灵玉马坠》中言有位家道零落的黄秀才，父母早亡只留下一块白马玉坠，

---

①　文康:《儿女英雄传》，崇文书局 2016 年版，第 115 页。

②　文康:《儿女英雄传》，崇文书局 2016 年版，第 115 页。

此物"色泽温润，镂刻精工。虽然是小小东西，等闲也没有第二件胜得他的。黄损秀才，自幼爱惜，佩戴在身，不曾顷刻之离"①。既然是家传宝物，子孙爱惜自是理所当然，但黄秀才却不像徐宁一般，不肯将家传之宝示人，结果在一次偶然闲游中遇见一位仪容古雅的老者，被老者看见了黄秀才的这块白马玉坠。老者对此物也甚是喜爱，便提出要高价购买。应该，这一类家传宝物与市面所售的珍奇宝贝并不相同，其实根本无法对价格作估量，面对老者的要求，黄秀才展现出了重人轻物的应对——既然家传之宝不能用钱来衡量，而自己又仰慕老者的道骨仙风，便干脆做了一个大人情，赠送了事。被转送出去的玉马坠成为非血缘关系的一件信物，对于黄秀才而言，这个被当做赏玩的物件即便失去了，也不会对其生活有什么影响，而对于得到了玉马坠的老者而言，却因此有了一种"报偿"的责任。于是，在黄秀才的两次困窘中，老者都及时出手予以援助，甚至为其成就了一段好姻缘，使玉马坠从珍宝上升成为一件神圣之物。祖传之物在这则小说中有了不一样的价值和使命，它不能被钱财所衡量，却能在一面之缘的相交中被赠予，黄秀才的这一举动固然是淡泊钱财的表现，但他也的确是将自己的情感全部寄托在了这块玉马坠上。具体来说，黄秀才见到老者喜爱自己的祖传之宝，便愿意慷慨相赠，体现出了君子之义；尽管身家贫寒，却也不以物换取钱财，体现出君子之仁；初次见面，能被老者的言谈所折服，并真心与之相交，体现出君子之智；虽然身上仅有这样一块祖传之物，却不以物累，体现出君子之勇；赠出玉坠后，老者甚至没有过多感谢，黄秀才也不懊恼，体现出了君子之信。由此可见，情感的叠加丰富了物所承担的意义，更使仁、义、智、勇、信的多重含义依附于物而提升了它的神圣价值。

无论是古典小说或是当代小说，祖传之物在叙事中都不时会显现身影，但与古典小说不同的是，祖传之物在当下的小说叙事中，更多的成了

---

① 冯梦龙编：《醒世恒言》，人民文学出版社 1956 年版，第 660 页。

一种家族使命的象征，如《白鹿原》中鹿家祖先赖以发家的木匣子，《最后的巫歌》中夏七发用来做法的一套用具，小说写道"那十万阴兵阴将，是爷爷临终前传给父亲的，平时密封在一个陶罐里，除非有特殊需要，才念咒掐诀，放出来行法。他们廉洁奉公尽职尽责，专门捉拿病人的魂魄归身，法事一完，立即又收回去密封。还有父亲大半辈子捉的鬼，装在一个羊皮袋里，看上去有的是一块石头，有的是一只蜘蛛，有的是一截树根。按规矩，十万阴兵阴将，父亲将在去世前传给哥哥夏良现；羊皮口袋里的鬼，父亲也会在去世前亲自作法，将它们放归四野"①。这种以有形之物传承无形使命的方式，无疑为祖传之物的叙事增添了不少神话色彩，还有迟子建在《额尔古纳河右岸》中描写的萨满的用具，虽然不是父子相传，但也可以视为祖传的一种器物。

可以看出，相较于古典小说中的祖传之物来说，当代小说更重视后辈子孙利用这些物做了什么。在徐则臣的《北上》中，祖传之物甚至成为一种情感凝结的客观存在，并承担起叙事的发展线索。徐则臣在小说中浓墨重彩地描写了邵星驰的婚礼仪式，让小波罗的罗盘在这场仪式中隆重登场，不留痕迹地完成了一段时空的叙事联系。这场在《北上》中用力最多的仪式并非是为了塑造邵星驰与他的新娘，因为那个"岸上姑娘"甚至很快就消失于叙事当中，倒是物成为了仪式的主角。在众目睽睽之下，邵炳义郑重地将怀里摸出来的红绸子包裹层层打开后，隆重地传给了儿子，并声明："我爷爷娶我奶奶时，我爷爷他爹把这个罗盘给了我爷爷。我爹娶我妈时，我爷爷把这罗盘给了我爹。我和星池妈成亲那天，我爹喝了两大碗酒，抹着眼泪把它传给了我。今天，星池和小宋结婚了，按照祖上的规矩，我把这个罗盘亲手交给星池。"②由此可见，这一段的叙事重点就在于仪式中出现的物。仪式器物的出现成为叙事在时空跨越的关键，小波罗临终前留下的遗物几经辗转，让几个家族重新建立了联系，更有机地延续了曾祖父一

① 方棋：《最后的巫歌》，作家出版社2011年版，第246页。
② 徐则臣：《北上》，北京十月文艺出版社2018年版，第116页。

辈的交集。这一段叙事又一次印证了鲍德里亚关于物会见证人类消亡的论点，由于物的存在和流传使人有了跨时空参与事情和情感的可能，因此，在需要涉及几代人的叙事中，是物与读者首先相识，其次才是物的拥有者以及他们的后代，也就是说，唯有物才能使读者产生一种连续性，将与家族相关的叙事限制在一个合理的场域进行延续。

祖传之物在后代身上既体现出了世俗的一面，也表现出了神圣的一面，物的世俗之处在于它之所以能够被祖先看重，并愿意留给子孙后代，是因为这一件物所具有的稀缺性，它必然是当时同类物中的佼佼者；物的神圣之处则在于它所承载的情感是唯一的，在"身体发肤受之父母，不敢损伤"的中国传统文化教育下，几乎每一个人都明白父母所赠之物的意义，从某种程度上来说，这是物在替代父母行使一定的看守儿女之责。父母所赠之物尚且如此，便不用说祖传之物更是包含着不止于一代父母的温度和教诲，物流传的年代越久，这种情感意义便越是重大。总而言之，家族的历史和祖先的训导往往是通过祖传之物得以承继的，当小说叙事讲述发生了的故事时，与祖传之物相关的叙事往往在历史追溯等方面起到事半功倍的作用。

第三节　奢侈物的价值认同

在物的分类中，奢侈物是相对于大众物品或普通物品而存在的，它所具有的附加价值极为高昂，其无形价值远远超出了可见价值，更远离了一般百姓的生活水平或认知范围，因此更多地出现于上流社会或权贵阶层。在物质资料还相对匮乏的社会，一部分物的使用是被严格限制的，甚至于某一种特定的颜色，也只能从属于某个特殊阶层，凡伯伦认为，"奢侈品的消费，其真正意义指的是为了消费者本人的享受而进行的消费，因此是主人的一个标志。任何这样的消费，主人以外的别人只能在被默认的基础上进行。在一般思想习惯还受到族长制传统深刻影响的那些社会里，我们总可以找到些对奢侈品的禁律的残余，至少对不自由的或从属的阶级来说，习惯上是不容许享用奢侈品的"①。普通人得到这些物的原因一般来说只有赏赐这一种渠道，否则便是僭越。

到了当下社会，物的礼法限制已经逐渐消失，但它背后的经济分隔仍然划分出了不同的阶层和等级。另外，在与宗教信仰相关的文化领域里，奢侈品即便能够被允许使用，也会在相当程度上遭到信众的排斥，其中最明显的例子便是佛教，因为这不仅与佛陀的教义相违背，也在很大程度上显示出信众无法脱俗的世俗根器，除非这些奢侈物被用来装点佛像，那么就会走向认识的另一端——只要用在佛的身上，无论多么奢侈都是必要的。当然，对于有些物而言，不论放在哪个阶层，都属于奢侈物，如在稀有难得的天然材料上被能工巧匠赋予了审美价值的物，或者具有某种特殊含义的品质卓群之物等。但对于另一些物而言，虽然平凡无奇，却在穷苦人民眼中被归为了奢侈物，这些物有可能是一个当季的苹果，或者是一件崭新的棉布衣裙，经济能力的悬殊造成了一些本不该成为奢侈物的物品也进入了与人相对立的行列。

在中国古代社会中，奢侈首先被视为一种生活态度，其次才是对物的使用，《韩非子·喻老》中有这样一则故事，言："昔者纣为象箸而箕子怖。以为象箸必不加于土硎，必将犀玉之杯；象箸玉杯必不羹菽藿，则必旄象豹胎；旄象豹胎必不衣短褐而食于茅屋之下，则锦衣九重，广室高台。吾畏其卒，故怖其始。居五年，纣为肉圃，设炮烙，登糟邱，临酒池，纣遂以亡。故箕子见象箸以知天下之祸。故曰：'见小曰明。'"意思是说箕子在一次面见纣王时，发现纣王用来吃饭的筷子由象牙所制，他因此感到十分忧虑。因为王既然使用了象牙筷子，就不会再用陶土烧制的杯子，而是要用犀牛角杯、玉石杯才能与象牙筷子匹配。由于器物如此美好，想必也不能用来盛普通的饮食，那就需要旄象豹胎这一类的奇珍美味才能衬得上象牙、犀角，进一步来说，能吃得起如此奢侈之物的人，也必然不会穿着粗布土衣住在茅屋草棚之内，肯定要穿着华丽的绫罗绸缎住在高台广室之

---

① ［美］凡勃伦：《有闲阶级论》，蔡受百译，商务印书馆2019年版，第57页。

中。这些美好却过于奢侈的物无不来自民脂民膏，欲望的放纵只会使物的品质、种类越来越登峰造极，所以这种不可持续的奢侈一旦到达了顶点，就会立即走向反面。箕子高瞻远瞩，从一对象牙筷子上就产生了对奢侈之物的畏惧心理。果然，纣王在奢靡的路上不过持续了五年，更对反对他奢侈享乐的人设炮烙之刑，就这样，纣王终于走向了灭亡。如果说叙事是对现实的反射，那么，叙事中的物便是看似虚构却真实存在的证明，这里有必要引用德国学者维尔纳·桑巴特对"奢侈"一词的定义。他说：

> 奢侈是任何超出必要开支的花费。显然，这是一个相对的概念，只有我们弄清什么是"必要开支"，才能理解这一概念。这又可通过两种方法中任何一个来确定。我们可以参考某些价值判断（例如道德的或审美的判断），主观地确认"必要开支"；我们也可以努力建立一个客观的标准来衡量"必要开支"。我们可以从人的心理需要或者从被称作个人文化需求的东西里，发现评判标准。前者随着社会风气的变化而变化，后者根据历史时期而改变。至于文化需求或文化必需品，可以随意画出一条线；然而，这一任意的行为不应与上面提到的"必要开支"的主观评判相混淆。既然如此，奢侈就包括两个方面：量的方面和质的方面。
>
> 数量方面的奢侈与挥霍同义，比如，让一百个仆人去干一个人就能完成的工作，或者同时擦亮3根火柴点1支雪茄这样一类的行为。质量方面的奢侈就是使用优质物品。在大多数情况下，这两种类型是结合在一起的。
>
> 从"质量方面的奢侈"这一概念出发，我们可以得出"奢侈品"这一概念，它以"精制品"为典型。"精制"就是对产品进行普通用途的加工之外的任何再加工。通常，精制的对象既包括原材料也包括产品外观。
>
> 既然我们能区别绝对或相对的奢侈或奢侈生活概念，我们必须以同样的方法，运用鉴别能力去分析质的奢侈的基础，即"精制品"。

如果从绝对意义上去理解精制，那么我们使用的绝大多数物品将被归入精制品之列，因为我们使用的几乎所有物品都能满足超乎我们的动物生存之上的需求。因此，我们必须从相对意义上看待奢侈需求，而且只在物品的精致程度超过流行的奢侈标准的情况下使用"精制"这一术语。这种受到严格限制的对精制品的需求应被称作奢侈需求，满足这种需要的商品应是严格意义上的奢侈品。

在这种严格限定的奢侈需求及其满足的意义上，奢侈仍可以广泛地服务于不同的目的，而且它正是在众多原因的作用下成为现实。不管一个人是向神敬献金质圣坛还是为自己买一件真丝衬衫，他都在追求奢侈。然而这两种行为还是有区别的；通过区分目的和动机，我们可以将敬献圣坛的行为称之为理想主义的或者无私的奢侈，而买真丝衬衫的行为则被称为物质主义的或自私的奢侈。在关注奢侈消费的发展时，我们只讨论后一类奢侈，由于源于自私，它为个人生活注满"无益的虚荣"。①

奢侈是一种由内而外的选择，也是一种从精神到行为再到物质的实践，在绝大部分陷入奢侈的人中，都存在一种与奢侈相契合的"我值得""我应该"等世俗观念。有了这个前提，回过头再来看"箕子之怖"，就很明显地能看出箕子与纣王对物的认知差别。《史记·殷本纪第三》中言纣王"资辨捷疾，闻见甚敏；材力过人，手格猛兽；知足以距谏，言足以饰非；矜人臣以能，高天下以声，以为皆出己之下"②。纣王觉得自己是天之子，天下没有谁能超越他，既然天下的人都能为己所用，天下之物就更不在话下，所以他对物已经超过了奢侈的用的范畴，而是使用奢侈之物，不如此似乎就无法呈现自己的天子身份。箕子作为纣王的亲叔父，并非出身贫

① ［德］维尔纳·桑巴特：《奢侈与资本主义》，王燕平、侯小河译，上海人民出版社 2021 年版，第 119-121 页。
② 司马迁：《史记》，裴骃集解，司马贞索引，张守节正义，中华书局 2014 年版，第 135 页。

寒，按理说，箕子同样有奢侈的条件和理由，但他看到了奢侈之物的本质，终究还是要落实到对人的服务上，所谓的材质、雕工等种种为物添加光彩的表面，不过是物的"相"。从筷子的使用价值而言，竹筷与牙箸并没有本质区别，但人一旦落入对物的"相"的纠结，心态就会发生极度的扭曲。所以对于箕子而言，他看重的并非是贵重之物能否服务于王的表面，而是看到了纣王对奢侈物的欲望，这种欲望才是真正葬送殷商的根本原因。反过来说，历史叙事中也有关于鸠摩罗什与郭子仪的描写，此二人的生活通常穷奢极欲，但他们并没有落入奢侈品的陷阱，于是，奢侈之物就无法通过其华丽的表面迷惑他们的心智，而是被归列于日常之物的行列当中，成为普通物的一分子。

不可否认，物对一个人的心性不仅能做探测，更能做出改变，因为物的多少和品质在很大程度上能对人的心情造成很大的影响。不用说房屋楼阁这些大物，仅说平日里拿来把玩的物件就很能评判出人的生活境遇。事实上，生活境遇的好坏对于人的性格形成有着至关重要的作用，在《世说新语》中有两则关于王恺石崇斗富的故事，说："王君夫以粃糒澳釜，石季伦用蜡烛作炊。君夫作紫丝布步障碧绫里四十里，石崇作锦步障五十里以敌之。石以椒为泥，王以赤石脂泥壁。"[1]意思是王恺家擦洗锅具的用物是用饴糖拌的饭，石崇则用蜡烛当柴火；王恺将紫色的丝布为外，绿色绫布为里的步障弄了四十里之长，石崇则用了更为贵重的锦缎将步障延长至五十里；石崇的房屋用椒泥涂抹，前番比富落败的王恺便用时下贵重的赤石脂涂墙。又说："石崇与王恺争豪，并穷绮丽以饰舆服。武帝，恺之甥也，每助恺。尝以一珊瑚树高二尺许赐恺，枝柯扶疏，世罕其比。恺以示崇，崇视讫，以铁如意击之，应手而碎。恺既惋惜，又以为疾己之宝，声色甚厉。崇曰：'不足恨，今还卿。'乃命左右悉取珊瑚树，有三尺、四尺，条干绝世，光彩溢目者六七枚，如恺许比甚众。恺惘然自失。"[2]意思是石崇

---

① 刘义庆：《世说新语》，张万起、刘尚慈译，中华书局1998年版，第890页。
② 刘义庆：《世说新语》，张万起、刘尚慈译，中华书局1998年版，第894页。

与王恺斗富的过程中，无不是以难得的奢侈之物对衣饰、车辇作装饰，当朝皇帝知道二人斗富，便偏帮舅父王恺，经常给他赠送些稀有的奢侈之物。有一次送了王恺一棵二尺高的珊瑚树，枝条繁茂错落，世间罕见。王恺认为石崇不可能有此物，便以此为炫耀并邀请石崇来观赏。石崇看了一下，举起一根铁如意就把这棵珊瑚树敲碎了，王恺见此大怒，在惋惜之余认为石崇的行为是嫉妒心使然。石崇见王恺果然发了脾气，便笑言安慰，随后就叫家人将自己所有的珊瑚树都搬来王恺家供他挑选，以算赔偿，王恺见了石崇的珊瑚树大吃一惊，枝条更为炫目而且高达三四尺的就有六七棵，而和自己适才被打碎的那一棵差不多的便更多了，看到这些珊瑚树，王恺怅然不乐、若有所思。

《礼记·曲礼》言"傲不可长，欲不可纵，志不可满，乐不可极"，从王、石二人斗富的行为来看却是一个长傲、纵欲、满志和极乐的过程。因为人在竞争下的心理很容易发生变化，只要参与竞争，那么大多数人都会希望从中得胜，否则在竞争中的精力、时间乃至金钱等投入便难以体现出应有的价值。即便是道德竞争都可能使人忘记初衷，为了赢而偏离本性，更何况在斗富的竞争中，物的多少和高下就是判断输赢的唯一标准。问题在于这些物并不来源于王恺、石崇本人的劳动或智慧，因此，对物的掌控越多，尤其是难得的贵重之物就越需要依赖他人的劳力，这样一来，无论是农夫或是渔夫，织娘或是樵人，工匠或是商贾，都不得不以自己乃至家庭生活（有时甚至是生命）的代价去供给王公贵族的需求。事实上，奢侈之物存在的意义并不在于上流阶层凭此去做身份的彰显，它的价值在于对人类审美的集中展现，一旦奢侈物沦为比拼财富的工具，它内部凝结的文化便无从谈及。

再以《红楼梦》为例，人物性格与物的多少有无，尤其是在奢侈品的所属上有着重要的联系。其中林黛玉与薛宝钗是小说中最为重要的两位女性人物，林黛玉出身巡盐御史之家，父母皆出自名门大户，所以她自小的物质环境极为优越，即便母亲早逝，父亲又中道撒手人寰，但至少在童年的生长环境中林黛玉对奢侈之物并不陌生。另外，她所寄居的贾府在吃穿用度上也不可能会亏待了这位大小姐，只是在物的使用与所有上存在着本质的区别，她能够享用丫鬟、仆人的服侍，也能品尝奇珍美馔，但除了得到的一些赠予，她几乎无法去支配贾府中的一针一线。从表面上来看，由主到客的改变不过是位置的不同，实际上则是对物的支配权的不同，从某种程度上来说，是琳琅满目又华贵无比的奢侈之物使林黛玉从一开始就将自己划定在了一个难以迈出的怪圈之内。

小说写林黛玉未进贾府时就意识到一路迎接陪伴她的几个三等仆妇吃穿用度不凡，来到贾府后，府中上下主子们所有的奢侈之物又给了她极为深刻的印象，尤其是王熙凤，曹雪芹用了一百三十六个字展现她的形象，而涉及她本人外貌和神态的描写却仅有三十六个字，其余的都在烘托王熙凤穿戴的奢侈之物。[1] 到了王夫人与贾政的居室，林黛玉看到的是"大紫檀雕螭案上，设着三尺来高青绿古铜鼎，悬着待漏随朝墨龙大画，一边是金蜼彝，一边是玻璃㿟。地下两溜十六张楠木交椅，又有一副对联，乃乌木联牌，镶着錾银的字迹，道是：座上珠玑昭日月，堂前黼黻焕烟霞"[2]。进入东边的耳房后，更有"临窗大炕上铺着猩红洋罽，正面设着大红金钱蟒靠背，石青金钱蟒引枕，秋香色金钱蟒大条褥。两边设一对梅花式洋漆小几。左边几上文王鼎匙箸香盒；右边几上汝窑美人觚——觚内插着时鲜花卉，并茗碗痰盒等物。地下面西一溜四张椅上，都搭着银红撒花椅搭，底下四副脚踏。椅之两边，也有一对高几，几上茗碗瓶花俱备。其余陈设，自不必细说"[3]。小说家在描写富贵的叙事中，能够说服读者信任的唯一工具便是那些可望而不可及的奢侈之物，这些居室内的物件无不宣告着主人的富贵荣华。可以想象林黛玉虽然不是没有见过世面的小家户丫头，但她

---

[1]　在对王熙凤出场的描写时，小说写"这个人打扮与姑娘们不同，彩绣辉煌，恍若神妃仙子：头上戴着金丝八宝攒珠髻，绾着朝阳五凤挂珠钗；项上戴着赤金盘螭璎珞圈；身上穿着缕金百蝶穿花大红云缎窄银袄，外罩五彩刻丝石青银鼠褂；下着翡翠撒花洋绉裙；一双丹凤三角眼，两弯柳叶吊梢眉，身量苗条，体格风骚，粉面含春威不露，丹唇未启笑先闻。"曹雪芹：《红楼梦》，中华书局2012年版，第39-40页。

[2]　曹雪芹：《红楼梦》，中华书局2012年版，第43-44页。

[3]　曹雪芹：《红楼梦》，中华书局2012年版，第44-45页。

的年龄不足以使她在自己家中意识到奢侈物的价值，到了童蒙初开，开始对物有了概念和鉴别时，家中又突然出现母亡父病的变故，更不会在奢侈物件上留意用心。反而是真正到达了曾听母亲不断谈起的外祖母家中，才开始通过这件奢侈物去认识、接近这个陌生的大家庭。

如果说这件奢侈的摆件还只是读者借黛玉的视线了解王侯将相家庭的一角，那么当黛玉与宝玉的玉、宝钗的金锁相遇时，才真正触动了她的自卑和敏感，并由此一发不可收拾，直到"金玉良缘"终成定局，"木石情缘"却烟消云散。小说写宝玉的玉是一件天生带来的物件，虽然是女娲娘娘补天所废弃不用的一块石头，却毕竟沾过仙气、经过锻造，又经历了百千万年的造化，所以也不可真的认为其是一块似玉非玉的顽石。黛玉在家中既然听母亲说过这个顽劣表哥的性格，就不会不知道宝玉所携之玉，且不说这块玉质地晶莹，美观举世无双，只说衬托它的物件都是"嵌宝紫金冠""金螭璎珞""用金八宝坠脚的四颗大珠"等物，就更能表明那块随天而来的玉贵重，可以说它已然超越了奢侈物的范畴。黛玉与宝玉初次见面，被问及是否身上也有这样一块玉，仔细思忖后回答说："我没有。那玉亦是件罕物，岂能人人皆有？"①黛玉的答复又一次摆明了奢侈品的真相，因为贵重稀罕，所以只能存在于少数人的生活中。到了宝钗随着母亲也客居贾家后，因奢侈之物引发的联想和冲突又一次对黛玉造成了不可逆的伤害。薛宝钗是宝玉的姨表姐妹，父亲曾常年为宫中作采办，虽说不是正经官宦人家，却也富贵无比，更何况这样的职位也不可能落在一般的商贾之家，足以见薛家的财力与势力，所以才有"丰年好大雪，珍珠如土金如铁"的谚俗口碑。这样的家庭尽管宝钗的父亲去世了，却仍有薛姨妈与薛蟠多少撑着门面，黛玉的处境显然与之不能同日而语。

在年幼时便经历了家庭变故的黛玉，又天生有着敏感多疑的性子，加上身处深宅大院，能够接触到的人、物都极有限，这使她对人与物的关注较之其他人而言便会更多。经常在一起玩耍的黛玉不会不知道宝钗身上佩

---

① 曹雪芹：《红楼梦》，中华书局 2012 年版，第 52 页。

戴着一个贵重的金项圈，而且从宝钗口中说这个金项圈"沉甸甸的"①，就可以知道它价值不菲，并非一般的金饰。不但如此，黛玉在得知这个项圈还有与宝玉之玉相配的字时，更感受到了奢侈物带来的威力。进一步来说，物的流通、交换与所属不但是对经济实力的衡量，也是对人的身份的判断标准，可以推测宝钗的金项圈与宝玉的玉上面的字也很快被回贾府省亲的元春知道了，加上王夫人有可能也会在入宫探望贵妃女儿时说起过林、薛二人的处事和风度，于是元春才会在赏赐的物件上着意平衡了宝玉与宝钗，却将黛玉与贾府的另外三位小姐等同看待。这几件事相叠加的结果预示了宝黛的爱情已经走向了死路，以黛玉的冰雪聪明不会觉察不到贾府家长们的心思，否则便不会退回宝玉想要讨好的物件，然后说："我没这么大福气禁受，比不得宝姑娘，什么'金'什么'玉'的！我们不过是个草木之人罢了。"②黛玉的言语虽然是负气，却有她无可奈何的道理所在，宝钗的金项圈不是一般的首饰，宝玉的玉更不是等闲之物，在阶层等级极为森严的社会中，所谓的门当户对往往就是物等质、等量的交换。

在中国古代这样的农耕文明中，一个真正的富贵家族并不需要时常使用金钱去购买物品，因为他们的物资主要来自土地、园林的出产，所以地主阶层会格外重视对土地、山林的占有。举例来说，在第五十三回"宁国府除夕祭宗祠 荣国府元宵开夜宴"中，说贾代化一族的佃户到年关给东府缴租，账目单里的物件有：

> 大鹿三十只，獐子五十只，狍子五十只，暹猪二十个，汤羊二十个，龙猪二十个，野猪二十个，家腊猪二十个，野羊二十个，青羊二个，家汤羊二十个，家风羊二十个，鲟鳇鱼二个，各色杂鱼二百斤，活鸡、鸭、鹅各二百只，风鸡、鸭、鹅二百只，野鸡兔子各二百对，熊掌二十对，鹿筋二十斤，海参五十斤，鹿舌五十条，牛舌五十条，

---

① 曹雪芹：《红楼梦》，中华书局 2012 年版，第 116 页。
② 曹雪芹：《红楼梦》，中华书局 2012 年版，第 347 页。

蛏干二十斤，榛、松、桃、杏穰各二口袋，大对虾五十对，干虾二百斤，银霜炭上等选用一千斤，中等二千斤，柴炭三万斤，御田胭脂米二石，碧糯五十斛，白糯五十斛，粉秔五十斛，杂色粱谷各五十斛，下用常米一千石，各色干菜一车，外卖粱谷牲口各项折银二千五百两。外门下孝敬哥儿玩意儿：活鹿两对，白兔四对，黑兔四对，活锦鸡两对，西洋鸭两对。①

在这些高档食材外，贾府很可能还能从租种棉花、桑树的佃户身上得到布匹和绫罗，当衣食所用的物得到完全保障后，住行更是不消思虑。也就是说，当社会的内循环经济发展到了相当完善的地步后，豪门大族所比拼的就是奢侈物品的质量。再回到黛玉身上来说，她虽然有贾母做庇护，但这份情感其实相当脆弱，首先是因为在重男轻女的大家族中，尽管黛玉之母深得贾母所爱，但一个不能承担延续宗族血脉重任的女儿，就不可能负责父母日后的养老送终，加上这些宅门大院中的子弟又无需父母事无巨细地亲自养育教导，那么她与父母之间的情感就只限于血缘上的联系以及出嫁前的一些记忆。也就是说，与兄长贾赦、贾政相较，贾敏所谓的得宠其实没有太多的根基，只不过是贾敏的早死触及了贾母的一些血缘回忆，这才爱屋及乌地将这份伤感移植到了黛玉身上。而以黛玉的敏感聪慧，其实早都明白贾母对自己的宠爱相当表面化，虽说贾母保障了她在长时间寄居时期的衣食住行，但这对于家大业大的贾家实在算不上是一种付出。另外，黛玉的父亲林如海去世后，贾琏从中捞到了为数不少的财产，即便是王熙凤，也在贾琏帮助林家处理完丧事后用"国舅老爷大喜"来做见面的第一句话，暗示着贾琏这次出行颇丰的收获。这一大笔横财莫说足够黛玉在贾府一辈子的花费，更是大大缓解了西府的财政危机，而这一切应该说都是在贾母的默许或是赞同下完成的。

当然，贾母对黛玉的疼惜不能完全理解为是做样子，然而如果没有真

---

① 曹雪芹：《红楼梦》，中华书局 2012 年版，第 639 页。

正宠爱的孙子宝玉对黛玉的重视，以及林家财产尽人彀中，那么贾母又该如何对待这个性格极不合群的外孙女其实是非常值得怀疑的。在黛玉短暂的一生中，最能暴露贾母内心真实想法的例证就是临死之前的一段对话，小说写：

> 贾母看黛玉神气不好，便出来告诉凤姐等道："我看这孩子的病，不是我咒他，只怕难好。你们也该替他预备预备，冲一冲，或者好了，岂不是大家省心？就是怎么样，也不至临时忙乱。咱们家里这两天正有事呢。"凤姐儿答应了。贾母又问了紫鹃一回，到底不知是那个说的。贾母心里只是纳闷，因说："孩子们从小儿在一处儿顽，好些是有的。如今大了，懂的人事，就该要分别些，才是做女孩儿的本分，我才心里疼他。若是他心里有别的想头，成了什么人了呢！我可是白疼了他了。你们说了，我倒有些不放心。"因回到房中，又叫袭人来问。袭人仍将前日回王夫人的话并方才黛玉的光景述了一遍。贾母道："我方才看他却还不至糊涂，这个理我就不明白了。咱们这种人家，别的事自然没有的，这心病也是断断有不得的。林丫头若不是这个病呢，我凭着花多少钱都使得；若是这个病，不但治不好，我也没心肠了。"①

相比之下，宝玉当年被马道婆下蛊后迷乱心智，贾母的那份悲痛才可谓由心而发，如今面对黛玉生死存亡之刻，想到的仍是外孙女应该顾全大局，不应以小儿女心肠出发。这种只顾理智而完全不顾情感的逻辑不单害死了黛玉，也害苦了宝玉，而贾母之所以与王夫人都倾向于宝钗而非黛玉果然是因为二人性情的缘故吗？答案显然是否定的。林如海的去世宣判了林家的财产与黛玉无缘，一个孤苦伶仃的弱女子无法为已见颓势的贾府带来任何可见的利益，而宝钗则不然，兄长健在意味着薛家的财产不会落入

---

① 曹雪芹：《红楼梦》，中华书局2012年版，第1134页。

旁支别系，母亲健在意味着宝钗能够得到很大程度的所有权及支配权。从贾琏、贾珍、贾宝玉等人的行为举止来看，贾家后代其实很难在仕途上再获取比父祖辈更高的地位，从小锦衣玉食、呼奴唤仆的生活也使他们无心进取，反而是沉耽于此，如果说他们还有什么头脑想法，也无非是如何维持这种豪贵的身份，从这些既成的事实中可以看出，贾家上下真正热衷的是"物"而非"情"。

甚至可以这样认为，黛玉的悲惨命运与她没有一件能震慑旁人的奢侈宝物不无关联。首先，旁人通常会将人与物捆绑为一个整体，然后通过最易定价的部分为这个整体作标注。如黛玉因体弱多病所以需要在饮食方面较之旁人更为注意，当宝钗劝告黛玉可以每日食用燕窝粥时，黛玉便推心置腹地告知："虽然燕窝易得，但只我因身子不好了，每年犯了这病，也没什么要紧的去处。请大夫，熬药，人参，肉桂，已经闹了个天翻地覆了，这会子我又兴出新文来，熬什么燕窝粥，老太太、太太、凤姐姐，这三个人便没话说，那些底下老婆子丫头们，未免嫌我太多事了。"①从这句话中可以看出，黛玉过得并不如表面所见的那般脸硬，在平日里也没少受这些婆子丫头们的鄙夷和闲气，深入来看，"《红楼梦》中贵族奢侈品消费所体现出来的奢侈想象与消费观念，不是偶然的，而是社会的使然。譬如在当时清代满族贵族之家对'八旗遗风'的眷念与永世奢华的期待，'白玉为堂金作马'的穷极奢华的热望俯拾皆是。也正是这些奢侈想象与消费观念郁结成清代末期不可治愈的顽疾而走向衰落"②的社会环境中，黛玉倘若能有一件或几件奢侈物件，不说能形成一种威慑力，至少也能像王熙凤在面对宫里公公借银子时，装模作样地让仆人将自己贵重的头面首饰典当换钱。其次，一件奢侈物能在一定程度上成为所有者的心理暗示。《红楼梦》中几位重要的小姐无不有着那么几件像模像样的奢侈物，如宝钗的金锁、湘云的金麒麟、迎春的攒珠累丝金凤首、王熙凤的金项圈，这些令读者印

---

① 曹雪芹：《红楼梦》，中华书局 2012 年版，第 535 页。
② 陈纳维、潘天波：《奢侈品：〈红楼梦〉的美学叙事维度》，载《齐鲁艺苑》2019年第 2 期，第 118 页。

象深刻的物一方面体现着小姐的身份，另一方面帮助小姐建立强大的自信——一个能拥有这些奢侈物的女子通常不会出身普通人家，即便只是为了载物，这些女子也需要培养厚德的性情，这种正向的指引使小姐们自然会端起身架，流露出贵族们的气质。

当然，林黛玉的贵族小姐身份不容置疑，但从小经历的家庭变故使她的心理与宝钗、探春等大不相同。小说中几乎从没有谈及林黛玉所拥有的奢侈物，这对于一个大家族的小姐而言几乎是不可想象的，毕竟小说明白地借薛姨妈之口表明薛宝钗从小就不喜女孩儿们的物件，但黛玉则不是，她和其他小姐们一样喜欢首饰与花红，只是她所处的环境限制了她的需求，她知道自己和贾府的小姐们其实不一样，能有一隅之地遮风避雨就已经是贾府的极大恩惠，因此根本不敢有过多的奢望。这种心理在不断的自我暗示之后逐渐变得敏感而强烈，因此，周瑞家的最后给黛玉送簪花会激起她对自我处境的哀怨，宝玉将北静王爷所赠予的香珠转赠黛玉也会引起她的不满。从表面上看，这是黛玉不懂做人所以表现得尖酸刻薄，实际上，这是黛玉的一种悲戚和发泄，她当然愿意自己也有能撑得场面的珠玉，但这应该来自父母而非他人。

在每个人都会重视物的社会中，作为物种佼佼者的奢侈品自然会被人高看一等，所谓的"狗眼看人低"无非就是被看低的人没有显示出能被高看一等的物而已。这种心态不用说世俗之人尚且如此，即便是一些出家人也不能免俗。在第四十一回中，栊翠庵的妙玉趁着贾母陪刘姥姥吃茶说话的空儿，叫了黛玉、宝钗及宝玉进房内喝茶，"见妙玉另拿出两只杯来，一个傍边有一耳，杯上镌着'瓟瓟斝'三个隶字，后有一行小真字是'晋王恺珍玩'，又有'宋元丰五年四月眉山苏轼见于秘府'一行小字。妙玉斟了一斝，递与宝钗。那一只形似钵而小，也有三个垂珠篆字，镌着'杏犀盉'。妙玉斟了一盉与黛玉。仍将前番自己常日吃茶的那只绿玉斗来斟与宝玉。宝玉笑道：'常言世法平等，他两个就用那样古玩奇珍，我就是个俗器了？'妙玉道：'这是俗器？不是我说狂话，只怕你家里未必找的出这么一个俗器来呢。'宝玉笑道：'俗说随乡入乡，到了你这里，自然把那金玉珠宝一概贬为俗器了。'"①从叙事中可见，妙玉虽然也是寄居贾家，但手中有的奢侈物足以让她说出"只怕你家里未必找的出这么一个俗器来呢"这样的话，这种底气增加了妙玉的傲气，也不由得使后来的研究者对妙玉的身份揣度再三，毕竟能用得起如此器具的绝非一般人物。反过来说，如果妙玉果然一贫如洗，手里也没有一件像样之物，很难说她是否还能保持那份个性，更大的可能是如同邢岫烟一般，不得不为五斗米而折腰，如果妙玉也落到了需典当衣物的境地，那么很难说是否还会有人愿意容忍她古怪的性格。

奢侈物在现实世界中是横亘在穷人与富人之间的鸿沟，在小说中同样是阶层分界的"地标"，它无需任何言语，就能成为所有者的一张名片，如王熙凤让袭人回家时穿的一件大毛皮氅，李瓶儿死后让潘金莲心心念念的毛皮外套，更不用说那些珍贵的珠宝玉器。美国学者戴娜·托马斯说："我们的衣着不仅反映了个性，还反映了经济状况、政治倾向、社会地位和自我价值。奢华的饰物总是高高地居于金字塔的顶端，将买得起和买不起的人分隔开。奢侈品都具有标志性的元素——丝绸、金银、宝石和半宝石，还有皮草——千百年来已得到文化上的认同，并且深受欢迎。"②奢侈之物虽然稀少、昂贵，却很少在小说中作为一种正面的形象，得到叙事的肯定。奢侈物的出现大多伴随着人物的势力、傲慢、庸俗及肤浅，而在小说家能够掌控人物命运的叙事世界中，作者必然不会为这一类人安排好的结局。尤其是在古典小说中，作为深受儒家文化理想浸润的知识分子，无论他个人对奢侈物是否认同，或是说怀有如何的态度，"玩物丧志"的理念总会成为一个大框架，对作者笔下的人物世界产生影响。夏志清认为，"一篇精彩的奇幻故事，犹如一段好的历史叙述，总要告诉我们一些有关

---

① 曹雪芹：《红楼梦》，中华书局 2012 年版，第 489-490 页。
② ［美］戴娜·托马斯：《奢侈的：奢侈品何以失去光泽》，李孟苏译，重庆大学出版社 2022 年版，第 4 页。

现实世界的重要事实"①。也就是说，奢侈物在小说中起到的作用与其说是一种文化物质化的展示，毋宁说是一种对现实的训诫——毕竟沉耽于此的人物通常会遗忘了古圣先贤的教诲与父母师长的训导，从而走上一条声色犬马之路，最终落得"白茫茫大地真干净"的下场。

现代小说出于对宋明理学后僵化的孔孟文化的反感，自然要开拓出一条不同于古典小说的路径，从好的方面来说："'五四'新文学运动开始了叙事结构形态发展新地历程，它在这方面实践的第五个主题，乃是把民族视野融入世界视野，在中西融合中推进叙事结构形态的现代化进程。"从不好的方面来说，现代小说为了显示出自己与以往不同的面貌，在矫枉过正的方面有些过于用力，以至于有些作家在与传统的撕裂中完全放弃了古典小说的叙事经验、追求以及历经千年才形成的美学素养。最后的结果是，"大部分现代中国作家把他们的同情只保留给贫苦者和被压迫者；他们完全不知道，任何一个人，不管他的阶级与地位如何，都值得我们去同情了解。这一缺点说明了中国现代文学在道德意识上的肤浅；由于它只顾及国家的与思想上的问题，它便无暇以慈悲的精神去检讨个人的命运"②。反而是不为主流作家所喜的张爱玲，在一定程度上延续了传统小说叙事的血脉，也只有在张爱玲的小说中，奢侈物还在无言地诉说着往日的荣光。张爱玲出身贵族家庭，深谙这些家庭中的是非曲直，在她的笔下，那些栖身于富贵之家的人物除却算计和争斗之外，鲜有对生活的热爱，如果读者能联想到他们的祖先是如何在家族的鼎盛时期，将这些物收入家中，并视若珍宝时，便一定也会对这些原本是"阳春白雪"的物或是沦为子孙典当度日，或是如守财奴一般四目相对地为颓败景象感到哀叹。

经过现代小说的喧嚣，面对奢侈之物的叙事，当代小说在相当长的一段时间内都保持了十分默契的沉默，因为至少在改革开放前，奢侈物与资

---

①　夏志清：《中国古典小说》，何欣等译，刘绍铭校订，上海人民出版社 2019 年版，第 18 页。

②　夏志清：《中国现代小说史》，刘绍铭等译，广西师范大学出版社 2014 年版，第 71 页。

本主义/封建主义之恶都是相等同的。那些精美而奢华的物无不来自底层人民的辛勤劳动，有时为了获取某些特殊的材料还要以性命为代价，但即便如此，劳动人民的所得却难以承担普通的物，更遑论奢侈物，所有的奢侈之物无不是聚集在上层社会中，被那些搜刮民脂民膏的贵族阶层所占有。文学经过"五四"新文化运动洗礼之后，已经不再是士大夫专属的"抒情载志"工具，而是成为政治的有机组成部分，艾青在《展开街头诗运动——为〈街头诗〉创刊而写》中写道："珠宝原是属于捞珠人的，却被偷窃了，而且被锁在保险箱里，或者挂在因闲空而发胖的女人的颈项上。"①艾青借珠宝来隐喻文学的归属，并意味深长地辨别出珠宝这种奢侈物的真正主人，问题在于，捞珠人是否需要佩戴珠宝？他们捞珠的目的如果不是卖给能买得起的主顾，又何必去冒险捞珠？但这样一来，珠宝又会落入"因闲空而发胖的女人的颈项上"。所以，为了将文学这颗珠宝归还于捞珠人，小说家就必须进行改造，认清奢侈物应该属于谁的问题。也就是说，当阅读小说的读者群发生了变化，小说叙事中的物也需要调整，作为人民的文学就必然肩负着为人民服务的重任。

有了这个前提，奢侈物从神圣到世俗的转变几乎成为一瞬间的事情。奢侈物一旦离开了劳动人民，那么，它越是稀有珍贵，就越是罪恶，直到世纪交际，这种认知才重新发生了变化，随着都市小说对乡土小说的逐步取代，以及它自身不断地完善和成熟，一些奢侈物又慢慢出现在了叙事当中，这不仅包括如铁凝的《玫瑰门》、王安忆的《长恨歌》《纪实与虚构》、徐小斌的《羽蛇》、格非的《江南三部曲》、葛亮的《北鸢》《燕食记》、叶广岑《状元媒》《采桑子》等多少带有些历史回忆性质的小说，还包括如张欣的《浮华背后》《千万和春住》、金宇澄的《繁花》、毕飞宇的《那个夏季那个秋天》、徐则臣的《北上》等立足于当下时代的叙事。在这些小说中，奢侈物不再成为被讨伐的对象，而是重新得到当下读者的向往和憧憬，但显而易

---

① 艾青：《展开街头诗运动——为〈街头诗〉创刊而写》，载《解放日报》1942 年 9 月 27 日。

见的是，古典小说中的奢侈物已经成为不可复制的历史，当下的奢侈物更多地随着广告、包装以及时尚文化的大面积推广，形成的一种新型文化标识，使人与人的情感与一个昂贵的品牌包、一支新上市的唇膏相联系，人物的成功与否体现在是否拥有几件耳熟能详的奢侈物品。费雷德里克·詹姆逊认为，"因为随着世俗社会的到来，随着生活道路、传统活动的各种仪式的世俗化，以及新的市场流动性，在一系列职业面前可以多方选择的自由，以及更加根本的越来越普遍的劳动力的商品化，我们第一次能够把一种特定活动的独特性质和具体内容与其抽象组织或目的分离开来，并孤立地对后者加以研究"①。这种现象的产生说明物与文化建立起一种新的关系，奢侈物未必如以往一般有着"真材实料"，却仍然受到世俗的追捧。

在亚文化的鼓吹下，奢侈物的神圣性被大面积剥离，拥有奢侈物无需身份、地位及知识的加持，只要有足够的金钱，拥有并享用奢侈物就无可厚非。西敏司则认为，"所谓的奢侈品其实对建立和维持权势阶层之间的社会联系具有重要的社会意义，而奢侈品与日常品的这种二分法会掩盖这一意义"②。这也证实了奢侈物与世俗紧密相连的程度，它完全变成了包裹在潮流下的一种产物，而这样的奢侈物进入小说叙事，展现在读者面前的可能只剩下了价格的标码，而非文化价值与文化美学的彰显，与之相伴的是小说本以为傲的文化美感被蒙上了时尚的遮布，不但降低了自身的价值，也远离了那些严厉、悲伤、怜悯、幽默、讽刺等珍贵情感。

---

① ［美］费雷德里克·詹姆逊：《批评理论和叙事阐释》，陈永国等译，中国人民大学出版社 2018 年版，第 188 页。

② ［美］西敏司：《甜与权力——糖在近代历史上的地位》，王超、朱健刚译，商务印书馆 2010 年版，第 101 页。

第四章　日常之物的叙事流变

在小说的叙事天地中，物可以被独立描绘，也可以被赋予人格成为人格物，但人却不能在没有物的前提下单独出现——至少得穿件衣服。因此，当作家需要某个人物上场时，总会毫无例外地或者先介绍人物的穿着打扮；或者通过人物的癖好与某种物相联系；又或者将人比拟为某种物，使读者由物及人地想象到人物的外形。总而言之，即便在完全将物虚化的叙事中，物也不可能真的隐形，反而会更加不动声色地成为叙事中不可或缺的主体。

物在叙事中的重要性并不在于它是否具有连城的价值，也不在于它是否承载着民族的文化传承，毕竟小说的世界不是博物馆，小说需要展现的是人与人之间的情感联系，以及在各种联系中所发生的事情，从而抒发作者的情怀并获得读者的认同与共鸣。但这并不是说物在叙事中不重要，相反，如果没有物的参与，那么一切关于人的叙事都无从谈起。物的重要性在于"参照"和"佐证"，只有物在场，人的情绪、欲望和感情才能得以展现。另外，在各种各样的物中，日常之物才是叙事的主体，因为在大多情况中，叙事都需要通过日常之物来实现，所以在讨论叙事中的物时，与衣食住行相关的日常之物就需要得到更多的关注。

第一节　叙事对食物的态度

"民以食为天"，食物不仅是一切有生命之物得以存在的基础，更是中华民族独特的礼仪文化得以形成的基础，其重要性自然毋庸赘言。《礼记·礼运》言"夫礼之初，始诸饮食"，可见中国古人没有将饮食简单地视作一种延续生命的行为，而是从食物的获取、烹饪、分配中找到了人之所以为人的道理所在。随着这种认知的逐步清晰、完善，不仅《周礼》《仪礼》《礼记》记载了与饮食相关的礼仪规则，《论语》《孟子》《墨子》与其他先秦诸子也用了不少篇幅去讨论饮食方式等问题，王学泰认为古人之所以热衷于此，是因为"中国人善于在极普通的饮食生活中咀嚼人生的美好与意义，哲学家更是如此。庄子认为上古社会最美好，最值得人们回忆与追求；最重要的原因就是人们可以'鼓腹而游'，也就是说吃饱喝足之后能充分享受人生的乐趣。先秦哲学家中最富于悲观色彩的庄子尚且如此，那么积极入世的孔子、孟子、墨子、商鞅、韩非等人就更不待言了。尽管他们的政治主张、社会理想存在很大分歧，但他们的哲学出发点却都执着于现实人生，他们追求的理想不是五彩缤纷的未来世界或光怪陆离的奇思幻想，而是现实的、衣食饱暖的小康生活"①。古圣先贤们对饮食的看重也深刻影响到了整个民族的志趣和追求，从王侯将相到黔首布衣，从淮南王刘安发明豆腐到大学士苏东坡创东坡肘子，食物早已成为中华民族最为津津乐道的文化传统。

再从现实生活来看，"开门七件事，柴米油盐酱醋茶"都与饮食相关，衡量一个家庭的富足与否，首先就是粮食的丰盈程度，因此，"手里有粮，心里不慌"就不仅限于饱腹，更延伸到了国家的物资、军械储备等多个方面。可以这样认为，人类的大多数行为指向在于如何找寻及储存食物上，对于普通人而言，工作的本质就在于换取能购买粮食的货币，只有在粮食充足的情况下，才有可能关注个人的兴趣与发展；而对于少部分怀抱着远大志向的人而言，他们的奋斗虽然不是为了自己吃饱喝足，却也是为了更多人能够有田可耕、有饭可食，归根到底，最伟大的志向也不外乎解决饮食的问题。

经过了几千甚至上万年的农耕历史，使中华民族对食物的情感较之世

---

① 王学泰：《华夏饮食文化》，商务印书馆 2013 年版，第 5 页。

界任何一个民族都更加深刻，晁错在《论贵粟疏》中言："民贫，则奸邪生。贫生于不足，不足生于不农，不农则不地著，不地著则离乡轻家，民如鸟兽。虽有高城深池，严法重刑，犹不能禁也。夫寒之于衣，不待轻暖；饥之于食，不待甘旨；饥寒至身，不顾廉耻。人情一日不再食则饥，终岁不制衣则寒。夫腹饥不得食，肤寒不得衣，虽慈母不能保其子，君安能以有其民哉？明主知其然也，故务民于农桑，薄赋敛，广畜积，以实仓廪，备水旱，故民可得而有也。"即是说当百姓生活过于穷苦时，就容易产生向恶的想法。贫穷的原因无非是没有足够的粮食，粮食不足的原因在于不去务农，不务农就不会把根扎在土地上，不扎根就对乡土没有感情，百姓就会像鸟兽一般，一旦发生什么事情便会失散流离。在这种情况下，哪怕城墙很高、护城河很深也无法禁止民众的流失。当人受冻时，就不会讲究衣服的质地是否轻软暖和；人饥饿时，就不会要求食物是否味道甜美；饥寒交迫时，廉耻就会置于其次。一个人一天不吃饭就会挨饿，一年不织衣就会受冻，如果一个人感到饿的时候没有饭吃，感到冷的时候没有衣服穿，就算是生他的母亲也留不住他了，更何况是他的君主呢？一个圣明的君主一定会明白这个道理，因此会使他的百姓务农种桑，减少赋税，增加粮食的积累，使仓廪充实，抵御水灾旱灾，经过这些准备，他的百姓也会越来越多。晁错的《论贵粟疏》代表有识之士对粮与民关系的认识，他们认为社会动乱的根本原因就在于人民缺衣少穿，因此将食物放置在了从承载民众到承载社稷的神圣地位，这种思想对中国人民的影响极为深入，可以说在所有关于家训、家书等与教育相关的方面，爱惜粮食都成为头等大事。即便在温饱问题已经得到解决，衣服、鞋袜越来越趋向于"快时尚"，被论次使用然后遭到抛弃的当下社会中，也没有任何人会真的认为食物不值得珍惜，浪费食物是一件不值一提的事情。

　　既然食物如此重要，它就值得人的恭敬。虽然在历史上有众多的文人认为珍惜食物是对农夫的体谅和尊重，但这其实并非食物得到重视的根本原因，食物的神圣之处在于它不但象征着生生不息的成长，更是所有生物维持生命的基础，也就是说，食物体现的是整个宇宙运行的规律，这也是为什么当人类意识到用献祭仪式来保持人与神灵的联系时，供奉给这种伟大力量的主要物品通常都是食物。英国神话—仪式学派代表哈里森也认为，"原始人不会经常记得，不过但凡任何对太阳、月亮和天空中星球内在的美丽或神奇有兴趣的人，他就会关心它们、把它们视为神圣，当他注意到这些星球带来季节的变化时，他就会举行与之相关的仪式，而他之所以关注季节的变化主要是因为季节能为他带来食物"①。应该说人类关于对食物的渴望和热爱，以及对得到食物后的交换、馈赠等行为在大体上是相似的，不同的是在有些文化中，与饮食相关的行为不过是人与人之间的仪式交往，西敏司在《甜与权力——糖在近代历史上的地位》中说："人类学自伊始阶段，便与食物和进食联系在了一起。罗伯森·史密斯（Robertson Smith），作为人类学的奠基者之一，他将'共食'作为一种独特的社会行为来研究（他对献祭宴饶有兴趣，并将其与'共食伙伴'这个概念联系在一起，用来描述人神之间的关系），他将神明与人们分享食物视为'一种对伙伴关系以及共同之社会责任的象征和确认'。'那些坐在一起大快朵颐的人们，就社会作用而言他们团结在了一起，而那些没有在一起共同进食的人们则彼此相互隔阂，既没有宗教上的伙伴关系，也没有互惠性的社会义务。'不过，罗伯森·史密斯也认为，'事情的本质在于共同进食这一生理活动'——仅仅是通过对食物的分享，就可以创造出一种人与人的纽带。"②而在中华文明中，饮食则成为众礼的基础，中国古人更重视凭借对饮食的拜奉、馈赠，去建立人与神之间的联系，其次才是人与人之间的交往。需要注意的是，中国文化中"神"的含义包括三个层面：第一个层面是指一般意义上的神明，它是一种超现实的泛指，如天、地、海神、河神、山神、风神、谷神等；第二个层面是指各类别的祖先，如三皇五帝及宗族、家族的祖先；第三个层面是指本我中的性灵，即关于自我的"意识"。由此可

① ［英］简·爱伦·哈里森：《古代的艺术与仪式》，吴晓群译，大象出版社 2011 年版，第 31 页。

② ［美］西敏司：《甜与权力——糖在近代历史上的地位》，王超、朱健刚译，商务印书馆 2010 年版，第 16 页。

见，饮食的目的虽然是延续生命，但生命的价值和意义绝不止于饱腹和存活，礼仪行为的确立，意味着人与食物之间的关系不是吃与被吃，而是关联到人格、品性等精神的层面，因此，由此而建立的礼仪体系就有了"饮水思源"的意味。

与食相关的礼仪维护了人与人之间的秩序等级，并开启了卫生的意识，在此之外，将食物置于神圣位置还引申出一种独特的民族性格。在《礼记·檀弓下》中记载："齐大饥，黔敖为食于路，以待饿者而食之。有饿者蒙袂辑屦，贸贸然来。黔敖左奉食，右执饮，曰：'嗟！来食！'扬其目而视之，曰：'予唯不食嗟来之食，以至于斯也！'从而谢焉，终不食而死。曾子闻之，曰：'微与！其嗟也可去，其谢也可食。'"意思是说齐国发生了大饥荒，有位叫黔敖的人在路上摆放食物以救饥民，在等待的时候，有一个人用衣袖遮着额眼，步履蹒跚地走来，看起来已经十分虚弱了，黔敖认为这正是自己表现慈善的时候，于是左手拿起吃的，右手拿起喝的，对那人吆喝道"喏！来吃！"这个饥饿的人听到此话，抬起头注视着黔敖说："我就是不肯吃这种嗟来之食才会弄到现在这般田地的！"黔敖一听觉得惭愧，赶忙改换了态度，一边认错一边奉上食物，不料此人却仍然耿耿于怀，终于不食而死。曾子听说后觉得很感叹，评论道："何必如此！吆喝着叫来吃当然应该走开，但人家既然已经认错，也就可以吃了。"从现在的眼光来看，饿死者固然过于倔强，但这种气节却正是中华民族能为其他民族所敬重的傲骨所在。更进一步来说，食物不仅是物，它还涵盖了多重信息，一方面是提供食物者是否具备恭敬心，另一方面是享用食物者是否具有感恩心。有着这些情感在内，食物就成为一种沟通的媒介。又如《晏子春秋·内篇谏下》中"二桃杀三士"的故事，因齐国的三位勇士对晏子无礼，晏子认为这种只有勇力却无礼义的人不能为国所用，时日久后只会成为国家的祸患，所以建议齐景公除去此三人，用的计谋便是两只桃子，使功大者得以食桃。这三位勇士中的公孙接、田开疆首先表白了自己的功勋，毫不客气地拿了桃子，余下一人叫古冶子的见状，认为自己受到了侮辱，将自己远大于前两人的功劳也诉说了一遍，然后要求二人还桃子。公孙接、田开疆听了自觉惭愧，返还了桃子后拔剑自杀，古冶子又觉得自己独生而无益，也随之自刎。桃在这个场景下超过了食物的范畴，因为它是国君当众的赏赐，于是就有了另一层关于荣誉及礼的含义，其神圣性也自然而然地得到了生发。

食物在不同场合下的地位大相径庭，当其用作祭祀时，食物便是神灵所用之物，它在信仰的包裹下被赋予了神性，孔子言："朋友之馈，虽车马，非祭肉，不拜。"（《论语·乡党》）从物的价格来看，车马必然要比祭肉昂贵许多，但因为祭肉是祭祀所用，能够通达神灵，而且代表了人对神的礼敬态度，因此，如果朋友送的是车马，那就不需要因为贵重而行正规的谢礼，反而是祭肉需要以礼回拜。《诗经·小雅·楚茨》言"神嗜饮食，卜尔百福"，"神嗜饮食，使君寿考"，还有屈原在《招魂》中言"室家遂宗，食多方些。稻粢穱麦，挐黄粱些。大苦咸酸，辛甘行些。肥牛之腱，臑若芳些。和酸若苦，陈吴羹些。濡鳖炮羔，有柘浆些。鹄酸臇凫，煎鸿鸧些。露鸡臛蠵，厉而不爽些。粔籹蜜饵，有餦餭些。瑶浆蜜勺，实羽觞些。挫糟冻饮，酎清凉些。华酌既陈，有琼浆些。归来反故室，敬而无防些。肴羞未通，女乐罗些。……酎饮尽欢，乐先故些"。文学史家对《招魂》中铺陈之物作评价时，都会注意到"它直接影响了汉赋'写物图貌，蔚似雕画'特点的形成"①。在食物并不容易获取的时代，这些黄粱、小米、肥牛、肉羹、甲鱼、全羊、天鹅、野鸭、大雁、米糕以及美酒等物应该是食物中最为珍贵的品种，而人愿意将这些最好部分拿出来供给存在于现实之外的神灵以求护佑，虽然有交易的嫌疑，但却不能否认人类涵藏在其中的虔诚和恭敬。由此可见，最为神圣的食物大多会作用于祭拜、供养等礼仪场景；其次是用作招待、宴请等仪式场合；再次才是自己与家人享用。

食物在叙事中充当了极为具体的信仰指向，食物的洁净与否、供食的恭敬与否都能看出叙事的态度。以古典小说《西游记》为例，化斋是唐僧师

① 傅修延：《中国叙事学》，北京大学出版社 2015 年版，第 206 页。

徒四人西天取经路途中的一个重要部分，可以这样认为，在他们成佛路上需要经历的九九八十一难中，有大半的是非因食物而起，不是唐僧因徒弟化斋而误入妖精洞府，就是妖精们为了长生不老而主动出击。除了唐僧肉，这部小说中的食物几乎都是瓜果蔬菜，但由于人物的神圣特性，使食物也不同于普通的俗物。特别在小说中最重要的人物孙悟空身上，读者很容易可以发现，这个并不贪吃的猴子却饱受着因食物而起的惩罚。孙悟空自跟随菩提老祖学到了神通后，自以为跳出了六道，不受天地约束，每日与猴子猴孙们吃喝玩乐，对于这群猴子而言，水果和美酒就是他们生命中最大的快乐。在闯龙宫强硬地索取了如意金箍棒等物后，孙悟空第二次与天官为敌便是为了自己能长久地享用食物，在第三回"四海千山皆拱伏　九幽十类尽除名"中，孙悟空"在本洞分付四健将安排筵宴，请六王赴饮，杀牛宰马，祭天享地，着众怪跳舞欢歌，俱吃得酩酊大醉"[①]。在醉梦中，阎王派了差役来索魂，久耽于享乐的猴王自然不甘心才学得好本事，便要重新投胎，因而大闹阎罗殿，为日后大闹天宫埋下了伏笔。食物在这里强化了猴王对长生的向往，并构建出这样一种局面——丰沛的食物不仅实现了猴子们的生命价值，更使花果山成为一个不愁吃喝的极乐世界。

对于天庭而言，极乐的人世间显然不应该受到赞赏和鼓励，因为这不仅弱化了天庭的价值，更是一种冒犯。于是，太白金星几次建议玉皇大帝对神通广大的猴王进行招安，应该说这的确是个笼络孙悟空的好主意，却又一次在食物上割裂了这种好不容易建立起来的联系。作为一只猴子，无论他如何脱凡成圣，必然还存有自己的本性，玉帝令悟空掌管蟠桃园首先就是一个用人不察、识人不当的决定，并且在蟠桃会上的特意摒弃更是一次失误。蟠桃会的变故表明，天宫的食物既是对身份的认可，也是一份从高至下的奖赏。依据七仙女的说法，不久前才于蟠桃园右首起了齐天大圣府的府主也应属被邀之列，但却不曾听说孙大圣受邀，可见，这场几乎囊括了天界所有人物的仪式，刻意回避了孙悟空。

---

①　吴承恩：《西游记》，人民文学出版社 2020 年版，第 36 页。

当然，从叙事的考虑来看，孙悟空也必须被回避，原因在于，第一，揭示封建统治者"招安"的虚伪面具。悟空觉察到"弼马温"的官职是对其不谙人事的羞辱之后，弃官而走并自封"齐天大圣"，天庭立即派天兵天将捉拿，不想屡屡受挫，又见悟空只因"官瘾"作祟，便加封空衔。在天庭看来，悟空尽管受封，却非正途，因此在涉及边界划分的仪式场合中，悟空"编外"的身份就显露无疑。第二，制造情绪落差，如果悟空已经受邀却仍破坏蟠桃会，人物就失去了基本道德，神通广大的本领只会遭到厌恶，所有的行为就成了胡搅蛮缠而非对封建势力的反抗。只有他应该受邀却不受邀，才有了被同情的情感基础，大闹天空即使不合法却并非毫无缘由，这样一来，孙悟空虽受镇压但终能得救就有了可能。第三，激化矛盾，为扩大冲突做准备。孙悟空是一个天产的石猴，猴类的本性在这个人物身上表露无遗，其中关键的一点就是群居性。这种性格特点注定了让悟空无法接受自己被群体排除在外，因此，蟠桃会没有邀请其他人或许尚可，但没有邀请掌管蟠桃园的孙悟空就必然成为不可容忍的挑衅。只不过这样一来，食物就成为一种压迫的工具，它从延续生命的一面走向了终结生命的一面，那些无论是能令人长生不老的蟠桃还是仙丹，因为不恰当地被地位低下的孙悟空所享用，于是便成为使他遭受酷刑的证据。

对食物无可奈何的依赖，使肩负赎罪重任的唐僧师徒四人①因此而不断受难。其中在第二十四回"万寿山大仙留故友　五庄观行者窃人参"中，镇元大仙引以为傲的仙家宝贝便是如同婴孩一般的人参果，这种果子的生长周期甚至远超王母娘娘的蟠桃，因此它的效力也有过之而无不及。因为人参果的稀有和难得，使镇元子在对待这种食物时的态度，很难令读者看出这是一个连观世音菩萨都要礼让三分的得道高人，因为他对物的执迷与俗世之人毫无区别，他丝毫不理会"物有其数"的道理，即孙悟空师兄弟三人虽然够不上吃人参果的等级，但是他们既然能吃到，就有一定的原因和

---

① 唐僧前身原为金蝉子，因不听说法，轻慢大教，因此真灵被贬，转生东土；孙悟空因大闹天宫被压于五行山下；猪八戒因调戏嫦娥遭贬；沙僧因失手打破琉璃盏而被贬；白龙马因烧毁玉帝所赐夜明珠而受重责。

道理在其中。另外，所谓神通广大的镇元子面对人参果树被孙悟空推倒的事实后，能够想出的办法竟然是如同孩童一般的报复和索赔，这两点在不同程度上淡化了人参果树作为"仙家宝贝"的光彩，使神圣的食物又一次沦为世俗的道具。从唐僧师徒到达五庄观一直到孙悟空请来观世音菩萨救活人参果树，食物承担着整个故事的叙事脉络，唐僧一行人进入五庄观是为了借锅煮米，童子奉师父之命以人参果款待，是以食结缘，无奈唐僧肉眼凡胎误以为人参果是血肉之躯的孩童，食物的必要价值就急转而下，成为肇祸的端倪，就连清风明月为了稳住此四人而安排的"酱瓜、酱茄、糟萝卜、醋豆角、腌窝蕖、绰芥菜"等小菜都成了不怀好意的诱饵，认识的改变使叙事节奏立刻紧张了起来，人困马乏的唐僧师徒本应该从从容容地就餐、休息，却因人参果的变故完全消解了对饮食的渴望。这个由食物而起的冲突必然也得通过食物来解决，奈何不了镇元子的孙悟空虽然神通不小，却也无法带着师父和师弟们从镇元子手上逃脱，只有在人参果树起死回生之后，双方才终于达成了和解。

需要注意的是，五庄观之难中没有一个妖魔鬼怪，也没有一个邪门歪道，一方是已经成仙得道的道家神仙，另一方则是宿智命通的佛家弟子，他们双方尚且为了食物生出这样一段波折，就更不用说那些将唐僧肉视为长生不老药的妖精们。在第四十七回"圣僧夜阻通天水　金木垂慈救小童"中，观音菩萨的金鱼下地为妖，在通天河里兴风作浪，强迫陈家庄的百姓对其做供养，"这大王一年一次祭赛，要一个童男，一个童女，猪羊牲醴供献他。他一顿吃了，保我们风调雨顺；若不祭赛，就来降祸生灾"[①]。从这个号称灵感大王的妖怪的角度来看，自己既然比凡人更有神通，那么就应该享受凡人的供养，只有自己吃饱了，照看一下凡人便算是举手之劳。如果只从数量来看，灵感大王要求的贡品并不算过分，毕竟猪八戒初来乍到，就将陈家村"一石面饭、五斗米饭与几桌素食"吃了个一干二净还嫌不

---

① 吴承恩：《西游记》，人民文学出版社 2020 年版，第 628 页。

够，要村人们"再蒸去！再蒸去！"①所以说，令陈家庄百姓感到恐惧和厌恶的并不是食物的数量，而是食物的内容。对于人而言，人为万物之灵，猪羊等兽类虽有生命，但被人所食也是天经地义，在世俗的世界中，很少有人会认为牲畜的生命同样是神圣的，人不该视动物的生命为草芥而食用，所以，在一般人看来，用少数的猪羊等物供奉神灵或妖怪，来换取一年的风调雨顺其实是个相当合算的交易，但如果这需要以儿女为代价的话，却又得不偿失。毕竟，用儿女换取的风调雨顺一方面使陈家庄的百姓们失去了后代继承，另一方面又将人降低到与猪羊，甚至稻谷、蔬菜相同的地位。这样一来，不但人的神圣性无从体现，不可持续的"风调雨顺"也失去了应有的意义。

印度智者室利·阿罗频多说："凡世俗之所欲得者，子孙，财富，享乐等皆以牺牲奉祀为正当方法而可致，雨亦可致，民族之富，庶，长存亦在确然可保；人生则为人与神之持续献酬，以神之所赐者转奉于神，而果报乃增其富足，受其保障，得其瞻养。是故一切人类行业，几于皆当副之以牺牲奉祀而化为圣礼；非如是虔诚奉献之行业必获诅咒，不先之以仪文祀典之享乐则为罪恶焉。甚至救度与至善，亦当以仪式上之牺牲奉献而得。是故祭祀礼仪永不可废。"②按照这种说法，人类的聪明智慧和辛勤的努力几乎毫无价值，人所向往的一切幸福和美满都来自祭祀，姑且不论这种论断是否合理可行，只说人对神的绝对依赖就已经失去人的存在价值，这个道理正如动物不会仰仗对人类的祭祀和崇拜去换取自身存活的质量，所以人对神的祭祀应该出于"敬"而非"求"的心理，否则便会有如灵感大王一般的山精水怪混杂于神仙之列。但不可否认的是，这种用牺牲来祭祀的论断十分深入人心，尤其是在迷信的百姓群体中，当他们面对天灾人祸而无能为力时，祭祀的价值就不仅在于为他们提供了一条解决问题的办法（尽管不一定有用），更在于给了他们一个能够坚持的理由和一份面对未来

---

① 吴承恩：《西游记》，人民文学出版社 2020 年版，第 627 页。

② ［印］室利·阿罗频多：《薄伽梵歌论》，徐梵澄译，商务印书馆 2003 年版，第 61 页。

的希望。王仁湘在《饮食与中国文化》一书中说：

> 中国新石器时代，已经开始筑造神庙和祭坛，红山文化和良渚文化遗址，都发现过具有相当规模的祭坛遗迹。史前人献祭的食物主要是"牲"，杀"牲"时既杀兽也杀人，在发现的祭坛遗迹周围，既见有人骨，也见有兽骨，这些应是当时一次次献祭的牺牲。农耕部落崇拜地母，史前人认为对地母最大的敬意就是祭献人牲，以人血灌地，以求农作物能有好收成。仰韶文化的一些遗址发现过不少非正常死亡者的埋葬坑，不规则的土坑中埋着没有常规葬式的死者，有的还与牲畜共埋一处，这很可能就是杀祭人牲的遗迹。到龙山时代，这种杀祭更为普遍，发现不少无头死者和多人丛葬坑，可能大多属于杀祭遗存。齐家文化见到一些用河卵石围筑的石围圈，圈内外有砍头的怀胎母牛、完整的羊、砍残的牛羊肢体的骨殖，还有钻灼的卜骨和灰烬，这也无疑属于一种献祭遗存。向神灵祖宗献上自己豢养的牲畜乃至亲人的生命，人们相信是会有作用的，以为用这样的方式能实现那些不易实现的愿望。①

有了这个前提，再来看陈家庄人的困恼，就很容易发现，虽然《西游记》故事发生的背景是唐太宗年间，但叙事中所表现出来的生命观已经又进步了近千年，生活于明朝的吴承恩对于"人牲"的态度是十分反感和厌恶的。因此，在写灵感大王要求每年都要供奉童男、童女的要求时，吴承恩明显是站在人类中心主义的立场上，认为人类的力量虽然不及神灵，但是人生而有灵，远远高于成了精的动物和不曾成精的动物。每一个成人都由童男童女而长成，如果成人能安心将自己的子女当作食物贡献给神灵，换取自己的丰衣足食，那么人不仅不能称为人，而且断送了延续血脉的所有

---

① 王仁湘：《饮食与中国文化》，广西师范大学出版社 2022 年版，第 538-539 页。

可能性。只不过，陈家村人忘记了这位灵感大王并非人类，它眼中的人与人眼中的猪羊并无两样，无法与人共情的动物自然不可能得到人类真诚的供奉，原本神圣的食物在这里也被蒙上了阴影。因此，当孩子成为祭物的一部分时，祭物的神圣性立刻就发生了改变，表现出来的只有血腥和残暴。

如果说《西游记》中以人为食物的描写还有善/恶斗法、彰显神通的叙事需要，那么在非神话小说中，人被当作食物的叙事就呈现出了深刻的现实意义，这时候人既不是作为牺牲供奉给神灵，也不是作为陪葬献给贵族，而是成为一种肉食填满他人的口腹。在传统理解中的小说"属于再现艺术，它应该真实地反映、摹仿、再现社会生活"[1]，所以当人成为食物后，就很容易能看出在饥饿的环境中，食物没有丝毫神圣可言，哪怕是人，在饥饿者的眼中也不过是会说话的动物。在《醒世姻缘传》中，讲明水镇因为人心不善，老天便生出了惩戒世人的心来，该下雨时大旱，不该下雨时却狂风暴雨，几次下来，就将庄稼摧毁殆尽，结果"这些人恃了丰年的收成，不晓得有甚么荒年，多的粮食，大铺大腾，贱贱粜了，买嘴吃，买衣穿。卒然遇了荒年，大人家有粮食的看了这个凶荒景象，藏住了不肯将出粜；小人家又没有粮食得吃，说甚么不刮树皮、搂树叶、扫草子、掘草根？吃尽了这四样东西，遂将苦房的烂草拿来磨成了面，水调了吃在肚内，不惟充不得饥，结涩了肠胃，有十个死十个，再没有腾那"[2]。人对食物的渴望是层层加码的，在饥荒刚开始时，许多人还会有些理智和人性，找不到粮食便用草根树皮顶替，可到了饥荒极为严重时，生存就成了动物的本能，人类的所有思考和诉求都只剩下了对食物的掠夺和占有，在这种时候，"不要数那乡村野外，止说那城里边，每清早四城门出去的死人，每门上极少也不下七八十个，真是死的十室九空！存剩的几个孑遗，身上又没衣裳，肚里又没饭吃，通像那一副水陆画的饿鬼饥魂。莫说那老媪病

---

① 叶朗：《中国小说美学》，北京大学出版社 1982 年版，第 3 页。

② 西周生：《醒世姻缘传》，人民文学出版社 2015 年版，第 419 页。

媼，那丈夫弃了就跑；就是少妇娇娃，丈夫也只得顾他不着。小男碎女，丢弃了的满路都是。起初不过把那死了的尸骸割了去吃，后来以强凌弱，以众暴寡，明目张胆的把那活人杀吃。起初也只互相吃那异姓，后来骨肉天亲，即父子兄弟、夫妇亲戚，得空杀了就吃。他说：'与其被外人吃了，不如济救了自己亲人。'那该吃的人也就愿情许人杀吃，说：'总然不杀，脱不过也要饿死。不如早死了，免得活受，又搭救了人。'相习成风，你那官法也行不将去"①。从食人者的角度来看，为了自己生存而去侵害他人生命的行为，已经丧失了人性的根本，食物就成了他们的"照妖镜"。另一方面从被食者的角度来看，能够认为自己被食是对他人的一种搭救时，又展现出了人性的伟大。对于人而言，所谓的食物，顾名思义便是能食之物，但细究起来，"能食"还包含了另外两层含义：第一，能食未必可食，有些物的能食只在于吃了令人不至于饿死，但连续几次下来便会引发人体各类功能的紊乱，最终仍会因食而死；第二，能食未必应食，无论在什么文化中，同类相残都不会是一种褒扬，所以当一个时代沦落到人食人的境况中，也就失去了文明可言。

进一步来说，虽然有"人为财死鸟为食亡"的俗语，但人贪敛财富终究还是为了食物，不会有人甘愿饿死也要捧着大把的金子，所以在涉及与食物相关的叙事时，食物的来源、种类以至于食用方式都值得格外注意。正如人在世间生存的目的肯定不是供他人食用，但在极端情况下，人食人的现象又确然存在，这一现象一旦在叙事中出现，其背后的社会背景、民俗心理、信仰方式以及善恶标准便都能轻易得到呈现。黄应贵认为，"从人类学的角度来看，我们选择吃什么，何时吃，怎么吃，和谁一起吃，绝对不仅是生理过程和供需关系而已，更是社会关系、文化偏好和物质资源价值判断与选择的反映"②。从这个角度来看，食物不仅是一种切实存在的物，更是一种具有象征意义的物，它与被食人存在着与精神相关的联系，

① 西周生：《醒世姻缘传》，人民文学出版社 2015 年版，第 484-485 页。
② 黄应贵：《物与物质文化》，中央研究院民族学研究所 2004 年版，第 173 页。

因此，在鲁迅著名的短篇小说《狂人日记》中，食物才能成为一种民族病疾的隐喻，隐藏在咽喉背后的肠胃几乎就是文化的地狱，那些将人视为食物的食人者，在吞噬了孩子的同时也吞噬了一切的希望。

无论在什么样的情形下，饥饿都是一件令人难以忍受的事情，在反映现实和人生的小说中，个人食物的短缺总会有些具体而且特殊的原因，如在《平凡的世界》中，在整个社会都普遍贫瘠的环境下，王满银的缺衣少食是由他懒惰不诚实的性格导致，孙玉亭缺少食物的原因则是他行为不切实际的结果，反而是负担极重的孙玉厚老汉一家，虽然食物既不丰盛也未必可口，却从未让家里人忍饥挨饿，并终于在孙少安兄弟的努力下，使家人过上了吃穿不愁的生活。可见，食物总是以不同的方式对人物的品性形成检验，虽然谈不上神圣但也并不世俗，却在这种检验中区分出了人性的神圣与世俗。又如当代作家王火在《战争和人》中用了相当长的一段篇幅描写国民党官商勾结，竟然在国家风雨飘摇，处于水深火热之时举办"猴脑宴"。小说的主人公童霜威时任国民党秘书长，由于同情共产党且不满国民党的腐朽作风而被逐渐边缘化，但童霜威毕竟担任要职多年，有些另有目的的国民党高官仍然对其拉拢，这种拉拢的方式首先就需要通过食物来做铺垫。对于这些饱食民脂民膏的人来说，他们躲进小楼成一统，根本不在乎在资源短缺、物价飞涨的情况下，老百姓和抗日将士们根本食不果腹，真正需要食物的人眼睁睁地在饿死，而高档的牛排、红酒、鸡鸭鱼肉却在腐败的国民党官员眼中不值一提，只有匪夷所思的猴脑等物才值得摆上餐台。

应该说，凡是在历史上被记载可食用的驼峰、熊掌、猴脑、猩唇、象拔、豹胎、犀尾、鹿筋等所谓"八珍"的叙事，大多都与奢靡、残暴相关，几乎没有哪一位道德高尚的君子士人会将口腹之欲建立于动物的极度痛苦之上，所谓"君子远庖厨"的真实含义也就在于培养人的不忍之心，从而树立一种为天地万物立心的精神境界。西周生在《醒世姻缘传》中讲得十分透彻，他说："若把这忍心扩充开去，由那保禽兽，渐至保妻子，保百姓。若把这忍心扩充开去，杀羊不已，渐至杀牛；杀牛不已，渐至杀人；杀人不已，渐至如晋献公、唐明皇、唐肃宗杀到亲生的儿子。不然，君子因甚却远庖厨？正是要将杀机不触于目，不闻于耳，涵养这方寸不忍的心。所以人家子弟，做父母兄长的务要从小葆养他那不忍的孩心。习久性成，大来自不戕忍，寿命可以延长，福禄可以永久。"①可以这样认为，当人需要用猴脑等物去刺激味蕾时，那必然是认为普通食物已经不值得入口，否则，这种需要通过残忍行为才能获得的食材就绝不会被认可。小说中的童霜威在好奇心的驱使下，终于见识到了猴脑宴的真面目：

　　季尚铭陪着童霜威由大厅走向餐厅，见通向餐厅旁的过道里，放着一只狭小的高度与桌子相仿的木笼。木笼下装有可以滚动的小铁轮，木笼里面囚着一只大猕猴。

　　木笼狭长，正好卡住整个猴子的身体，猴子只能站着不能蹲坐。猴头卡在囚笼上边。猴子脑袋上的毛已经剃得精光，猴子脸孔通红，奔拉着多皱的眼皮。近前就闻到一股酒味，猴子闭着眼，腮如桃花，像沉睡一般。

　　季尚铭笑着用手指指说："童秘书长，看到了吧？我们的'醉美人'正像史湘云醉卧着哩！今天吃两只姐妹猴，这是姐姐，成了'醉美人'了！还有一只妹妹，在后面养着。"

　　童霜威惊奇地问："它喝了酒？"

　　季尚铭笑道："用酒灌醉的！醉猴的脑子更鲜美，带着酒香。我们给它灌的都是上等好酒。再说，上天有好生之德，美人醉了，受那一刀之苦就无所谓了！"

　　童霜威看着那只面如桃花的醉猴，听了季尚铭的话，觉得残忍，说，"醉猴怎么吃法？"

　　……

　　季尚铭又兴致勃勃地介绍："先君在日，最讲究吃猴脑。但如非

① 西周生：《醒世姻缘传》，人民文学出版社 2015 年版，第 10-11 页。

重大喜事或有贵客，轻易不摆猴脑宴。这套银台面，是先父祖传下来的。我们季氏的亲友，都知道有这副银台面，可是真正享用过它的人并不多。我们早先有个厨子绰号叫'洪一刀'，是个削猴子天灵盖的能手，挥手一刀，干净利落，猴子天灵盖削得不多不少，不深不浅，正好与这银台面上的空洞天衣无缝。一刀削下去，天灵盖飞了，那'醉美人'的脑子还在一跳一蹦活动，吃它个新鲜，可称一绝。可惜此人去年病故了，今天请来的是他兄弟，也精于此道，但比起洪伯来，总要逊色了！"

……

季尚铭做着手势说："我们季家的吃法跟你们上海、南京一带人冬天吃火锅差不多。在银台面上，放上两只包银的铜火锅，里面备有滚开的上等肥嫩鸡汤，另外端上各色作料，用银匙从活猴的头里舀出猴脑，用滚开的鸡汤烫熟，配上作料，鲜美无比，是长生不老滋阴补阳的珍品！"[1]

这一段对人以猴脑为食的描写令读者瞠目结舌，其原因绝不在于食物的稀有罕见，而是人何以能够残忍、无情到不如《西游记》中的妖怪。小说家用来区别人物边界的一种叙事手段，便是从不同的人如何看待这种少见食材上下功夫，人物的态度和情绪完全暴露了他们的内心世界。对于童霜威而言，尽管他对食用猴脑持有好奇心，但应该不曾料想竟然是如此这般的食用方式，猴子的痛苦呻吟几乎成为他在宴席上挥之不去的梦魇，这使食物的功效、滋味都成为一种自我道德的叩问。只是，令人惊诧的是，除了童霜威之外，无论是作为主人的季尚铭，还是作陪的商人、劝酒的服务员，猴脑在他们眼中都是一件十分正常的食物，它之所以被郑重对待，只是需要花费更大的力气去做准备。猴脑一步步走上餐桌、进入汤匙的过程，也是叙事得以推进的过程，季尚铭在介绍猴脑的过程中提到了要用酒

---

[1]　王火：《战争和人》，人民文学出版社 1993 年版，第 583-585 页。

灌醉猴子，以减少它被厨师割去天灵盖时感受到的痛苦，但这种假惺惺的怜悯很快就暴露了主人的真实目的，不用说清醒的猴子有可能发生的哀嚎和挣扎有可能会影响食用者的心情，只说季尚铭在描述带着酒香的猴脑时的神往，就足以证明食物指向的是人类欲壑难填的丑陋嘴脸。在猴脑与鸡汤、鸽子蛋，甚至葱花、胡椒粉等物同在一张桌子上等待食用的时候，猴脑的本质并不比其他的食物更高贵，只不过是作家为了营造出一种叙事氛围，才会被细致入微地展示于读者的面前。

食物与人物的联系是一种由表入里的联结关系，在一定的场合下，食物不仅是主人诚意的表现，还是一种品位的彰显，于是，食物本身以及承载、搭配食物的其他物就都成为某一叙事目的的修饰物。将猴脑作为食材的传统在季尚铭家中至少已经传了祖孙三代，家里还专门有开天灵盖的厨师，除此之外，季尚铭在这次宴客时使用了祖传的银台面来撑场，从这些行为来看，猴脑的高贵性无可置疑，即便是此次宴会也可以看作对"神圣"的实践，只是季尚铭用世俗价值去划分三六九等的行为背后，体现出的还是一种世俗心态——受邀请的童霜威与他的关系并不十分密切，童霜威之所以有资格参与猴脑宴的主要原因就是他的地位、资历和人脉。这些被一般人所看重的东西并不是一个人与生俱来的天赋，也不是后天勤学苦练的本领，而将其他任何一个人放置在童霜威的官职上，都能成为季尚铭的座上宾，然后在猴脑宴上享有一席之地，由此可以推断，主人越是要通过彰显贵重食物的神圣性来获取某种利益交换，便越是会落入世俗的境地。

食物在叙事中表现出了相当的复杂性，一方面它能进入最高层级的祭礼，成为神圣的一部分；另一方面它停留在难以引人注目的角落，仅仅为了人物的行为举止不至于过分空洞，而成为叙事的一种道具。在这有着天壤之别的两者之间，食物还散落在各种日常仪式行为当中，应该说，这也是食物需要受到应有重视的描写。这不仅是因为食物构成了礼仪的一部分，许多叙事对待它的态度都谨慎而且细致，更是由于食物中还暗含着中华民族的文化修养与审美意识，使其构成了一种独特的文化美学。以《红楼梦》为例，读者乍眼看去小说中满是贵族们在吃吃喝喝，但倘若果真认为如此，就极大地辜负了曹雪芹从饮食中写人写文化的深意。如林黛玉初入贾府后的第一次晚饭，虽然称不上是正规的宴席，却在人物的座次、行为举止中可以看出钟鸣鼎食之家的秩序，小说写贾母唤下人传了晚饭后：

> 王夫人遂携黛玉穿过一个东西穿堂，便是贾母的后院了，于是进入后房门，已有多人在此伺候，见王夫人来了，方安设桌椅；贾珠之妻李氏捧饭，熙凤安箸，王夫人进羹。贾母正面榻上独坐，两旁四张空椅，熙凤忙拉了黛玉在左边第一张椅上坐下，黛玉十分推让，贾母笑道："你舅母你嫂子们不在这里吃饭。你是客，原该如此坐的。"黛玉方告了座，就坐了。贾母命王夫人也坐了。迎春姊妹三个告了坐方上来。迎春便坐右手第一，探春坐左第二，惜春坐右第二。旁边丫鬟执着拂尘漱盂巾帕。李、凤二人立于案旁布让。外间伺候之媳妇丫鬟虽多，却连一声咳嗽不闻。饭毕，各各有丫鬟用小茶盘捧上茶来。当日林如海教女以惜福养身，每饭后必过片时方吃茶，不伤脾胃；今黛玉见了这里许多规矩，不似家中，亦只得随和着些，接了茶。又有人捧过漱盂来，黛玉也漱了口。又盥手毕。然后又捧上茶来，这方是吃的茶。①

这段以黛玉视角所看到的晚饭场景虽然日常，却也是一场以小见大的仪式，李鹏飞指出，"据《红楼美食大观》一书统计，120回本中写到的食品有186种"，又据"胡文彬先生所制《红楼梦中肴馔名目一览表》统计，前80回中，人工制作饮食80种，干鲜果品14种"。② 但在主要人物黛玉进入贾府的第一次晚饭中，除茶之外，作者却没有提及所用到的食物，读者只能从众人安之若素的举止来看，食物应该就是她们平日的所食，后面出现的琳琅满目的食品并没有因为黛玉初来乍到而有所提前。这样安排的目

---

① 曹雪芹：《红楼梦》，中华书局2012年版，第47页。
② 李鹏飞：《人莫不饮食也，鲜能知味也——谈〈红楼梦〉与饮食文化》，载《红楼梦学刊》2020年第4期，第85页。

的一方面是通过食物的日常性来展现钟鸣鼎食之家的世俗一面，另一方面也通过食物暗示黛玉在贾府中得不到真正的看重。当作家不能也不应该对叙事中的人情百态去指手画脚时，叙事中的物就有了引导读者自行做判断的使命，这种使命与其说是推理，毋宁说是通过观察来获得对叙事时空、叙事人物的认识。尤其在完全不愁吃穿的人家，食物透露出的文化审美使其与世俗的烟火气产生了一定的距离，因为食物世俗的一面就是生命的能量源，而非对感官上形成某一类的刺激，但无论是食物被食用或是器物被食用，叙事的真实又恰恰体现在人物对世俗之物的"用"上。

又如第四十回"史太君两宴大观园 金鸳鸯三宣牙牌令"中，刘姥姥感激自己第一次进荣国府得到了帮衬，于是将自家菜地里的瓜果带了好些"尖儿"作为回报送来了荣国府。刘姥姥的这次来访被贾母得知，贾母喜得有个差不多年龄的老太太可以说说话，便留下刘姥姥在荣国府住了两日。在这两日中，从鸽子蛋到茄鲞等食物不仅推动了叙事的进程，更留下了叙事线索，使能用十来只鸡配茄子的家庭到日后败落时连子女都无法庇护，令伏脉千里的叙事手法有了更为深远的含义。陈嘉映认为，"作品让现实以一种新的方式成象。作品不只是反映现实。作品一开始就是一种建构，经过如此这般的建构，原本看不到的，会显现出来，原本看不清的，会看得比较清楚"[1]。因此说，无论是叙事中看得到的具体食物还是被隐藏、需要读者去联想的食物，都是叙事语言的一种现象，作家只是用食物帮助读者感知到一种跨越时空的真实，然后才凭借此，将文化的美感逐级推进，展现出一种只能通过叙事才得以保存的神圣性。

饮食作为中华文化中重要的一个部分，从古到今的小说家都或多或少地保留了一份对食物的执着与热爱，并将这份对食物的情感置入叙事，使读者在阅读中增加了对饮食文化的了解。孔子言："人莫不饮食也，鲜能知味也。"（《礼记·中庸》）即便一部小说完全围绕着饮食而展开叙事，如当代作家陆文夫的《美食家》、葛亮的《燕食记》等作品，那些能够有幸触

---

[1] 陈嘉映：《无法还原的象》，华夏出版社2016年版，第100页。

摸、品鉴到最高等美食的人物，却也大都历尽沧桑，饱尝了人间的疾苦，这种用舌尖上的美食和生活中的荆棘做反衬的叙事，使读者不再将目光停留在世俗的尘埃上，反而从柴米油盐酱醋茶中体味到另一种对抗苦难的勇气。孙隆基认为，"中国人的'吃'与'和合性'有关。'淫'所以成为万恶之首是因为它扰乱社群的和谐，相反地，'食'如果用来作为一种社会功能，则可以促进'和合'感"①。食物之所以能成为食物是人类千百年来的智慧体现，这不仅是因为五谷五菜的生根发芽与结种、五果五畜的驯化与收获是人力与天力的共同作用，更因为人类就是在这样的生生不息中走向了真正的神圣与不朽。

第二节　衣饰的礼仪意蕴

当文明、文化等研究成为学界关注的热点时，研究者大多都会思考人与动物的差别问题。从人文学科的角度去看，动物的行为始于需求、终于需求的满足，它们不会在酒足饭饱之后去思考行为或是生存的意义，因此动物在精神层面的活动几乎都是一种无意识的行为，许多在人类看来的"通人性"未必就是动物的本意，正所谓"子非鱼，焉知鱼之乐"。但是人类则不然，人对追寻意义的热忱几乎与生俱来，几乎每一个孩子都经历过"我从哪里来"的思考，这足以证明人与动物的差异，卡西尔认为，"人被宣称为应当是不断探究他自身的存在物——一个在他生存的每时每刻都必须查问和审视他的生存状况的存在物。人类生活的真正价值，恰恰就存在于这种审视中，存在于这种对人类生活的批判态度中"②。可以说，这种态度的起始就从对衣饰的需要而来。

衣饰既可以看作人类驱寒保暖的天然需求，又可以看作人类文明意识的开端。具体来看，哪怕是没有进化完全的原始人类，他们身上的皮毛也

---

① 孙隆基：《中国文化的深层结构》，中信出版集团 2015 年版，第 43 页。
② ［德］恩斯特·卡西尔：《人论》，上海译文出版社 2013 年版，第 11 页。

远远不能与生活在当下的犬、猫相比，更不用说野外的狗熊、麋鹿以及虎豹豺狼，在气候寒冷的时节，保持身体的温度就成为一种自然诉求，可以想象，在这种情形下，人类会找到一些天然的洞穴遮蔽凛冽的寒风，这种先是由洞穴带来的"包裹"就很容易对那些尝试到好处的人带来启发——找不到大洞穴的人感受到的舒适度很有可能要远高于在较大洞穴中的人，于是在逐渐填满洞穴空间的过程中，人类意识到如果使用一些物件直接将身体包裹起来，便不但可以阻挡风尘雷暴，还可以不用困囿于某一个地方。在这种想法的驱使下，树叶、古藤等物都成为人类最原始的衣饰，尤其是一片更完整、更美观、面积更大的树叶更会为稀缺的资源受到争抢，于是，出于生理方面的需要，衣饰也间接地影响到了后来人类的审美意识。李泽厚以为"当山顶洞人在尸体旁撒上矿物质的红粉，当他们做出上述种种'装饰品'，这种原始的物态化的活动便正是人类社会意识形态和上层建筑的开始"①。换言之，当人类的某些行为不再由生存而发，而是出于尊重、快乐、满足、愤怒、嫉妒、悲伤等目的，而这些目的的行为指向并非简单的手舞足蹈或是争吵斗殴时，就有理由做出判定，即人类已经开启了社会模式，并在满足吃穿住行的过程中同时推进了对精神需求的填补。

李泽厚将人类探索意义的初期行为归入了巫术的范畴，他说："原始人群之所以染红穿戴、撒抹红粉，已不是对鲜明夺目的红颜色的动物性的生理反应，而开始有其社会性的巫术礼仪的符号意义在。也就是说，红色本身在想象中被赋予了人类(社会)所独有的符号象征的观念含义；从而，它(红色)诉诸当时原始人群的便不只是感官愉快，而且其中参与了、储存了特定的观念意义了。在对象一方，自然形式(红的色彩)里已经积淀了社会内容；在主体一方，官能感受(对红色的感觉愉快)中已经积淀了观念性的想象、理解。这样，区别与工具制造和劳动过程，原始人类的意识形态活动，亦即包含着宗教、艺术、审美等等在内的原始巫术礼仪就算真正开

---

① 李泽厚：《美学三书》，天津社会科学院出版社 2003 年版，第 4 页。

始了。"①任何一种观念的发展、成熟的影响因素都不会是单一的，红色是血液的颜色，人类无论是在获得食物的过程中的搏斗或是在抢夺生产资料、奴隶时与其他部落的搏斗，流血都不是一件稀罕的事情，这是人类对红颜色有生理反应的直接原因。当人类又发现血液的颜色还存在于矿石或其他地方时，这些颜色便在联想和引申下得到了利用，首先就是李泽厚所言的巫术行为，其次才是艺术审美，而这些在人类文明初期所发生的行为都与神灵相关，人类将自己所有的疑惑与希望都毫无保留地交付给了神，于是，他们不仅在神圣仪式中供奉最好的食物，也将自己按照对神圣的想象进行装饰打扮。

尽管衣饰源于人类的生理需要，但同步发展起来的还有人类对差别的意识，这种意识不但开启了男女对身体、性别的感知，还影响了对权力的推崇，按照中国古典哲学"万物生于一"的观点来看，如果将生理需要视为"一"，那么后来衣饰成为一种文化符号及象征时，就可以认为这是"一"所生发出的万物。孔子称赞大禹言："子曰：禹，吾无间然矣。菲饮食而致孝乎鬼神，恶衣服而致美乎黼冕，卑宫室而尽力乎沟洫。禹，吾无间然矣。"（《论语·泰伯篇》）意思即是说我对大禹没有任何可以挑剔的地方，他平时节约饮食，却在祭祀时丰盛、隆重；他平日穿衣朴素，却在祭祀时穿着华美、庄重；他不讲究自己居住的地方，却尽力修治水利、道路，这样的人我确实没有什么好挑剔的。又有孔颖达言："中国有礼仪之大故称夏，有服章之美谓之华。"（《左传·定公十年》疏）可见，从远古时代进入上古时代的中国人早已将衣服视为品行道德的一部分，尤其对于读书人而言，在不同场合下的穿着是否得体，也是考验学问优劣的重要标准。

在对待服饰的态度上，儒家的观点与其他诸子完全不同。道家的"任其服"与墨家的"轻且暖""轻且清"都表明他们不赞成在服饰上大做文章，认为这种行为势必会加重老百姓的负担，进而伤害到整个国计民生，老子则更为激进地认为人对衣服的过分推崇会扭曲赤子之心，将社会推向深

---

① 李泽厚：《美学三书》，天津社会科学院出版社2003年版，第5页。

渊。但素有"入世"之名的儒家则认为，衣服是人内心的外现，由于人的内心起起伏伏不断在变化，因此就必须有一种外在之物对其做出呼应或产生制约。在祭祀等重要场合下，华美的衣服示意人有庄重的行为举止；在凶礼等场合下，粗布麻衣提醒人在皮肤的不适中感受悲戚；在燕礼等场合下，洁净的衣服表现对他人的尊重；在日常生活中，朴素的衣服暗含人对德行的理解。因此，华美的衣饰不仅不该为日常所用，更不能用作炫耀。

鲁哀公与孔子的谈话中有这样一段问答："哀公问于孔子曰：'寡人欲论鲁国之士，与之为治，敢问如何取之?'孔子对曰：'生今之世，志古之道，居今之俗，服古之服，舍此而为非者，不亦鲜乎?'曰：'然则章甫履絇，绅带缙笏者，皆贤人也?'孔子曰：'不必然也。丘之所言，非此之谓也。夫端衣玄裳，冕而乘轩者，则志不在于食荤；斩衰菅菲，杖而歠粥者，则志不在于酒肉。生今之世，志古之道，居今之俗，服古之服，谓此类也。'"（《孔子家语卷一·五仪》）意思便是说，鲁哀公问孔子如何才能从国内找出一些能够帮助治理国家的贤人，孔子便说，虽然出生于现在，却始终以古圣先贤为榜样；虽然穿着时下的衣服，按照时下的风俗方式生活，却始终以古圣先贤的方式为人处事，这样的人即是贤才。鲁哀公接着问，那么，只要是戴着前朝的帽子，穿着有装饰的鞋，腰上系着大带子并把笏板插进带子里的就可以看做一个贤人?孔子纠正说，那倒不一定，我刚才说的话并不是就服装而论，那些穿着礼服、戴着礼帽、乘着车子去参加祭祀礼的人，他们的志向不是吃荤；那些穿着用粗麻布做的丧服、穿着草鞋、挂着丧杖喝粥来行丧礼的人，他们的志向不在酒肉。有些人生在当下，但崇尚古时的质朴；穿着现在的衣物，却按照古时的道德法则来行为处世，我说的是这样一些人。

孔子对衣饰的态度从这段对话中清晰可见，衣物是否华美并不能成为衡量一个人道德高低的标准，关键在于衣物是否用在了合适之处。一个知道何时何地该如何穿着，并且能够尊崇道德、言行合一的人，至少会是个知礼的君子。从一定意义上来说，孔子的"入世"正是他深谙世俗，并了解世俗发展走向的一种表现，吃穿住行构成了世俗社会的绝大部分，如果说食物是为了自身的存活，那么衣物便是向他人简单介绍自我的方式。这种方式几乎可以看作人的一种天性，存在于世界各个民族的文化当中，卢梭在谈及语言之外的沟通时就说："罗马人是非常注意表象语言的。随着年龄和身份的不同，他们穿的衣服也各不相同，在他们那个年代，礼袍、显贵们的衣服、镶边的饰品、小金结子、斧头、棍杖、宝座、权标、金冠、叶冠、花冠、小凯旋、大凯旋等一切都是很讲究的。它们具备一定的意义和礼仪，同时在公民的心目中也有着一定的印象。而国家所在意的方面，只是人民是否集中在这个地方，而不是别的什么地方，是否瞻仰过神殿，是否和元老院是保持一致的，是否选择了在哪一天讨论政事。在他们那个时候，被告人穿的衣服是不一样的，候选人也要穿与众不同的衣服，士兵们不会夸耀自己的战功，而只会显现自己的伤痕。"①衣饰成了跨越阶层文化、也无需翻译的一种语言，根据一个人的穿着打扮，旁人就能迅速对其身份、地位、处境做出简单判断，毕竟衣物一旦上身，自己无法看到效果，但却能从他人的眼光中感受到或赞许或厌恶的态度。换言之，衣物所承担的社交功能要高于食物，如果说食物在交换和分享中构成了人类礼仪行为的初级阶段，那么，衣物就在边界划分和文化认同中成为礼仪的中层建构。这是因为食物大体上来说是需要共享的，哪怕尊贵者、长者吃肉，卑贱者、幼者喝汤，这毕竟还有着同一的来源，但衣物表现出来的几乎只有差异，尤其在礼仪场合中，一个人的职责和参与程度都需要在衣物上有所展现，除了当下社会中刻意要消除差异的工作服与校服外，没有什么人会希望穿着与他人一样的衣物，可见，衣物更是彰显自我个性的一种途径。

在跨越时空的小说叙事中，衣饰更成为人物刻画的重要方面，"由于

---

① ［法］让-雅克·卢梭：《爱弥儿》，孟繁之译，上海三联书店 2017 年版，第 410 页。

小说被设想为一个由人类价值标准所形成的表现性文类"①，于是，小说中的纨绔子弟要么鲜衣怒马，要么故意衣衫褴褛；容貌较好的女性大都热衷于时尚而华丽的衣饰；君子的穿戴普遍简单平常；小人的衣着总有些名实不符；饥寒交迫者通常在衣物上就要表现出拮据，等等。从作家的角度来说，衣物在一定程度上提供了一种叙事方便，使读者很容易对人物形成初步的印象，无论这种印象是否真的符合作家的希望，应该说这都能指向叙事的成功——当人物和他的衣着不匹配时，例如一个出身豪门大宅的子弟却衣着简陋，那么这个人物一定有些出乎读者意料的故事，而如果是出身寒门的子弟始终保持着艰苦的作风，那么这个人物就不会脱离来自生活却高于生活的真实性，而"合情合理"恰恰是一部优秀小说得以传世的关键。

没有人会否定人物在小说中的重要价值，哪怕是一部用全部篇幅去描述动物或自然的小说，也离不开身处人类社会的作家视角和价值评判，在传统小说中，人物固然不存在缺席的问题，但即便是在没有人物在场的现代派小说中，人物仍然是无法回避的存在。可以这样认为，一部小说成功与否绝不在于作家对环境、场景的展现，而在于是否有个人物在历史的空隙中与历史人物肩并肩地生存在了一起。从这种意义上来说，林黛玉、贾宝玉的真实性很有可能要大于曹雪芹，而读者在想到这两个人物时，脑海中浮现的也必然是包裹在某一类衣饰中的黛玉和宝玉，尤其是黛玉的衣袂飘飘和宝玉的锦衣玉饰，才是读者憧憬和向往的具体指向。

在人物的形象之外，人物的品性有时也需要靠衣物来表现，而这种描写往往比人物的某些行为更令读者印象深刻。古典小说《三国演义》中，关云长之所以能成为忠义的代言人，与其说是过五关斩六将都要回到刘备身旁，莫过于说是那套他始终穿在身上的长袍，才是他忠心不二的心迹展演。因为在各路诸侯逐鹿中原的过程中，过关斩将并非稀奇，无论是在刘

① ［美］华莱士·马丁：《当代叙事学》，伍晓明译，北京大学出版社1990年版，第5页。

备身边的大将张飞、赵云；还是曹操身边的典韦、夏侯惇；又或者孙权身边的黄盖、韩当；抑或刘璋身边的张任、黄权等人都对主公忠心不二，绝非贪生怕死、卖主求荣之辈，至于无意于美色、重视人伦这方面，赵云也是个绝好的范例。但客观来说，如果是赵云或其他人面对曹操赠送衣物，他们很可能会有"非黑即白"的行为，即要么收下，要么退回，未必会如关羽一般，时时刻刻都将"身在曹营心在汉"的态度显露无遗。在第二十五回"屯土山关公约三事 救白马曹操解重围"中这样写道："一日，操见关公所穿绿锦战袍已旧，即度其身品，取异锦作战袍一领相赠。关公受之，穿于衣底，上仍用旧袍罩之。操笑曰：'云长何如此之俭乎？'公曰：'某非俭也。旧袍乃刘皇叔所赐，某穿之如见兄面，不敢以丞相之新赐而忘兄长之旧赐，故穿于上。'操叹曰：'真义士也！'然口虽称羡，心实不悦。"①关羽不会不知道曹操的狠毒与杀伐决断的手腕，他完全可以戏称为保护曹丞相所赠的战袍不受损伤，因此罩于旧衣之下，而且，即便从他平日间的处事来看，他也绝非是头脑简单之人，因此可以判定，关羽之所以如此应对，一方面极有可能是为了激怒曹操，获得能够冲破僵局的机会，另一方面则是用衣物来外现自己的内在人格。

在生产力低下、物资匮乏的古代社会，任何物都能为一个人的生活提供某种限度的保障，特别是每日都需要穿着、使用的衣饰更为如此。一个人可以在没有食物的情况下依旧进行社交活动，也不会因为偶尔的食物短缺造成难以挽回的影响，但衣物则不然，没有衣物的人首先会被排除在所有的社会交往之外，不会有一个赤身裸体的正常人会在大庭广众之下仍旧谈笑风生，当一个人解开自己的衣物，袒露着身体去面对他人时，那些被迫观看的人通常都会认为这是对自身的羞辱。事实上，无论出于哪一种原因，强行地剥掉一个人的衣物就是一种极为严厉的惩治方式，从某种意义上来说，这也是所有"示众"刑罚中最令人难堪的等级。

在《西游记》第七十二回"盘丝洞七情迷本 濯垢泉八戒忘形"中讲唐僧

① 罗贯中：《三国演义》，人民文学出版社 2019 年版，第 223 页。

因自己化斋误入了蜘蛛精的洞府，蜘蛛精将唐僧捆绑之后便去濯垢泉洗澡，孙悟空与两个师弟久等唐僧不来，便去四处打探，悟空发现七个女妖精将衣物脱在一旁，于是施展神通，变化做一只老鹰，将女妖精的衣物尽数叼走。八戒见了这堆衣服，也知道妖精一时半刻无法动弹，于是"抖擞精神，欢天喜地，举着钉耙，拽开步，径直跑到那里。忽的推开门看时，只见那七个女子，蹲在水里，口中乱骂那鹰哩，道：'这个匪毛畜生！猫嚼头的亡人！把我们衣服都雕去了，教我们怎的动手！'八戒忍不住笑道：'女菩萨，在这里洗澡哩。也携带我和尚洗洗，何如？'那怪见了，作怒道：'你这和尚，十分无礼！我们是在家的女流，你是个出家的男子。古书云："七年男女不同席。"你好和我们同塘洗澡？'八戒道：'天气炎热，没奈何，将就容我洗洗儿罢，那里调甚么书担儿，同席不同席！'呆子不容说，丢了铁耙，脱了皂锦直裰，扑的跳下水来。那怪心中烦恼，一齐上前要打"①。经历了无数大小妖怪的唐僧师徒四人，知道在取经路上所遇到的山精水怪，大都是动植物得了天地精华后变化而成的，这七个女妖精自然不例外，然而这些妖精只要没有显现原形，仍然保持着人的模样，便会对衣物十分在意，知道这不仅分割出人和动物的领域，更分割出了"礼"和"无礼"之间的界限，蜘蛛精甚至引出《礼记·内则》中的一句话来为男女设防，可见衣物所遮之"羞"是人类文明用了相当长时间所确定的禁忌。

相较之下，悟空就比八戒聪明许多，他不打杀这几个女妖精绝非"好男不和女斗"的观念使然，否则就无以解释他想要打杀红孩儿的事实，真实原因应该是他不愿意与没有穿着任何衣物的女怪纠缠。师兄弟在面对赤身裸体的女怪的不同态度显示出二人截然不同的个性，八戒的夯直就体现于这种不管不顾上，而且在见到没有衣物遮掩的女怪时，还一时间动了凡心，直到女怪们激起八戒的怒气，这才举耙要打。感受到生命受到威胁的女怪们"慌了手脚，那里顾甚么羞耻，只是性命要紧，随着手侮着羞处，跳出水来，都跑在亭子里站立，作出法来：脐孔中骨都都冒出丝绳，瞒天

---

① 吴承恩：《西游记》，人民文学出版社 2020 年版，第 951 页。

搭了个大丝篷，把八戒罩在当中"①。没有穿着衣物的女妖精用法术为穿着衣物的八戒又搭建了一个大丝篷，使困在其中的八戒没有办法再与赤身裸体的女妖精面对面比拼，于是，这个丝篷就可以看作他人衣物之外的另一层衣物，即只要身体不被观看那就算不上示众。

在人类的意识中，衣物之所以重要的另一个原因是营造神秘，毕竟人也将自己归类于动物的一种，《大戴礼记·易本命》言："倮之虫三百六十，而圣人为之长。"又有孙希旦集解言："凡物之无羽、毛、鳞、介，若鼋、蟆之属，皆倮虫也。而人则倮虫之最灵者。"人既然是动物中为"长"为"灵"者，就必然不能如同其他动物一般将身体袒露于外，于是，衣物越是纷繁复杂、纹饰越是瑰丽，其主人的身份地位也越是高贵。在第十六回"观音院僧谋宝贝　黑风山怪窃袈裟"中，唐僧遭遇了他取经途中的第一个妖怪，这也是他经历的诸多磨难中，唯一一次既没有被妖怪当做食物也没有被女妖视为夫君的叙事，灾祸的缘由只因好胜心极重的悟空为了卖派观音菩萨赠予的锦斓袈裟，惹得酷爱收集袈裟的金池长老贪心大起，为了占据这领稀世之宝，于是授意徒弟烧死唐僧师徒二人，以求自己独享。对于唐僧而言，这领袈裟有着极为神圣的意义，它不仅是观世音菩萨与其结缘的信物，还包含着唐皇李世民原本要用重金为"御弟"所购的情谊。观世音菩萨在向世人展示袈裟时说道："着了我袈裟，不入沉沦，不堕地狱，不遭恶毒之难，不遇虎狼之灾，便是好处；若贪淫乐祸的愚僧，不斋不戒的和尚，毁经谤佛的凡夫，难见我袈裟之面，这便是不好处。"接着，又在证明袈裟的确价值不菲时言："这袈裟，龙披一缕，免大鹏吞噬之灾；鹤挂一丝，得超凡入圣之妙。但坐处，有万神朝礼；凡举动，有七佛随身。这袈裟是冰蚕造练抽丝，巧匠翻腾为线。仙娥织就，神女机成。方方簇幅绣花缝，片片相帮堆锦筛。玲珑散碎斗妆花，色亮飘光喷宝艳。穿上满身红雾绕，脱来一段彩云飞。三天门外透玄光，五岳山前生宝气。重重嵌就西番莲，灼灼悬珠星斗象。四角上有夜明珠，攒顶间一颗祖母绿。虽无全照

①　吴承恩：《西游记》，人民文学出版社 2020 年版，第 951 页。

原本体，也有生光八宝攒。这袈裟，闲时折迭，遇圣才穿。闲时折迭，千层包裹透虹霓；遇圣才穿，惊动诸天神鬼怕。上边有如意珠、摩尼珠、辟尘珠、定风珠；又有那红玛瑙、紫珊瑚、夜明珠、舍利子。偷月沁白，与日争红。条条仙气盈空，朵朵祥光捧圣。条条仙气盈空，照彻了天关；朵朵祥云捧圣，影遍了世界。照山川，惊虎豹；影海岛，动鱼龙。沿边两道销金锁，扣领连环白玉琮。"①

先不说袈裟被受持的法力，只说它上面珠光宝气的各类神珠就足以将这件衣物归入神圣的境地。虽然按理说一个人是否能得道、是否会沉沦苦海应该由自身的道德所决定，而非一件外在的衣物，只要一个人不至于毁僧谤佛，那他就有能够见到袈裟的缘分，如引荐菩萨的宰相肖瑀，他只要愿意拿出五千两白银，就有了超凡入圣的可能。这件有着切实功效的神圣袈裟如同能令人长生不老的蟠桃和人参果一般，对使用者、食用者都没有过高的道德要求，唯一的条件即是缘分。这种不能证实也无法证伪的论断在一定程度上也为神圣之物又增添了一层光环，然而，菩萨定然不打诳语，从后来的叙事看，贪婪的金池长老与凶狠的黑熊怪也都曾披上过这件袈裟，结果是一个害人不成反累己地被烧死，一个虽跟随菩萨得了正果却失去了在天地间的自由，可见这件法力无边的袈裟只能是为唐僧度身定做的专属之物，但即便如此，这仍然不是一件可供日常穿着的袈裟，除了悟空在观音院卖弄的一次外，它几乎一直躺在唐僧随身的行李包袱中，直到他们终于到达西天，要面见如来佛祖之时，这件袈裟才重新派上用场，同时也可以看作唐僧在叙事中与这件宝贝袈裟相得益彰的最终呈现。

《大学》言"德润身，富润屋"，意为一个人的道德能从气质中得到展示，而一个家庭的富裕则能从房屋的装饰、摆设中表现出来。然而，房屋不是公共场域，即便是一个极想将自己富足状态呈现给公众看的人，也不可能大开房院供他人参观。更何况房屋既不能随意移动，更不能随身携带，因此，在炫富的层面上，衣物仍然是人的不二之选。卡西尔认为，

---

① 吴承恩：《西游记》，人民文学出版社 2020 年版，第 155-156 页。

"人生活在物理环境之中，这环境不断地影响着他并且把它们的烙印打在人的一切生活形式之上"①，所谓的物理环境，即是人日用而不觉的各种物质环境，而人每日所需要穿着的衣物在这其中扮演了尤为重要的角色，古斯塔夫·勒庞就借帕斯卡尔之口说，"法袍和假发是法官必不可少的行头。没了这些东西，他们的权威就会损失一半。即使是最狂放不羁的社会主义者，王公爵爷的形象对他也多少总会有所触动"②。

尤其在反映世情的小说叙事中，只要故事的主题涉及人，衣物就必然要先于人物亮相，如贾宝玉之出场、孙悟空之真正成为美猴王，甚至是诸葛亮的羽扇纶巾，都可以看作小说家为了凸显王侯将相或是英雄卓尔不群的必要介绍。如果说王公贵族尚且需要衣物的扶持，就更遑论衣饰对于世俗人群的吸引力了，在《醒世姻缘传》中，讲有一人名叫晁大舍，是个不学无术的乡宦之家的纨绔子弟，为了自家玩乐痛快，娶了一位人称"珍哥"的娼家戏子为妾。不料珍哥嘴狠心辣，硬是怂恿着晁大舍逼死了结发妻子，之后便完全按照正妻身份去穿衣打扮、接人待物。一次晁家有亲戚家有了丧事，按照规矩需要正妻去吊孝，但晁大舍的妻子已然身亡，珍哥为了显示自己的派头便自告奋勇前往亲戚家。小说写道：

> 那晓得珍哥一个，只因有了许多珠翠首饰，锦绣衣裳，无处去施展，要穿戴了去孔家吊孝。晁大舍便极口依随，收拾了大轿，拨了两个丫头，两个家人娘子。珍哥穿戴的甚是齐整，前呼后拥，到了孔家二门内，下了轿。司门的敲了两下鼓，孔举人娘子忙忙的接出来，认得是珍哥，便缩住了脚，不往前走。等珍哥走到跟前，往灵前行过了礼，孔举人娘子大落落待谢不谢的谢了一谢，也只得勉强让坐吃茶。
> 孔举人娘子道："人报说晁大奶奶来了，叫我心里疑惑道：'晁亲

① ［法］恩斯特·卡西尔：《人论》，甘阳译，上海译文出版社 2013 年版，第 347页。

② ［法］古斯塔夫·勒庞：《乌合之众：大众心理研究》，冯克利译，中央编译出版社 2014 年版，第 102 页。

家是几时续娶了亲家婆？怎么就有了晁奶奶了？'原来可是你！没的是扶过堂屋了？我替晁亲家算计，还该另娶个正经亲家婆，亲家们好相处。"正说中间，只见又是两下鼓，报是堂客吊孝。孔举人娘子发放道："看真着些，休得又是晁奶奶来了！"孔举人娘子虽口里说着，身子往外飞跑的迎接。吊过了孝，恭恭敬敬作谢，绝不似待那珍哥的礼数。让进待茶，却是萧乡宦的夫人合儿妇。穿戴的倒也大不如那珍哥，跟从的倒也甚是寥落。①

这段叙事的言外之意有两层：一层含义是如果不是为了显摆自己的衣物，珍哥定然不会热衷于这类亲戚之间的礼仪行为，从某种程度上来说，衣物使得对礼仪不以为然的珍哥下足功夫展现门面，心里知道自己身为妾室身份不高，就指望着凭借一身的好衣裳首饰赚得亲戚们的艳羡和尊重，却不想碰了一鼻子的灰；另一层含义则是通过主家娘子对待珍哥与萧夫人的不同态度上，暗示表里如一的重要性，主家娘子不可能没有看到珍哥的盛装打扮，但由于珍哥的坏名声以及宠妾的身份，使主家娘子不愿与之为伍。珍哥的衣物越是贵重华丽，这种迎面而来的挑衅感也会越强，主家娘子与被珍哥逼死的计氏同为正妻，如果她因为珍哥的华贵衣物而谄而媚之，就代表她自觉站在了妾室的一边，对反客为主的做法表示认同。事实上，珍哥的炫耀是对自己卑贱出身的一种掩饰，相较之下，萧乡宦的夫人和儿妇并没有如珍哥一般的穿戴，却得到了主家娘子合乎礼数的接待。许烺光认为，"所谓更基本的问题就是，人与人的关系，而不是对物质世界的控制，才是决定个人及群体之间是和平还是冲突、个人是幸福还是痛苦的关键"②。衣物本身不能成为珍哥幸福感的来源，只有这些衣物得到了他人的认可和赞许后，这种情绪信息才会通过衣物返回到珍哥的感受上，

---

① 西周生：《醒世姻缘传》，人民文学出版社 2015 年版，第 170 页。

② ［美］许烺光：《美国人与中国人》，沈彩艺译，浙江人民出版社 2017 年版，第 438 页。

也只有这样，衣物的价值才能得到体现，否则，珍哥越是精心打扮，受到的挫折也会越强。相较之下，萧家的女性们未必没有锦衣盛服，但她们无需借助衣物来建立自信或是树立威仪，这是因为，在吊孝时候穿着平淡不仅体现出一种由内而外的自信，也同样展示了在这种场合下的尊重和礼仪。

这部小说的衣物在人物的炫富目的之外，还在错综复杂的人物关系中充当了工具之用，使人物在以衣物为借口的明争暗斗中，更加富有"世情"的意味。晁大舍由于荒淫无耻而被人杀死，后来在下一世中转成为另一个不学无术的公子，要接受他在上一世中伤害的狐狸精与正妻的报复。转世后的晁大舍又一次生于一家狄姓的殷实富户中，被父母唤作狄希陈，这位公子不但保留了上一世中贪财爱色的秉性，更多了恶意捉弄人的嗜好。有一次因偷听到邻居家回门探望父母的少妇与其母亲的对话，便对少妇的丈夫谎称自己与其有染，愤怒的丈夫将少妇一顿毒打，险些酿成悲剧，后来在他人的公证下才发现是狄希陈于中捣鬼，聪明的少妇虽然不知道狄希陈此世的妻子素姐是他上世所杀害的狐狸精前来复仇，但却知道狄希陈惧内的程度超乎寻常，于是便要借素姐之手来抒发己恨。西周生在此处显示出十分老辣的叙事手法，深谙妇女之间的嫌隙与情感往往都从衣物首饰中起，于是使少妇身着靓丽，先是成功地引起素姐的艳羡，随后才装作不经意般提起素姐也有这样贵重华丽的衣物布料。

小说写道："素姐看见智姐的顾绣衫裙，甚是羡慕。智姐想起去年被狄希陈做弄打了一顿，怀恨在心，正苦无路可报，眉头一蹙，计上心来，说道：'狄大嫂，你的衫裙做出不曾？怎还不见穿着？'素姐道：'这一定是张大哥自己到南京定做的，我那得有这等的衣服？'智姐道：'我家又素不出门，那晓得有这华丽的衣服？这还是狄大哥说起南京有这新兴的顾绣，与了八两银子，叫我家与他捎了一套，与这是一样花头，一般颜色。到家之时，把这两套裙衫都送与狄大哥验看，这是狄大哥捡剩的。狄大嫂，你如何说是没有？'素姐不听便罢，听得这话，真是'怒从心上起，恶向胆边生'，不肯久坐，辞了智姐回家。智姐知他中计，也便辞了白姑子回去，只是眼观旌捷旐，耳听好消息。"①

智姐利用素姐既喜欢衣物又憎恶丈夫的双重心理，故意强调衣物的来处，但却将它的去处设成一个不知所踪的迷局，这样一来，在素姐逼问丈夫关于衫裙的下落时，狄希陈必然会莫名其妙，但在智姐有模有样的描绘下，狄希陈的反应只会加重素姐的疑心，更何况她深知丈夫素来不是一个循规蹈矩的良善之人，以前也做过背着她送人物件的事情，因此这次的衫裙事件也应该是狄希陈的故态复萌。荣格认为，"如果有什么事物具有'象征性'的话，那就意味着有人在推测、预示着这一事物那隐蔽而不容把握的实质，在费尽心力地要用文字捕捉住那躲避他的秘密。不管他努力要加以把握的东西是属于世俗世界还是属于精神世界，他都必须以全部的智力转向它，透过笼罩着它的全部虹彩般绚丽的面纱，把那谨严戒备地潜藏于深渊中的真金呈露在白日的光照之下"②。这一见解对剖析这段叙事大有裨益，素姐的恼怒不仅在于不见了踪影的一套华丽衣衫，更在于丈夫隐瞒欺骗她的可能性。由于上世冤仇的因果，素姐真诚地认为自己对狄希陈而言就是个神圣的存在，她的美貌、聪慧都是狄希陈可望而不可即之处，而出于对丈夫天生的憎恨，又使她在打骂狄希陈的过程中总带着一份"替天行道"的感受。多种复杂情绪的交织，是她从不惧怕礼法，更不屑于街坊议论的根本原因。有了这些前提，智姐口中的那套衫裙就完全超出了衣物本身的意义，它既是丈夫不忠的表现，更是丈夫目中无己的明证，加上衫裙属于女性之物，一旦有另一个女性进入夫妻二人的空间，不但自己的权威会遭受挑战，更有可能失去对家产的控制和继承，而家产之物才是素姐更为看重的部分。由此可见，衫裙引申出的多种可能性会使素姐为了强化权威而大发雷霆，果然，在素姐的淫威之下，狄希陈四处求那套其实并不存在的顾绣织锦而不得，最终在遭受了妻子恶毒的辱骂和鞭打之后，又花费了高昂的价钱才从智姐处得到了那套使自己遭苦遇难的衫裙。

---

① 西周生：《醒世姻缘传》，人民文学出版社 2015 年版，第 987-988 页。
② ［瑞］卡尔·古斯塔夫·荣格：《心理学与文学》，冯川、苏克译，译林出版社2011 年版，第 124 页。

工业时代的到来，使物的大量繁殖成为可能，尤其在服装领域中，衣物的生产越来越多，当百年前的人还在为一件衣物口角流涎、你争我夺时，百年后的人已经不再将普通衣物视作神圣之物。英国学者鲁西·希格尔在 2011 年的一份调查报告中谈到"全世界每年制造出约 800 亿件衣服"①，进而又说到"从 20 世纪 80 年代中期开始，我们的消费模式、我们与义务的关系出现了变化。学术界在 2005 年时留意到这个明显的改变。露易丝·摩根和葛瑞特·毕尔维特锁定了八个消费族群，调查了共 71 名女性的购买习惯，并且深入访问了 18~25 岁的年轻消费者，几乎所有人都坦诚她们花的比从前更多；至于增加的比例，则是从一个月多出 20~200 英镑的都有。更叫人意外的是，她们完全没有计划要将所购之物保留下来。她们也承认，当买自廉价时尚的衣物破了、脏了，或有污点时，最可能被丢进的地方不是洗衣篮，而是垃圾桶"②。无论是这些数值还是这些现象，都有着蔓延的趋势，毕竟在交通工具的帮助下，跨洋交流也早已不再稀奇，于是，那些对西方文化趋之若鹜的人们，会自然而然地认为这种生活方式代表着一种新的审美，甚至会将其作为生活水平的衡量标准。因此，不用说大洋或大陆另一端的欧美国家，即便是在视节省为重要美德的中国，对衣物的轻视也越演越烈。当然，抛开从众心理的影响去究其原因，也可以看出人基于现实方面的选择，首先是只花费了少量价格的衣物的确不足以使人对其视若珍宝；其次是成本被压制得如此之低的衣物也不足以长时间与人为伴。事实上，一件质地普通、做工低劣而且十分便宜的衣服被沾染上了污渍，在不考虑时间成本的前提下，还需要花费与新买一件差不太多的清洁成本，才能将这件衣服清洗得较为干净，那不得不说清洗的确不属于一个最优的选择。

这种从衣物、食物而引发的快节奏生活方式不但会对人的心态造成严

---

① ［英］露西·希格尔：《为什么你该花更多的钱，买更少的衣服?》，王芷华、李旻平译，生活·读书·新知三联书店 2016 年版，第 1 页。

② ［英］露西·希格尔：《为什么你该花更多的钱，买更少的衣服?》，王芷华、李旻平译，生活·读书·新知三联书店 2016 年版，第 15 页。

重影响，更会影响到生活的其他方面。赵毅衡就不无遗憾地说："没有人文价值的鼓吹，拜金主义会迅速把整个社会变成奸商之国；没有人文精神的独立地位，功利主义会成为唯一指导思想，整个文化会蜕变成市侩文化；没有人文传统的延续，中国文化史会被社会变迁截断，成为待价而沽的古董市场。"①尤为值得注意的是，在小说叙事中，就连那些曾经繁复动人的称呼也越来越趋于平常，现当代小说里很难再见到如"日月龙凤袄、山河地理裙"这样令人憧憬的名称，更多的是"白色的大衣、红色的皮裤"等。当普通衣物连财产的一部分都算不上时，就更不会被赋予"礼"的象征，那些不再凭借文化、工艺、材质去吸引人的衣物，在叙事中充其量也就是人有我有的普通之物。只有当小说需要描述年轻人的某些叛逆行径时，才会在他们的衣物上做文章，突出那些站在主流文化或传统认知对立面的穿戴，使衣物的标新立异不但成为一种可供批判、审视的对象，更暗示出文化之间的细密分层，因为一个人的穿着打扮仍然是其内在心理的外现，而衣物彰显个人身份的功用也没有完全失效，但由于衣物不断在叙事中被边缘化，因此，这一虽然日常但其实蕴含着古老文化密码的"物"少了能为叙事效力的机会，只好湮没于更多的当代之物中。而令人更为遗憾的是，即便在描绘世俗的叙事中，当下的衣物也很难在小说家的笔下焕发光彩，并在重事、重人却不重物的叙事环境下逐渐黯淡，而其被遮蔽的程度也在逐渐加深。

第三节 工具的文化内涵

工具由"具"引申而来，最早见于甲骨文及金文中，从字形来看，"具"的古字如同双手捧着一件鼎器，于是有了供奉、安置、筹备之意。在后世不断使用和引申中，"具"有了更为具体的"使用"倾向，从精神层面来看，

---

① 赵毅衡：《礼教下延之后：中国文化批判诸问题》，上海文艺出版社2001年版，第118-119页。

周公制礼定仪，就是为了使人在交往过程中的行为举止有所依照，于是，礼在这一范畴中就成了无形的工具。从物质层面来看，人为了身体、精神两方面的愉悦，必然就会努力提升这种可能性，对于一个用手搬石块的人来说，一块拉板、一根杠杆都能为其带来轻松的感觉。在满足了身体基本需求之外，当有人发现使用一些有颜色的粉末、一些树枝残叶，通过不同的摆放方式也会令人感受到愉悦时，最原始的艺术工具也便应运而生。

如果将人比作一块投入水中的石子，那物在某种程度上就可以看作水面上泛起的涟漪，越靠近石子中心的涟漪越清晰，也就意味着与人的生存关联越为紧密的物就越为重要。孟子言"食色，性也"（《孟子·告子篇》），便是从物与精神两个方面对人类必然需求的解读，将食放在色之前，是肯定人对自身存活的看重，只有当这一点得到保证后，才谈得上人类的繁衍生息。由此可知，食物必然是所有物里的重中之重，接下来是人用以区别动物的衣物，在这两种物之后，才会扩展到工具、房屋等物。但这种递进关系并非一成不变，尤其是生产力已经得到高度发展的当下社会，人们不可能再如同他们古老的祖先一般，上树采果、遍尝百果、茹毛饮血，靠着身边的野物过活，而是先通过对工具的学习使用，然后得到食物与衣物。从这个意义上来看，工具的重要性即便不能与食物、衣物等同，但至少早已归属同一个重要阵营。

工具在广义范围来看包含了人类生活的方方面面，大至房屋、车辆，小至针、线，都在工具的范畴，但在狭义的认知中，工具则特指在生产劳动中所使用的器物。考古学家在印度尼西亚苏拉威西岛所发现的距今约四万四千年的壁画已经通过最直接的方式展现了人类对工具的依赖——壁画上被人们追赶狩猎的野猪会倒在人类制作的工具之下，而非如《水浒传》中的那两只老虎，活活被拳头打死，甚至是壁画本身能够存在的原因，也需要重视工具在其中所发挥的作用，毕竟能够存留四万四千年的壁画，绝不可能是小朋友用一根树枝画房子所留下的那些划痕可以相提并论的。虽然没有人会否认工具的重要性，但也只有少部分人会意识到工具的神圣性，更多的人所看到的工具仍然是其世俗的一面。

不同于食物、衣物，工具对于个体的人而言，并非是一件必不可少之物，尤其是生于豪门大宅中的王公贵族，倘若还有着好吃懒做等品性，那么不用说农夫的犁耙、耒耜、铲、锸、斧、镰、耨、镢、锄等物，即便是距离书生的笔、墨、纸、砚恐怕也相去甚远。可以说，工具在社会不同阶层的边界划分中截然不同，这不仅体现在种类方面，还体现在人的身份方面。不仅渔夫、农夫与樵夫的工具完全不同，就是纺丝与纺麻的工具也有着极大的区别，皇帝在厌倦了山珍海味之后，或许会青睐农夫日常的食物，告老还乡的高官也有可能身着布衣，与普通百姓的穿着打扮并无二样，唯独工具很少出现"跨界"的情形，纵使历史上的确出现过喜欢做木工的皇帝，但毕竟过于稀少，或者与其说那是一种劳动，毋宁说是一种创造。除此之外，男性使用的工具在一般情形下较之女性的会更有分量，这些差别既是人类把握、掌控工具的表现，也是人类文明在发展过程中的明证。

工具的重要性在荀子《劝学》中可见一斑，其言："吾尝跂而望矣，不如登高之博见也。登高而招，臂非加长也，而见者远；顺风而呼，声非加疾也，而闻者彰。假舆马者，非利足也，而致千里；假舟楫者，非能水也，而绝江河。君子生非异也，善假于物也。"（《荀子·劝学篇》）这段议论的本意是举众例来说明学识对一个人开阔眼界、修德养身的重要性，从另一方面来看，"学"这种行为本身就属于对掌握某种"工具"的要求，换言之，所登之"高"、加疾之"顺风"，致千里之"舆马"、绝江河之"舟楫"，都是人为了达到某一目的而使用的工具。再将范围扩大一些来说，对精神有着更高追求的人类，总是想方设法地不断改造世界，马克思指出，"简单的工具，工具的积累，合成的工具；仅仅由人作为动力，即由人推动合成的工具，由自然力推动这些工具；机器；有一个发动机的机器体系；有自动发动机的机器体系——这就是机器发展的过程"①。从旧石器时代的石

---

① ［德］卡·马克思：《哲学的贫困：答蒲鲁东先生的〈贫困的哲学〉》，选自《马克思恩格斯文集》，人民出版社 2009 年版，第 626 页。

块到工业革命后的复杂机器，工具发生了天翻地覆的变化，甚至是从人对工具的使用到工具对人的反向操控，都可以看出工具在发展过程中显现出的某种特性——物并非如一般认知中所认为的那般毫无生气、任人摆布，而是在一定程度上会对人产生反作用力，只是即便如此，工具仍旧是人类须臾不可离之物。

尤其在当下社会中，从事任何一种职业的人在学习知识、技能之前首先要学会对工具的使用和掌握，农民有拖拉机、播种机、收割机；渔民有渔船、渔网、探测器；厨师有骨刀、菜刀、冰箱、烤箱、微波炉；曾经以黑板、教鞭、戒尺为工具的教师，现在则加入了投影仪、电脑、麦克风；更不用说医生的手术刀、检测仪、听诊器等，除了西医对工具的倚赖，即便是在传统中医范畴内，传统望闻问切的被信任程度也远逊于没有生命的工具。关于职业与工具的范例不胜枚举，工具最初被创造出来的目的已经得到了极大的延伸，它不再被困囿于为人类不可及之时的"助力"作用，更多的是完成从物到物的大量繁殖。没有工具的效力，人类在面对大自然时可谓无能为力，无论先民的体格有多么强壮，心思有多么精巧，也不可能靠毛发做线，去缝制皮裙，更不可能靠双手做架，去享受美味的伙食。

工具不断改进的直接结果是为人类带来了便利之余，还启发了工具自身的更新换代，从新石器时代被发现的骨针到现代的磁吸针，从指南针到卫星定位导航，从小舟到航空母舰，从石斧到星际导弹……可以这样认为，在丰富的物质世界中，工具有着特殊的意义，它们的价值在于使用效果，只有在被使用和消耗的过程中，它所衔接的两端——人与被工具所生产之物，才会体现出各自的价值。戴蒙德认为，"许多发明或大多数发明都是一些被好奇心驱使的人或喜欢动手修修补补的人搞出来的，当初并不存在对他们所想到的产品的任何需要。一旦发明了一种装置，发明者就得为它找到应用的地方。只有在它被使用了相当一段时间之后，消费者才会感到他们'需要'它。还有一些装置本来是只为一个目的而发明出来的，最后却为其他一些意料之外的目的找到了它们的大多数用途。寻求使用的这些发明包括现代大多数重要的技术突破，从飞机和汽车到内燃机和电灯泡再到留声机和晶体管，应有尽有"①。换言之，所谓出神入化的技艺无不是建立在人类对工具的极度纯熟使用上，这种纯熟会激发他们的好奇心，即如果是这样设计而不是那样设计又将会怎样？螺旋般上升的相互促进表现出的最终结果就是：工具推动着文明的发展，文明又反过来促进着工具的前进。马林诺夫斯基因而说道："任何地方，一物的形式，在与社会事实和物质设备相关之后，它的意义才能明显。出于意料之外的相关现象常是该文化结构的主要特性。我们所谓功能就是一物质器具在一社会制度中所有的作用，及一风俗和物质设备所有的相关，它使我们得到更明白的而且更深刻的认识。观念、风俗、法律决定了物质的设备，而物质设备却又是每一代新人物养成这社会传统型式的主要仪器。"②马林诺夫斯基所说的设备与物质都是社会文明的基本元素，它们既是被制造出来的物，又是制造物的物，到最后，每一种物都可以在另一种行为或是另一种物的实现中充当工具的作用。在工具的助力下，神圣与世俗相互注入、相互影响，可以说，现代文明的机械浪潮中，不论是神圣还是世俗都失去了讨论的边界，能够看到的只是物在文明中越嵌越深的现实状况。

在人类专业技能被高度垄断的时期，工具的拥有和使用就类似于对某种权力的掌握，尤其在古代，"术业有专攻"不仅是一种谦辞，更是一种描述，如镖局的镖师才需要掌握十八般兵器的使用方法，并需要通过努力在使用中使工具发挥最大效用；除了医生，其他人也无需在家里常备五花八门的药膏与针灸银针，但在分工被机器所控制之后，曾经专业化的工具反而有了被消解的趋势，虽然人为了保护自己不再需要刀枪剑戟，但防盗网、防盗门、防盗锁的产生就是对武器的替代，一个当代家庭中的常备药箱、扳手、扶梯、洗衣机、扫地机器人，还有各类厨房工具，都可以在简单的操作中实现普遍化的应用。工具已经不能再准确地标识出所有者的职

---

① [美]贾雷德·戴蒙德：《枪炮、病菌与钢铁——人类社会的命运》，谢延光译，上海译文出版社2006年版，第247页。

② [英]马林诺夫斯基：《文化论》，费孝通等译，中国民间文艺出版社1987年版，第42页。

业与身份，只有在叙事中，曾经真实存在的工具还能窥见些许踪影。从这个意义上来说，小说通过人物、情节使工具有了不逊色于其他物的地位，并在人物形象、性格的塑造方面，因工具的加入使叙事有了更为具体生动的可能。

一旦小说家意识到了工具的叙事价值，工具往往能在无形中夺人眼目。在古典小说《西游记》中，与孙悟空、猪八戒和沙和尚一样令读者耳熟能详的是他们使用的如意金箍棒、九齿钉耙和降妖真宝杖，这些被归类为兵器的宝物与其主人一样，都各自有着神圣的来历。如意金箍棒原本是东海龙王的镇海之宝，是上古时期"大禹治水之时，定江海浅深的一个定子，是一块神铁"①，也就是说，它没有成为孙悟空的降妖工具之前，就是一种重要的工具，即通过可以随意伸长缩短的特性去测量江海的深浅。只是到了孙悟空横空出世之时，人类已经告别了大洪水时期，江海以及各个水域自有四海龙王掌管，因为水神无需用到古圣人留下的神圣工具，这才被孙悟空使蛮横得了大便宜。还有重"一藏之数"的钉耙与宝杖，同样有着不同寻常的来历，第十九回"云栈洞悟空收八戒　浮屠山玄奘受心经"中言八戒的钉耙：

> 锻炼神冰铁，磨琢成工光皎洁。老君自己动钤锤，荧惑亲身添炭屑。五方五帝用心机，六丁六甲费周折。造成九齿玉垂牙，铸就双环金坠叶。身妆六曜排五星，体按四时依八节。短长上下定乾坤，左右阴阳分日月。六爻神将按天条，八卦星辰依斗列。名为上宝逊金钯，进与玉皇镇丹阙。因我修成大罗仙，为吾养就长生客。敕封元帅号天蓬，钦赐钉耙为御节。举起烈焰并毫光，落下猛风飘瑞雪。天曹神将尽皆惊，地府阎罗心胆怯。人间那有这般兵，世上更无此等铁。随身变化可心怀，任意翻腾依口诀。相携数载未曾离，伴我几年无日别。日食三餐并不丢，夜眠一宿浑无撇。也曾佩去赴蟠桃，也曾带他朝帝

---

① 吴承恩：《西游记》，人民文学出版社 2020 年版，第 32 页。

阙。皆因仗酒却行凶，只为倚强便撒泼。上天贬我降凡尘，下世尽我作罪孽。石洞心邪曾吃人，高庄情喜婚姻结。这钯下海掀翻龙鼍窝，上山抓碎虎狼穴。诸般兵刃且休题，惟有吾当钯最切。相持取胜有何难，赌斗求功不用说。何怕你铜头铁脑一身钢，钯到魂消神气泄！①

沙悟净的降妖真宝杖则另有一番说法：

宝杖原来名誉大，本是月里梭罗派。吴刚伐下一枝来，鲁班制造工夫盖。里边一条金趁心，外边万道珠丝玠。名称宝杖善降妖，永镇灵霄能伏怪。只因官拜大将军，玉皇赐我随身带。或长或短任吾心，要细要粗凭意态。也曾护驾宴蟠桃，也曾随朝居上界。值殿曾经众圣参，卷帘曾见诸仙拜。养成灵性一神兵，不是人间凡器械。自从遭贬下天门，任意纵横游海外。不当大胆自称夸，天下枪刀难比赛。②

这三件兵器由于材料与工匠自身的超世绝伦，使兵器获得了凡世间难以想象的力量，尤其是易主后的如意金箍棒，凭借其“一万三千五百斤”的重量成为一件威力无穷的兵器，而兵器的本质是个人战斗乃至群体战役甚至国家战争的重要工具。因此，从小说中的叙述来看，无论是孙悟空三人还是天兵天将，又或是妖魔鬼怪，工具（宝贝）的性能直接决定了战斗双方的胜负走向。以唐僧师徒四人在金兜山所遇的独角兕大王为例，即可见工具在叙事中的重要分量。在这一次与独角兕大王的交战中，这只青牛怪凭借一个白圈就套走了孙悟空傍身的金箍棒，使交战双方的情况立即发生了改变，赤手空拳的悟空惊慌失措，再也不敢如交战前般嘴硬，只得独自逃回去搬取救星。经过一番思索，悟空求助了“还有几件降妖兵器”的托塔天王与哪吒三太子，可见，李天王与哪吒能被悟空看重的根本原因并非他们

①　吴承恩：《西游记》，人民文学出版社 2020 年版，第 250 页。
②　吴承恩：《西游记》，人民文学出版社 2020 年版，第 290 页。

个人有多么高强的武力值，而是"工具"的力量使然。只是出乎悟空所料的是，无论是哪吒三太子的"斩妖剑、砍妖刀、缚妖索、降魔杵、绣球、火轮儿"，还是又来助阵的火德星君、水德星君手上的降妖工具，都被青牛怪的白圈套走，甚至连如来佛祖座下的罗汉，也因斗法时失去了金砂而奈他不何。

失去了降妖工具的神仙在面对妖魔鬼怪时十分窘迫，似乎他们的神通仅限于使用法宝和长生不老，法宝的等级决定了神仙法力的大小，如猪八戒和沙和尚的武器重量同是一藏之数，但九尺钉耙为太上老君亲自锻打，降魔宝杖则为鲁班所制，因此猪八戒的武力值总看似要高于沙僧一筹。但九齿钉耙在遇见孙悟空的金箍棒时又立即败下阵来，一方面是五千零四十八斤的兵器不及如意金箍棒的一半重量，另一方面是能力与重量的正相关，能够承受万余斤的人足以承受五千斤，反之却未必。叙事对兵器的详描是对人物的一种侧面烘托手法，如果反复强调孙悟空力大无穷不仅聒噪而且无趣，但通过不同兵器的比拼去显示金箍棒的超凡绝伦，则容易提升叙事的说服力，与此同时，也说明了工具在塑造叙事氛围之时的重要性。

从另一方面来看，神仙与妖怪们琳琅满目的法宝之所以被归属于工具而非通常意义上的"宝贝"，不仅在于它们是需要被使用的，更在于它们的"专业"性，悟空师兄弟的棒、耙、杖只能用做对攻时的敲敲打打，神力体现在工具本身的重量上，而不在于这些工具是否具有其他效能。又如铁扇仙的芭蕉扇，其威力在于变大后的扇子能扇出飓风，强大的气流与飞沙走石一道不但会给人带来灭顶之灾，还会扇灭火焰山之火。事实上，任何用来扇风的物都在发挥"扇子"的功用，哪怕是一块石板，只要被用来扇动气流，它在这一刻的存在现状就是扇子而不是石板。所以，芭蕉扇看似威力无穷，但除了制造风外，并没有其他可观之处，从工具的"一物一用"上来说，这与金角大王和银角大王的紫金红葫芦、羊脂玉净瓶，还有黄眉老怪"人种袋"毫无分别，葫芦、瓶及袋子的用处就在于装东西，它们能够成为法宝的原因不过是能够超出普通装物的容量，可以不计数量地装，而不是葫芦可以扇风灭火，芭蕉扇能够装人。

不止《西游记》，类似的神话小说如《封神演义》也能看出这一特点，阐教与截教门下各大弟子的斗法、征战，归根到底都是武器之间的较量。在第七十七回"老子一气化三清"及第七十八回"三教会破诛仙阵"中，截教掌门通天教主因听信门下弟子挑拨离间，便决意要与阐教一比高下。通天教主为了显示本门派的高强法力，也为了替死于姜子牙帐下的弟子复仇，设立了布满了法宝的诛仙阵，阵中四门分别挂有诛仙剑、戮仙剑、陷仙剑与绝仙剑，但阐教门中也有定海珠、七宝妙树、三宝玉如意、璎珞、金弓、银戟、加持神杵等宝物与之抗衡，最终是阐教人多势众，加上宝物也非同寻常，于是在摘除四把剑后破了诛仙阵。神话与现实往往一脉相通，神圣从世俗中来，也终将要回到世俗，这是"道不远人"的真实含义，所以，当神圣的法宝摇身一变成为世俗中的武器时，它们之间并没有本质的差别，但造成的后果与带来的影响却不可同日而语。前者是关于善恶理念的争斗，后者却是关于人类欲望的征伐。

从某种意义上来说，作为工具的武器的确体现着人类制造的最高水平，最强的人类大脑几乎都与工具制造有着或多或少的联系，使在人类延续、更迭的漫长历史中，工具或者化身为天使给人类以救赎，又或者化身为魔鬼给人类以覆灭。在当代小说《平安批》中，讲述鸦片战争后的中国人一直处于对洋人的恐惧之下，到了抗日战争时期，日本侵略者又凭借高端的武器对中国人民肆意屠杀，陈继明感叹道："中国人怕的不是洋人，而是洋枪、洋炮、洋船、洋舰。换过来也一样，如果中国人有洋枪、洋炮、洋船、洋舰，洋人也一样怕得要死，一样任人宰割。真相就是这么简单。说话的不是人而是工具。人类的进步，就是工具的进步，旧石器时代、新石器时代、铜的时代、铁的时代，每一次工具的进步，对人类来说都是一次重大革命，首先则是对人性本身的革命。完全可以肯定，每一次工具的进步，都对人性提出了严峻的挑战，甚至令人性发生了不可想象的变化。"[①]只有在工具与工具的对抗中分出了胜负，武器类的工具才有可能暂

---

① 陈继明：《平安批》，北京十月文艺出版社 2021 年版，第 109 页。

时偃旗息鼓，使另一部分与日常生活相关的工具有用武之地。这类工具的科技含量自然不能与武器相提并论，但凭借极为庞大的种类和数量成为世俗工具中的主体，而这些工具的价值在于满足和提升人类对舒适以及审美的要求，即作为文人的文房四宝、手工业者的刀剪瓦瓮能够为社会带来另一番文明的景象，这使日常叙事有了更为丰富的物质素材。

所有的工具都是为人所用之物，无所谓善恶高低，但是，使用工具的人则存在天壤之别，同样是一把刀，医生用来救死扶伤，刀就有了神圣性；厨师用来烹饪食物，刀便是一件世俗之物；罪犯用来伤人，刀就有了罪恶性。无论是神圣的工具抑或罪恶的工具，却都在使用者的需求中不断趋于完美，于是，叙事需要用一种怎样的态度去看待工具，值得仔细考量，毕竟"文化来自人类行动，而人类行动又同时来自文化"①，从这个意义上来说，文学作为文化的重要组成，需要在一方虚构的世界中展现历史、现实与未来，如卡尔维诺所言："文学是一个能量场，它支撑和推动着表面看上去彼此遥远或者不相干的各种学科内研究和操作的相遇和对立。这就是作为包含了一系列意义和形式的空间的文学，而这些意义和形式的价值又不仅限于文学。"②

---

① ［美］爱德华·威尔逊：《知识大融通：21世纪的科学与人文》，梁锦鋆译，中信出版社2016年版，第233页。

② ［意］卡尔维诺：《文学机器》，魏怡译，译林出版社2018年版，第411页。

结　语

　　早在人类出现之前，地球已经充斥着各种各样的"物"，从无生命的石块、砂砾，到有生命的植物、动物，可以说，凡是存在的客观实体都属于"物"中的一员，无论这一实体是否存在生命体征，都不影响其作为"物"的本质特征。应该说，人类对世界的认识首先来自物，然后才从物中感受到意识的存在，接着，意识进一步推进了人对物的认识，物又增进了人对自身的了解，在这样的循环往复中，物的种类、形状、构成、品质、结构、密度、成分等内容都丰富了人类的经验。

　　从这些经验来说，它既包含了人与人交往的规矩，也涵盖了人与自然相处的准则，而规矩和准则之所以能够成立，说明恒定性在其中起到了关键作用。换言之，虽然个体的某一人与自然中个体的某一物都具有与众不同的特性，但在大的层面来说，他们更多具有的是人与物的共性，共性使总结经验成为可能，并在其他的人与物中能够得到充分的适用性。于是，人类试图通过各种各样的方式将经验予以传继，而叙事正是其中的关键部分，如甲骨、金石、青铜上所刻之事，可以看作物在叙事中的重要参与，到后来《诗经》对草木、生活的记叙，《山海经》对植物、动物的描述，都可见有更多物加入了叙事媒介与叙事对象的行列。孔子言："小子何莫学夫诗。诗，可以兴，可以观，可以群，可以怨。迩之事父，远之事君；多识于鸟兽草木之名。"(《论语·阳货篇》)这就是从文学的角度说明人与物之间的密切关系。

　　文学作为人类精神的载体之一，虽然可以凭借想象去构建一个架空世界，然后在其中天马行空，但到底不能脱离最基本的逻辑，这就同时涉及现实与真实的两个层面。现实构建了作者与读者的逻辑方向，真实为叙事提供了逻辑标准，而"物"则是此二者的基础。从某种意义上来说，文学需要也必须去展现一个时代下的社会与生活，处于这个时代中的人、工具、自然以及彼此之间的关系。朱光潜说："一般人把见得到的叫做'实质'或'内容'，把说出来的叫做'形式'。换句话说，实质是语言所表现的情感和思想，形式是情感和思想借以流露的语言组织。"①可见，没有物，就不会有可见，也不会再有实质与形式之间的争执，千百年来，人类始终没有在内容与形式中达到完全的统一，神圣与世俗的边界依旧存在，对物的认知也始终徘徊于神圣与世俗的两岸。人类始终试图在小说的物叙事中灌注自己神圣或世俗的想象，虽然在不同的时代神圣与世俗有极大的可能发生位置的翻转，但小说仍然形成了一种有效的记录，它不仅呈现着人类物质世界的变动，更反映出人类神圣与世俗观念在社会发展史中的深刻变革。

在小说叙事当中，物往往就是叙事本身，它包含着人物、动物、植物、器物、建筑物、自然物等多种类型。没有物的叙事世界是无法想象的，这不仅是因为作为小说主体的人物也从属于"物"类，更是因为叙事中的"事物"原本就密不可分。使读者区分古典小说和现代小说、乡土小说和都市小说的并非小说家的旁白或提示，而是小说中出现的物，这些物明确地呈现了它们所处的背景环境。如冯梦龙在编《醒世恒言》的四十卷短篇小说中，既有东周列国时期的故事，也有距离他所在年代不远的明正德年间的故事，两千年的跨度并没有使读者将时间笼统地归为"古代"了事，而是能从不同的故事中看到当时的民情风俗，其中的关键不在于周朝人是否比明朝人多了眼睛鼻子，也不在于他们的情感差异，而是物在科技的进步中有了本质的差别，人对于物的认识和依赖也发生了根本的改变。

在物相对稀少的社会环境下，即便是世俗之物也有其神圣的一面，反之亦然。阿尔文·托夫勒认为，"在一个物资匮乏的社会里，需求与'纯'用途息息相关，所以需求具有普遍性，而且很难改变。当物资充裕时，人

---

① 　朱光潜：《诗论》，北京出版社 2014 年版，第 98 页。

类的需求与物品用途的关系便逐渐减少，与个人喜好的关系逐渐提高。同时，在一个复杂而快速变革的社会里，个人的需求越来越多地产生于自身与外部环境的互动关系。社会变革越快，个人需求便越短暂化。在一个物资充裕的新社会中，个人往往能享受许多临时性的需求"①。这一切反映在小说叙事中，就不但能容易地看出小说家对物的立场，更能看出一个时代对物的态度。

成形于两汉期间的古小说胚胎，处于诸子百家之末流，故事得以存在和流传的缘由在于对经史的有效补充，尤其是"玩物丧志"（《书·族獒》）理念的盛行，使物完全服务于道德的建立上，也只有能够象征道德，给人以警醒的物才能被善待，更被赋予神圣性，在叙事中作为正面例证而流传。如被孔子誉有"七德"之玉，就成为物中的一类原型，不用说《红楼梦》中的"贾（假）宝玉"与"甄（假）宝玉"，只说当代小说《羊脂玉》中的传家宝玉，《燕食记》中令慧生以一生幸福为代价去守护的玉镯，不胜枚举的叙事都可以看出玉在后世叙事中发挥的影响。到了两晋南北朝时期，小说已经逐渐成形，在经史中另辟蹊径，从寓教于乐的叙事中探索出既附庸于传统，又具有娱乐性的独特样式，使各种世俗之物在叙事中几乎来者不拒，一方面丰富了叙事的内容，另一方面也推动了知识的下延，不但为唐传奇、宋元话本提供了经验，更为明清以降的通俗文学开辟了天地。

当然，小说的流转嬗变是一个异常复杂的过程，这中间不仅有主流文化与亚文化之间的博弈，更有不同阶层之间的交汇与磨合，并且与社会经济、政治环境都存在或多或少的关联。罗兰·巴特的观点不无道理，他说："叙事的起源点是欲望。然而生产叙事，欲望必须经常变换（varier），必须进入等价物及换喻的系统；或更进一步：为了被生产，叙事必须可被交换，必须将其自身纳入某一经济系统（économie）。"②这种说法无疑是借着叙事来肯定物在其中的作用，毕竟勾起欲望的落脚点是物，不但如此，

---

①　[美]阿尔文·托夫勒：《未来的冲击》，黄明坚译，中信出版集团2018年版，第59页。

②　[法]罗兰·巴特：《S/Z》，屠友祥译，上海人民出版社2016年版，第123页。

生产、交换的直接表象也是物。柯嘉豪认为，"器物不仅仅是我们追踪中心文化问题的线索，它们自身即是文化的重要组成部分，出现在各种行为和沟通形式中"①。珍贵的物品总是身份尊贵者的象征，神圣因所有者的身份和地位自然生成，世俗之物则通常与日常相关，在时间的流转中一代代延续，见证着人的生老病死，也见证着时代的日新月异，从这个意义上来说，一类物就是一类人物的影像，一类人物也有一类物的伴随。相较于人的成长，物的流动变化会更加迅速彻底，它既有永恒的流动性，又存在短暂的变化性。缺少对物的讨论，小说叙事的研究工作是不完整的，因此，从物的层面进行小说叙事的探讨，不仅有助于物叙事的研究，更会推动小说在叙事层面的系统化和完整化。

---

①　[美]柯嘉豪：《佛教对中国物质文化的影响》，赵悠等译，中西书局 2015 年版，第 17 页。

参 考 文 献

一、专著

外国文献

[1][法]列维-布留尔:《原始思维》,丁由译,商务印书馆 2017 年版。

[2][法]克洛德·列维-斯特劳斯:《面对现实世界问题的人类学》,栾曦译,中国人民大学出版社 2017 年版。

[3][法]爱弥儿·涂尔干:《宗教生活的基本形式》,渠东、汲喆译,商务印书馆 2011 年版。

[4][法]埃米尔·迪尔凯姆:《自杀论》,冯韵文译,商务印书馆 1996 年版。

[5][法]马塞尔·莫斯,昂利·于贝尔:《巫术的一般理论献祭的性质与功能》,梁永佳、赵丙祥、杨渝东译,广西师范大学出版社 2007 年版。

[6][法]马塞尔·莫斯:《礼物——古代社会中交换的形式与理由》,汲喆译,商务印书馆 1981 年版。

[7][法]让-雅克·卢梭:《爱弥儿》,孟繁之译,上海三联书店 2017 年版。

[8][法]米歇尔·福柯:《疯癫与文明:理性时代的疯癫史》,刘北成、杨远婴译,生活·读书·新知三联书店 2011 年版。

[9][法]米歇尔·福柯:《规训与惩罚:监狱的诞生》,刘北成、杨远婴译,生活·读书·新知三联书店 2011 年版。

[10][法]古斯塔夫·勒庞:《乌合之众:大众心理研究》,冯克利译,中

央编译出版社 2014 年版。

[11][法]罗兰·巴特:《S/Z》,屠友祥译,上海人民出版社 2016 年版。

[12][法]保罗·利科:《解释的冲突》,莫伟民译,商务印书馆 2017 年版。

[13][法]让·鲍德里亚:《消费社会》,刘成富、全志钢译,南京大学出版社 2014 年版。

[14][法]安东尼·加卢佐:《制造消费者》,马雅译,广东人民出版社 2022 年版。

[15][英]约翰·洛克:《论人类的认识》,胡景钊译,上海人民出版社 2017 年版。

[16][英]简·爱伦·哈里森:《古代的艺术与仪式》,吴晓群译,大象出版社 2011 年版。

[17][英]马林诺夫斯基:《文化论》,费孝通等译,中国民间文艺出版社 1987 年版。

[18][英]E. 霍布斯鲍姆、T. 兰格:《传统的发明》,顾杭、庞冠群译,译林出版社 2004 年版。

[19][英]特里·伊格尔顿:《批评的功能》,程佳译,西南师范大学出版社 2018 年版。

[20][英]露西·希格尔:《为什么你该花更多的钱,买更少的衣服?》,王芷华、李旻平译,生活·读书·新知三联书店 2016 年版。

[21][英]约翰·洛克:《论人类的认识》,胡景钊译,上海人民出版社 2017 年版。

[22][英]特里·伊格尔顿:《批评的功能》,程佳译,西南师范大学出版社 2018 年版。

[23][英]凯伦·阿姆斯特朗:《轴心时代》,孙艳燕、白彦兵译,海南出版社 2010 年版。

[24][英]E. M. 福斯特:《小说面面观》,冯涛译,上海译文出版社 2016 年版。

[25][德]卡·马克思:《哲学的贫困:答蒲鲁东先生的〈贫困的哲学〉》,

选自《马克思恩格斯文集》，人民出版社 2009 年版。

[26][德]马克斯·韦伯：《经济与社会》，闫克文译，上海世纪出版集团 2010 年版。

[27][德]弗里德里希·黑格尔：《美学》，寇鹏程编译，重庆出版社 2016 年版。

[28][德]戈特霍尔德·艾弗莱姆·莱辛：《拉奥孔》，朱光潜译，外语教学与研究出版社 2018 年版。

[29][德]恩斯特·卡西尔：《人论》，上海译文出版社 2013 年版。

[30][德]彼得-安德雷·阿尔特：《恶的美学历程：一种浪漫主义解读》，宁瑛、王德峰、钟长盛译，中央编译出版社 2018 年版。

[31][德]齐奥尔格·西美尔：《时尚的哲学》，费勇等译，花城出版社 2017 年版。

[32][德]维尔纳·桑巴特：《奢侈与资本主义》，王燕平、侯小河译，上海人民出版社 2021 年版。

[33][美]凡勃伦：《有闲阶级论》，蔡受百译，商务印书馆 2019 年版。

[34][美]米尔恰·伊利亚德：《神圣的存在：比较宗教的范型》，晏可佳、姚蓓琴译，广西师范大学出版社 2008 年版。

[35][美]梯利：《西方哲学史》，伍德增补，葛力译，商务印书馆 2015 年版。

[36][美]博厄斯：《人类学与现代生活》，刘莎等译，华夏出版社 1999 年版。

[37][美]克利福德·格尔茨：《文化的解释》，韩莉译，译林出版社 2014 年版。

[38][美]西敏司：《甜与权力——糖在近代历史上的地位》，王超、朱健刚译，商务印书馆 2010 年版。

[39][美]迈克尔·艾伦·吉莱斯皮：《现代性的神学起源》，张卜天译，湖南科学技术出版社 2019 年版。

[40][美]爱德华·威尔逊：《知识大融通：21 世纪的科学与人文》，梁锦

釜译，中信出版社 2016 年版。

[41]［美］保罗·康纳顿：《社会如何记忆》，纳日碧力戈译，上海人民出版社 2000 年版。

[42]［美］贾雷德·戴蒙德：《枪炮、病菌与钢铁——人类社会的命运》，谢延光译，上海译文出版社 2006 年版。

[43]［美］阿尔文·托夫勒：《未来的冲击》，黄明坚译，中信出版集团 2018 年版。

[44]［美］罗伯特·K. 默顿：《社会理论和社会结构》，唐少杰、齐心等译，译林出版社 2015 年版。

[45]［美］柯嘉豪：《佛教对中国物质文化的影响》，赵悠等译，上海世纪出版集团 2015 年版。

[46]［美］许烺光：《美国人与中国人》，沈彩艺译，浙江人民出版社 2017 年版。

[47]［美］夏志清：《中国现代小说史》，刘绍铭等译，广西师范大学出版社 2014 年版。

[48]［美］夏志清：《中国古典小说》，何欣等译，刘绍铭校订，上海人民出版社 2019 年版。

[49]［美］华莱士·马丁：《当代叙事学》，伍晓明译，北京大学出版社 1990 年版。

[50]［美］弗雷德里克·詹姆逊：《批评理论和叙事阐释》，陈永国等译，中国人民大学出版社 2018 年版。

[51]［美］罗伯特·斯尔科斯、詹姆斯·费伦、罗伯特·凯：《叙事的本质》，于雷译，南京大学出版社 2015 年版。

[52]［美］戴娜·托马斯：《奢侈的：奢侈品何以失去光泽》，李孟苏译，重庆大学出版社 2022 年版。

[53]［意］卡尔维诺：《文学机器》，魏怡译，译林出版社 2018 年版。

[54]［意］翁贝托·艾柯：《丑的历史》，彭维栋译，中央编译出版社 2012 年版。

[55][瑞]卡尔·古斯塔夫·荣格:《心理学与文学》,冯川、苏克译,译林出版社 2011 年版。

[56][俄]别林斯基:《别林斯基论文学》,梁真译,新文艺出版社 1958 年版。

[57][苏]陀思妥耶夫斯基:《陀思妥耶夫斯基自述》,黄忠晶、阮媛媛编译,天津人民出版社 2013 年版。

[58][印]室利·阿罗频多:《薄伽梵歌论》,徐梵澄译,商务印书馆 2003 年版。

[59][印]阿比吉特·班纳吉、[法]埃斯特·迪弗洛:《贫穷的本质:我们为什么摆脱不了贫穷》,景芳译,中信出版集团 2018 年版。

国内文献

[1](晋)陈寿:《三国志》,斐松之注,卢弼集解,钱剑夫整理,上海古籍出版社 2009 年版。

[2](清)钱德苍:《解人颐》,岳麓书社 2005 年版。

[3]钱穆:《中国文化丛谈》,岳麓书社 2023 年版。

[4]钱穆:《中国文学论丛》,生活·读书·新知三联书店 2016 年版。

[5]钱穆:《现代中国学术论衡》,生活·读书·新知三联书店 2016 年版。

[6]白寿彝主编:《中国通史》,上海人民出版社 1994 年版。

[7]朱一玄编:《明清小说资料选编》,南开大学出版社 2012 年版。

[8]鲁迅:《鲁迅全集》(第一卷),人民文学出版社 2005 年版。

[9]严家炎:《严家炎全集》(第四卷·中国现代小说流派史),新星出版社 2021 年版。

[10]杨匡汉主编:《20 世纪中国文学经验》,东方出版中心 2006 年版。

[11]南怀瑾:《易经杂说》,复旦大学出版社 2019 年版。

[12]石昌渝:《中国小说源流论》,生活·读书·新知三联书店 2015 年版。

[13]李亦园:《宗教与神话》,广西师范大学出版社 2004 年版。

[14]李泽厚:《中国古代思想史论》,生活·读书·新知三联书店 2008

年版。

[15]李泽厚：《中国现代思想史论》，生活·读书·新知三联书店 2008年版。

[16]李泽厚：《由巫到礼 释礼归仁》，生活·读书·新知三联书店 2015年版。

[17]李泽厚：《美学三书》，天津社会科学院出版社 2003 年版

[18]孙隆基：《中国文化的深层结构》，中信出版集团 2015 年版。

[19]辜鸿铭：《中国人的精神》，李静译，天津人民出版社 2016 年版。

[20]徐复观：《中国艺术精神》，商务印书馆 2010 年版。

[21]梁漱溟：《东西文化及其哲学》，商务印书馆 2010 年版。

[22]梁漱溟：《中国文化要义》，上海人民出版社 2018 年版。

[23]吕思勉：《中国文化史》，山东画报出版社 2019 年版。

[24]楼宇烈：《中国文化的根本精神》，中华书局 2016 年版。

[25]张岱年、程宜山：《中国文化精神》，北京大学出版社 2015 年版。

[26]林惠祥：《文化人类学》，商务印书馆 2011 年版。

[27]黄应贵：《物与物质文化》，中央研究院民族学研究所 2004 年版。

[28]朱光潜：《诗论》，北京出版社 2014 年版。

[29]陈嘉映：《无法还原的象》，华夏出版社 2016 年版

[30]叶朗：《中国小说美学》，北京大学出版社 1982 年版。

[31]金泽：《宗教人类学导论》，宗教文化出版社 2001 年版。

[32]司马云杰：《文化社会学》，华夏出版社 2011 年版。

[33]彭兆荣：《人类学仪式的理论与实践》，民族出版社 2007 年版。

[34]薛艺兵：《神圣的娱乐——中国民间祭祀仪式及其音乐的人类学研究》，宗教文化出版社 2003 年版。

[35]王学泰：《华夏饮食文化》，商务印书馆 2013 年版。

[36]王仁湘：《饮食与中国文化》，广西师范大学出版社 2022 年版。

[37]赵益：《普化凡庶：近世中国社会一般宗教生活与通俗文学》，上海古籍出版社 2021 年版。

[38] 王永生主编：《中国现代文论选》，贵州人民出版社 1984 年版。

[39] 杨义：《中国叙事学》，商务印书馆 2019 年版。

[40] 傅修延：《中国叙事学》，北京大学出版社 2015 年版。

[41] 龙迪勇：《空间叙事学》，生活·读书·新知三联书店 2015 年版。

[42] 徐岱：《小说叙事学》，商务印书馆 2010 年版。

[43] 童庆炳：《中国当代文学理论的经验、困局与出路》，北京师范大学出版社 2015 年版。

[44] 王杰：《寻找乌托邦——现代美学的危机与重建》，人民文学出版社 2016 年版。

[45] 赵毅衡：《礼教下延之后：中国文化批判诸问题》，上海文艺出版社 2001 年版。

[46] 雷达主编：《新世纪小说概观》，北岳文艺出版社 2014 年版。

[47] 雷达：《雷达观潮》，人民文学出版社 2018 年版。

[48] 叶舒宪主编：《神话——原型批评》，陕西师范大学出版社 2012 年版。

[49] 陈洪：《中国早期小说生成史论》，中华书局 2019 年版。

[50] 王德威：《想象中国的方法：历史·小说·叙事》，生活·读书·新知三联书店 1998 年版。

[51] 韩少功：《态度》，四川人民出版社 2018 年版。

[52] 黄子平：《灰阑中的叙述》，北京大学出版社 2020 年版。

[53] 申丹：《叙述学与小说文体学研究》，北京大学出版社 1998 年版。

[54] 张大春：《小说稗类》，广西师范大学出版社 2004 年版。

[55] 张清华：《中国当代先锋文学思潮论》，中国人民大学出版社 2014 年版。

[56] 梁鸿：《"灵光"的消逝：当代文学叙事美学的嬗变》，中信出版集团 2016 年版。

[57] 荆云波：《文化记忆与仪式叙事：〈仪礼〉的文化阐释》，南方日报出版社 2010 年版。

[58] 冷成金：《中国文学的历史与审美》，中国人民大学出版社 2012 年版。

[59] 王安忆：《小说与我》，广西师范大学出版社 2017 年版。

[60] 栾梅健：《前工业文明与中国文学》，复旦大学出版社 2008 年版。

[61] 毛为民：《文明与物质：从材料学视角探索中西文明差异》，中国社会科学出版社 2022 年版。

[62] 周保欣、荆亚萍：《"文学"观念：理论、批评与文学史》，浙江大学出版社 2014 年版。

[63] 陈然兴：《叙事与意识形态》，人民出版社 2013 年版。

[64] 刘绍信：《当代小说叙事学》，黑龙江教育出版社 2002 年版。

[65] 张栋：《新时期以来小说神话叙事研究》，武汉大学出版社 2023 年版。

[66] 周亚平：《当代中国小说的信仰叙事》，学林出版社 2009 年版。

[67] 马硕：《新时期以来小说仪式叙事研究——以茅盾文学奖获奖作品为中心》，武汉大学出版社 2020 年版。

二、论文

[1] 汪晖：《历史的"中间物"与鲁迅小说的精神特征》，载《文学评论》1986 年第 5 期。

[2] 张清华：《选择与回归——论莫言小说的传统艺术精神》，载《山东师范大学学报》1991 年第 2 期。

[3] 唐英：《从动物小说的兴起看我国儿童文学的发展》，载《西南民族大学学报（人文社科版）》2003 年第 8 期。

[4] 刘大先：《〈红楼梦〉的读者——〈儿女英雄传〉的影响与焦虑》，载《西南民族大学学报（人文社科版）》2006 年第 1 期。

[5] 陈佳冀：《时代主题话语的另类表达——新世纪文学中的"动物叙事"研究》，载《南方文坛》2007 年第 6 期。

[6] 叶舒宪：《物的叙事：中华文明探源的四重证据法》，载《兰州大学学报》（社会科学版）2010 年第 12 期。

[7] 郑艳：《古代小说中的器物精怪及其民俗文化分析》，载《民俗研究》2011 年第 1 期。

[8] 夏德靠：《先秦"说体"的生成、类型及文本意义——兼论〈汉书·艺文

志〉"小说"的观念与分类》，载《河南师范大学学报》2013 年第 2 期。

[9]董伟岩：《晚清士人之觉醒与新女性的产生及困境——以〈孽海花〉中的
　　傅彩云为例》，载《内江师范学院学报》2015 年第 1 期。

[10]陈纳维、潘天波：《奢侈品：〈红楼梦〉的美学叙事维度》，载《齐鲁艺
　　苑》2019 年第 2 期。

[11]孟繁华：《应物象形与伟大的文学传统——评李洱的长篇小说〈应物
　　兄〉》，载《当代作家评论》2019 年第 3 期。

[12]李鹏飞：《人莫不饮食也，鲜能知味也——谈〈红楼梦〉与饮食文化》，
　　载《红楼梦学刊》2020 年第 4 期。

[13]李静：《论鲁迅的君子观及其文学书写》，载《江淮论坛》2020 年第
　　3 期。

[14]傅修延：《文学是"人学"也是"物学"——物叙事与意义世界的形成》，
　　载《天津社会科学》2021 年第 5 期。

[15]唐翰存：《论文学的物学属性》，载《南方文坛》2022 年第 1 期。

[16]周保欣：《当代小说的"物性"转向与诗学再造——从贾平凹〈山本〉谈
　　起》，载《小说评论》2022 年第 2 期。

[17]马硕：《论从仪式中分娩的〈西游记〉叙事》，载《宁夏大学学报》(人文
　　社会科学版)2022 年第 4 期

[18]陈佳冀：《动物伦理、诗性话语与生命的共同体——中国当代小说创
　　作中的动物形象探析(1979—2021)》，载《贵州社会科学》2022 年第
　　6 期。

[19]付晓彤：《物欲的焦虑：明代中晚期笔记小说中"妖"物观念解读》，
　　载《江苏第二师范学院学报》2023 年第 2 期。

[20]汪贻菡：《从"新小说"到"新文学"：晚清器物书写中的"科技物"与科
　　学意识》，载《理论月刊》2023 年第 7 期。

后　记

在提笔开始写后记的一刹那，我才意识到，"挂一漏万"这一词不仅可以用来描述我的研究，也足以说明我在这一长时间段内的心情和状态。

理想和现实之间往往隔着一条天堑。在开始构思这本著作之前，我本以为已经有了两次出版经验，这次可以于写书之余，对日常的生活和工作也有一定兼顾，至少可以偶尔为家人下厨烤个蛋糕，感受美食带来的惬意；或者参与同事的调研，丰富自己的认知。然而，现实的"骨感"在于，面对一年有余的撰写，每天在我脑海中充斥的都是对前一天所写内容的推敲，以及对接下来要写内容的斟酌。在这中间，我甚至两次大幅度修改已经成型的写作提纲，究其原因，可以改用一句网络流行语来形容——"去年的知识积累已经配不上我今年的思考了"。

对于一个文学研究者而言，知识和思考的积累自然有着不易变的方向和脉络，但是，也同样存在着易变的怀疑和假设，于是，"推翻"在一定意义上就成为"延续"的必要手段，而每日的文字铺陈也就意味着对不间断思考的一种推陈出新。

既然我的头脑里每天都要经历这样的否定和否定之否定，那么，无暇于娱乐自然不必说，无暇于承诺了家人许久的蛋糕也不足为奇了。让我惭愧的是，我的家人对此不仅没有埋怨，反而给予我充分的理解和关爱，我的父母、婆婆和丈夫从未责备过我于女儿、妻子、母亲身份的不称职，反而默默承担起许多原本就是我分内职责的活计。有家人如此，幸莫大焉！

感谢我的导师程金城教授，虽然已经毕业多年，但每当我有任何学术问题，他总会在百忙中悉心指导，一如在学校读书时一般，一日为师终身为父，师恩难报。

　　在家人、老师之外，朋友的相处是另一种珍贵的情感源泉，十分感谢我的好姐妹黎嘉琦、罗婷、林艳芳、宿雪晶、禾禾妈、朵朵妈，她们的友谊、信任和付出常常使我有一种"结交在相知，骨肉何必亲"的感叹。感谢我的好伙伴李玲、黄敏愉、邓静波、祁丹、谢小娇、田蕊和蔡婉芬。感谢在我最困难时期帮我带孩子，全力支持我工作的于玉莲女士。多少次的迷茫失落，善良的她们都以不同的方式鼓励着我，为我打气加油。感谢武汉大学出版社的编辑，在书稿的出版过程中她们给了我极大帮助。

　　在书稿即将付梓之际，我又一次感受到了时间的力量。动笔时，窗外满是寒意，搁笔时，窗外竟又是凉风阵阵。我衷心希望这本在时间中孕育出的小书，能够经受得起时间的检验。

马　硕

甲辰年于广州